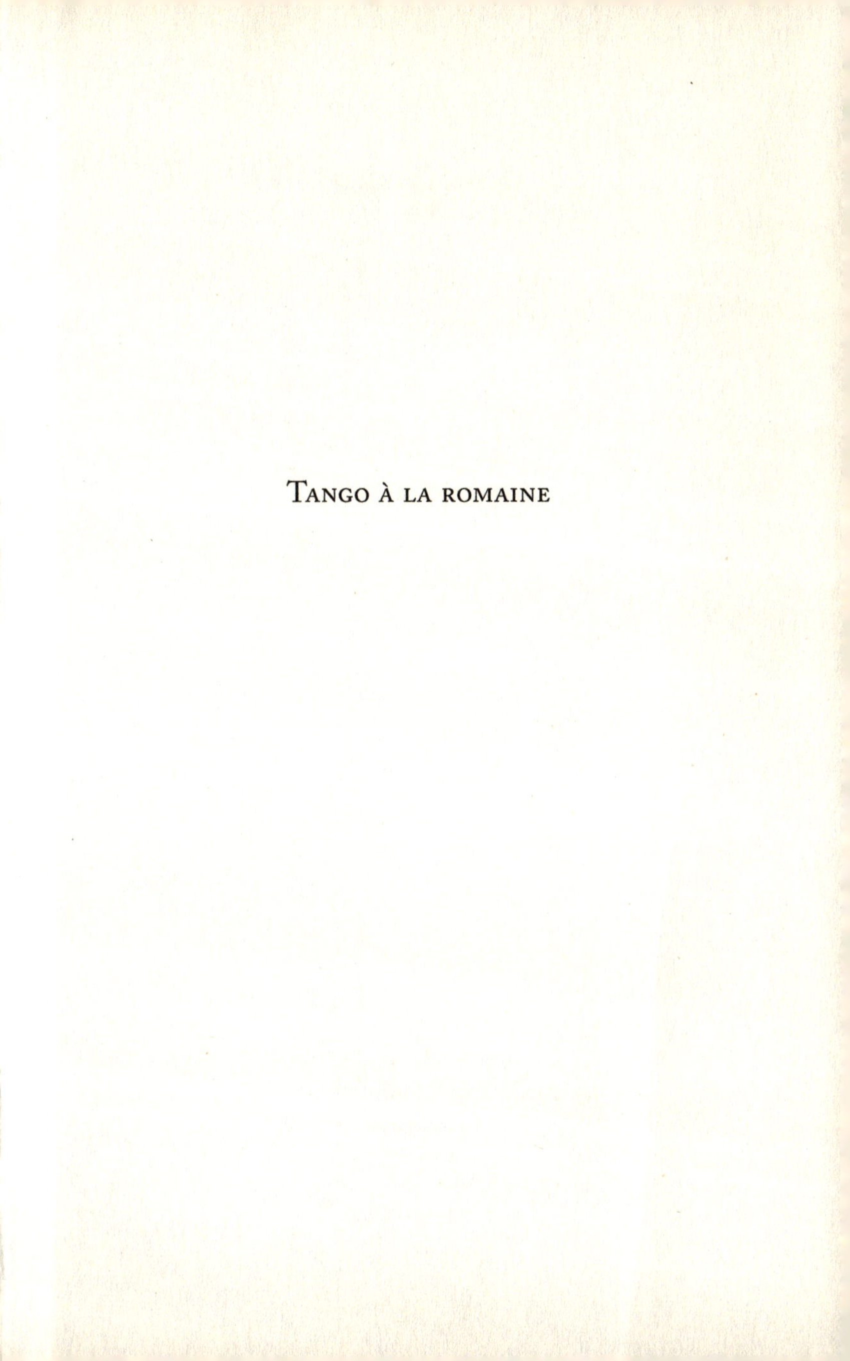

Tango à la romaine

La collection *Mikrós littérature*
est dirigée par Marion Hennebert

www.editionsdelaube.com

ISBN 978-2-8159-3736-8

Philippe Carrese

Tango à la romaine

roman

éditions de l'aube

Du même auteur

Aux éditions de l'Aube

Virtuoso ostinato, 2014 ; l'Aube poche, 2015
Retour à San Catello, 2015 ; l'Aube poche, 2016
La légende Belonore, 2016 ; l'Aube poche, 2017
La famille Belonore. Une saga italienne, 2019

Une histoire de l'humanité (tome i et fin), 2018, Mikrós littérature, 2019
Enclave, Mikrós littérature, 2014
Les veuves gigognes, l'Aube noire poche, 2014
Trois jours d'engatse, l'Aube noire poche, 2014

Chez d'autres éditeurs

Trois jours d'engatse, Fleuve Noir, 1995
Graine de courge, Florent Massot, 1997
Tue-les, à chaque fois, Fleuve Noir, 1998
Le Successeur, Florent Massot, 1999
Le bal des cagoles, Fleuve Noir, 2000 ; rééd. L'Écailler du Sud, 2012
Flocoon paradise, Florent Massot, 2001
Conduite accompagnée, Fleuve Noir, 2002
Les veuves gigognes, Fleuve Noir, 2005
Enclave, Plon, 2009
Marseille, quartiers Sud, Syros (série de 7 romans jeunesse, de 2004 à 2010)
Place aux Huiles, L'Écailler du Sud, 2007 (dessins de presse)

Mai 1967
Zefirino

Zefirino Gianlupino avait un problème avec sa mère. Un gros problème.

Sa mère elle-même était un gros problème, un problème officiellement déclaré à quatre-vingt-dix-sept kilos mais qui avoisinait le quintal les lendemains de fêtes religieuses. La surcharge pondérale de Maria Gianlupino n'était pas la préoccupation majeure de Zefirino, son fils. Même si pour une hauteur sous toise d'un mètre cinquante-six, les débordements de chair de sa génitrice pouvaient se révéler handicapants. Non, la cause principale de tous les soucis de Zefirino était l'omniprésence de la matrone dans sa vie. Depuis toujours.

Zefirino n'a jamais rien su refuser à sa mère. Jamais. Leur couple faisait partie du paysage du nord-est romain. Le duo semblait tellement improbable que leur présence ne suscitait plus beaucoup de sourires moqueurs ni de railleries cyniques. Juste quelques regards atterrés, et un ou deux soupirs mal contenus. Zefirino était un fil de fer de trente-huit ans qui en paraissait cinquante-neuf. Maria était une barrique sans âge. À la base, Zefirino était un *stracciarolo*, un chiffonnier. La famille Gianlupino a toujours œuvré dans le recyclage. Le père, Galeazzo, aussi insignifiant que son fils Zefirino, avait beaucoup recyclé pour le régime fasciste pendant la dernière guerre mais avait mal choisi sa destination finale en suivant le *Duce* dans les délires de la République de Salò. Son cadavre avait sans doute été recyclé dans les eaux du lac de Garde. Maria, la mère, était donc devenue le chef de la famille, une famille qui se résumait à elle et à son fils. Pour le plus grand malheur de ce dernier. Coincé. Asservi aux dogmes matriarcaux. Ficelé par la culpabilité, épuisé par la cohabitation.

Le fils soumis et sa mère envahissante n'ont jamais été loués pour leur discrétion. Tout le quatrième *municipio* de Rome profitait des engueulades musclées comme du langage imagé utilisé à longueur de vie par ces deux cas sociaux. C'était toujours Maria qui engueulait. Pas le contraire. Parfois, Zefirino pleurnichait. Deux ou trois fois, il s'était révolté, le temps que sa mère lui fasse les gros yeux. L'autorité naturelle maternelle avait aussitôt eu raison de ses velléités de sédition. Honteux pour des broutilles, les pommettes roses de culpabilité, Zefirino trouvait très vite le mot gentil pour apaiser le courroux de Maria. Maria transformait alors son rictus assassin en simple lippe désabusée, ce qui suffisait à remettre un peu de sérénité dans l'esprit de son fils. Puis, à la manière des chambellans de palais, elle donnait deux simples coups de canne au sol qui sonnait la fin de la récréation.

Souvent, Zefirino chantait. Il chantait fort et faux. Mais c'était pour faire plaisir à sa mère, qui adorait la musique. Surtout l'opéra. Surtout *Tosca*. Alors Maria battant la mesure avec sa béquille reprenait le *Vissi d'Arte* en chœur avec son fils. Et tout le bidonville où ils étaient installés entonnait le même morceau en canon pour les faire taire. La composition de Puccini défilait sur une mise en scène à la Wagner, et rien ne pouvait perturber les Gianlupino, même pas l'afflux des figurants, choristes excédés. Maria beuglait dans le registre baryton, son fils couinait comme une mezzo-soprano asthmatique. Ils ne lâchaient jamais l'affaire avant le *mi* bémol final.

Au chapitre des nuisances sonores, une étape importante avait été franchie avec l'arrivée de Polifemo, cet accessoire miraculeux ajouté à leur panoplie de *straccivendoli* des quartiers périphériques. Et là, le challenge paraissait impossible à surpasser pour leurs concurrents chiffonniers. Polifemo ! La révolution mécanique, l'aboutissement de la modernité domestique… Trois petites roues aux pneumatiques surgonflés, un siège en skaï d'un beige suspect, une cabine à peine rouillée, un plateau arrière à ridelles et un guidon, sans parler du phare qui pointait son œil rond au centre de la tôle d'avant-poste bombée. Rien ne manquait à ce tricyclope pétaradant !

Un vrai Piaggio APE, avec son moteur deux temps et ses freinages aléatoires. Un miracle économique, une avancée sociale inespérée.

Deux ans plus tôt, Maria Gianlupino était tombée d'un autobus sur la *via* Nomentada lorsque le marchepied avait cédé sous son poids. Son inséparable béquille datait de cet incident. Elle avait attaqué la compagnie des transports qui avait fait preuve d'une célérité suspecte pour régler le problème ; la mise en danger systématique des passagers faisait partie des usages séculaires des transports en commun locaux. Avec la prime de l'assurance, Maria avait équipé son chiffonnier de fils d'un superbe triporteur Piaggio, déniché d'occasion mais qui avait fière allure. Le propriétaire précédent l'avait repeint en rose fuchsia. Il avait passé deux couches. Son phare unique au milieu de la calandre lui donnait la même gueule un brin bornée que celle du cyclope des contes antiques. D'où le petit nom de Polifemo, lancé à la cantonade par un voisin un poil plus érudit que la moyenne de la plèbe. À la base, Polyphème était le nom du cyclope de *l'Odyssée*, celui-là même qui du fond de sa grotte avait pris les compagnons de voyage d'Ulysse pour des amuse-gueule sympathiques. Pour tous les autochtones, c'était le nom du triporteur. Point. Le sobriquet était resté dans la mémoire collective du quartier.

Polifemo faisait un bruit d'enfer, dégageait une fumée âcre d'un gris inquiétant et penchait avec obstination du côté passager. Toujours. Et c'est normal, Maria s'asseyait toujours du côté passager. Où qu'il aille, elle ne lâchait jamais son fils Zefirino, que le monde entier appelait *Dzè'*. La conduite du véhicule n'était pas manœuvre très aisée. Maria prenait toute la place sur le siège, et Zefirino devait conduire en s'affalant sur sa mère, les fesses calées dans un coin de l'habitacle. Les lois de la gravitation étant incontournables, le triporteur penchait sur la droite, tout le temps.

Chaque jour, au petit matin, l'aigre pétarade de Polifemo balisait l'emploi du temps de la communauté de Pietralata. Une haie d'honneur se formait lorsque le triporteur se présentait entre les immeubles décrépis. Les badauds, les désœuvrés, les gamins, les vieux, les mères de famille en route pour l'école, les responsables communistes en route vers la *Casa del Popolo* et les prolétaires en route pour leur bagne industriel, tous se figeaient pour profiter du spectacle. *Dzè'*, sa mère et son triporteur arrivaient, le rituel était immuable. Tous les autochtones se mettaient au garde-à-vous. Le triporteur se frayait un passage dans ce couloir improvisé. Zefirino enfonçait la tête dans les épaules, gêné. Maria bombait le torse, fière. Ce qui avait pour effet immédiat de déséquilibrer un peu plus le frêle véhicule et de faire plier l'amortisseur à en frotter le pneu arrière droit. Zefirino accélérait. Une tradition bien établie voulait qu'une fois le dernier indigène de la file dépassé, celui-ci criât :

« *Salve, Polifemo ! E buongiorno Pisa !* »

Ce qui pourrait se traduire par : « Salut à toi, Polifemo ! Et donne notre bonjour à Pise. » Ce à quoi l'officiant du jour rajoutait en ricanant que là-bas, à Pise, ils avaient des parkings spécialisés pour ce problème de truc qui penche. Et ce à quoi Maria répondait, en s'agrippant à la portière et en brandissant sa béquille :

« *Andate a fanculo ! Tutti voi !* Allez tous vous faire mettre ! »

Suivi d'une nouvelle invective, par principe :

«… *Comunisti di merda !* Communistes de merde ! »

Ni elle ni son fils ne portaient les adeptes du marxisme triomphant dans leur cœur. La brève altercation quotidienne prenait fin aussitôt. Hors de question de faire basculer le triporteur. Une fois son centre de gravité à peu près retrouvé, Polifemo s'éloignait dans un nuage d'huile et de poussière. Tout le quartier rigolait. Zefirino rougissait jusqu'à la pointe de ses oreilles, ravalant sa honte, maudissant sa mère et sa situation intenable de fils unique résigné. Maria râlait pendant les cinq minutes suivantes. Son sujet rémanent portait sur les communistes en général, contre lesquels elle avait un catalogue de griefs bien rempli.

Zefirino, chaperonné par sa mère, arpentait les banlieues du Lazio depuis toujours. Cartons, papiers, chiffons, bidons vides, détritus métalliques, tout était bon. Ces trésors inestimables les attendaient : il suffisait de courber l'échine et de les ramasser. *Dzè'* courbait l'échine et ramassait. Maria se contentait de grommeler en guise de soutien psychologique à son fils. Avec l'arrivée de Polifemo, la carriole historique avait été remisée. Le triporteur motorisé permettait de transporter des charges plus lourdes, plus loin, et surtout de partir explorer les poubelles des sept collines de Rome. Les Gianlupino prospéraient. Le changement d'activité n'a donc pas tardé à s'imposer. Les fripes revendues aux papeteries et la ferraille négociée à des prix toujours plus bas n'étaient plus la panacée du commerce, alors qu'il y avait un avenir certain dans la bestiole.

L'occasion leur avait été donnée de récupérer un cocker noir échappé d'une boutique. Le malheureux clébard en panique aurait bien pu passer sous les roues du triporteur si Maria n'avait pas beuglé à son fils de faire attention. Zefirino s'était arrêté à temps. Il avait pris la pauvre bête terrorisée dans ses bras pour la ramener dans l'échoppe d'où elle était sortie et la restituer à son propriétaire, à coup sûr mort d'angoisse. Un grand sourire avait accueilli *Dzè'* le sauveteur. Le fourreur était trop content de récupérer le chien qui pourrait lui fournir un col et un bonnet en véritable peau d'astrakan. Le cocker semblait moins content.

Les activités professionnelles de Zefirino ont alors évolué vers un commerce plus lucratif. L'approvisionnement du fourreur en quadrupèdes divers semblait pérenne : les animaux errants ne manquaient pas, les autres non plus d'ailleurs. L'artisan payait bien, et en espèces sonnantes. Les chiens, les chats, de race ou pas, et même certains rongeurs, faisaient l'affaire. Comme ces ragondins qu'on trouvait au bord des ruisseaux près de Priverno. Mais la chasse aux myopotames, puisque c'était l'appellation savante qu'utilisait le fourreur, est un sport délicat. Acrobatique et précis. Trop précis. Le myopotame est fourbe. Il est surtout furtif, trop prompt à se faufiler entre les roseaux des marais. Et Zefirino n'était pas un véloce. Bon, il y avait les rats. Mais les rats convenaient mal à la confection, même si ceux qui peuplaient les *borgate* autour de Rome étaient plus gros que des lapins et implantés en quantité dans les dédales de tous les bidonvilles. Oubliés les rats, les myopotames et les cochons d'Inde, Zefirino et sa mère s'étaient donc concentrés sur les chiens et les chats. Mais surtout sur les chiens. Les chats ont des griffes rétractiles, les chiens font juste preuve de mauvaise volonté lorsqu'on les coince.

Les Gianlupino essayaient autant que possible de ramener les animaux vivants. Les chasseurs de scalp engrangeaient une somme dix fois plus élevée lorsque la bestiole était livrée encore fringante, plutôt qu'abandonnée à l'état de cadavre format serpillière sur la banque de l'atelier. Comme il fallait contenir les proies une fois attrapées, Zefirino a très vite bricolé un grillage en guise de chapeau pour le plateau de son triporteur. La chasse était impitoyable. Ni la mère ni le fils ne faisait preuve de la moindre compassion. Les chiens s'entassaient dans la remorque, bâtards ou non. Après quelques hurlements à la mort et deux aboiements sans conviction, ils se résignaient à parcourir une dernière fois les ruelles romaines, la truffe à l'air, vers un sombre destin. Zefirino était appliqué à la tâche. Accompagné par son nuage nauséabond, Polifemo pétaradait sur les deux rives du Tibre, de Trastevere au Colisée. Après une période d'essai concluante, Maria s'est attribué le poste des relations commerciales pour leur petite entreprise. Très vite, ils ont trouvé à livrer un laboratoire en manque de matériel vivant. Les commanditaires restaient discrets sur l'usage fait des livraisons quotidiennes de la famille Gianlupino. Les progrès de la cosmétique valaient bien quelques sacrifices. Maria avait songé à récupérer les peaux des bestioles exterminées pour faire coup double chez le fourreur, mais cette négociation-là avait tourné court. Tant pis. Les expérimentateurs n'étaient pas regardants. Même quelques souris à peu près valides faisaient l'affaire, les jours où les Gianlupino revenaient bredouilles. L'avenir s'annonçait prospère, au grand dam de la cause animale. Jusqu'à ce matin de mai, un épisode de chasse pourtant identique à tous les précédents.

Le triporteur s'était aventuré sur le chemin de halage qui longe le Tibre, en contrebas de Longotevere. Quatre minutes plus tôt, Maria avait repéré quelques chats errants qui batifolaient devant le palais de justice, sur les trottoirs de la *via* dei Bresciani. Elle avait forcé son fils à engager une poursuite avec ces cibles alertes. Zefirino avait hésité ; conduire les trois roues bringuebalantes de Polifemo sur des voies aussi dangereuses que les berges du fleuve lui paraissait un exercice trop périlleux. Maria avait menacé de prendre elle-même le guidon de Polifemo. Son fils s'était exécuté, lassé des absurdités proférées par sa mère à longueur de temps. Il s'était retrouvé à foncer sur la rive gauche, traçant une meute de chats deux fois plus véloces que lui. Polifemo zigzaguait, les roues arrière dérapaient, Maria s'agrippait à la cabine. Après quelques hoquets mécaniques, Zefirino a stoppé son engin à la trajectoire incertaine. Maria s'est énervée :

« *Allora ?* Alors ?

— Alors on les a perdus.

— Mais non ! *Guarda, Dzè' !* Regarde, Zé' ! Ils sont tous là. »

Les chats avaient trouvé refuge sous le pont Giuseppe Mazzini. Ils étaient partis se percher entre les pierres sous le tablier, hors de portée. Maria a plongé un regard plein de reproche dans les yeux de son fils :

« *Allora ? Dzè'* ?

— *Allora !* Alors c'est bon, j'y vais. »

Zefirino est descendu du triporteur, armé de son fouet en cuir à nœud coulant et de son épuisette. Ces outils étaient indispensables pour capturer les animaux sans prendre le risque de se faire crever un œil ou arracher un doigt. C'était le même cérémonial pour chaque bestiole. Le fils soupirait, faisait le dos rond, prenait sur lui pour ne pas proférer un ou deux jurons, puis se tournait pour offrir un pâle sourire à sa mère. Résigné, il s'éjectait du triporteur et partait courser ses proies pendant que la mère attendait, avachie sur le siège, ravie de profiter de toute la place sur cette banquette défoncée. Le temps de la traque, Maria fredonnait quelque mélodie de Puccini puisée au hasard dans sa mémoire. Ce jour-là, elle a massacré *E lucevan le stelle*. Logique. Leur triporteur était passé au pied du château Saint-Ange quelques minutes plus tôt.

Zefirino a fait quelques pas dans l'ombre du pont, les yeux rivés vers la voûte. La tribu des chats le narguait, pas effrayée pour trois lires. C'est là qu'il a buté dans un obstacle inattendu. Un vieux cartable traînait au sol, oublié. Le coup de pied impromptu aurait bien pu l'envoyer valser dans les eaux troubles du Tibre ; l'objet s'est arrêté à quelques centimètres d'un plongeon définitif. Le cartable avait boulé, mais le fermoir tenait bon. À son allure bombée, Zefirino a vite compris qu'il n'était pas vide. C'était un porte-documents comme en possèdent souvent les notaires ou les professeurs, une sacoche à rabat, sans doute pleine à en juger par son poids conséquent et sa forme rebondie. Zefirino a hésité à l'ouvrir. C'était un bel objet, en cuir marron, à l'allure patinée. Mais satisfaire sa curiosité sans en faire part à sa matrone était une hypothèse inenvisageable. Il a refait les quelques pas qui le séparaient de son triporteur.

« *Mamma ?*

— Quoi encore ?

— Regarde ! J'ai trouvé ça. »

Maria a ouvert sa portière pour s'emparer du cartable. Le poids de l'objet lui a tiré un sourire. La journée s'annonçait sous des auspices favorables, ils venaient de trouver un trésor. Sa béquille posée sur le siège, ses mains grasses ont parcouru le cuir, palpant cette découverte inattendue avec un enthousiasme que son fils ne lui décelait que très rarement. La vérité, c'est qu'elle jubilait. Qui avait pu oublier une telle merveille dans un lieu aussi incongru, au bord du fleuve ? Un voyou traqué lâchant son larcin pour ne pas se faire prendre ? Une livraison de lingots mal négociée ? Un butin inavouable envoyé par-dessus bord à l'arrivée des *carabinieri* et échoué sous le pont ?

« Va attraper les chats plutôt que de me bader comme un crétin !

— Je voulais juste savoir ce qu'il y a dedans.

— Toi, tu chopes les chats, pendant que moi je regarde ce que c'est. Ne t'inquiète pas, je vais pas partir avec.

— Bien sûr.

— Qu'est-ce que je viens de dire, *Dzè'* ?

— Bon... Je reviens.

— Ah ! Tu reviens, mon pauvre *Dzè'* ? Bien sûr que “tu reviens” ! Où veux-tu partir ? »

Zefirino s'est dirigé vers le pont en courbant l'échine. Il était content pour sa mère : c'était un peu comme un cadeau qu'il lui aurait fait, une surprise. Mais en même temps, Zefirino enrageait. Cette femme cruelle n'avait donc aucune considération pour lui ? Mais comme à chaque saillie de la matrone, il s'est raisonné et a calmé sa révolte. Si c'était un trésor oublié, comme il le supputait et comme elle l'espérait, terminé la chasse aux quadrupèdes dans les bas-fonds de la ville ! Bien, une fois de plus, il devrait partager avec elle. Ou plutôt, c'est elle qui redistribuerait les dividendes. Comme d'habitude. Zefirino a haussé les épaules. Autant se concentrer sur sa chasse ; il aurait bien le temps de découvrir quelle serait sa part du gâteau. Maigre. Comme d'habitude.

Maria a bataillé avec le fermoir. Il était coincé. Sans doute la chute du haut du pont Mazzini n'avait pas arrangé les choses. Après quelques secondes fastidieuses, un cliquetis s'est fait entendre. Maria a esquissé un sourire satisfait. Elle a ouvert le rabat en cuir pour découvrir le contenu. Un morceau de métal brillait au milieu de papiers froissés. Maria a laissé échapper un rire sonnant qui est parti trébucher sous le pont. Zefirino s'est retourné, étonné. Et heureux. Il n'avait plus entendu rire sa mère depuis des années. C'était un jour de chance. Sa mère a repris le grand air de la *Tosca* avec brio, euphorique. Zefirino a regardé son triporteur avec émotion. Le pauvre Polifemo désormais obsolète serait bientôt remplacé par une vraie voiture, un cabriolet avec quatre roues et une peinture moins vulgaire que ce rose fuchsia hideux. Maria a ouvert grand le cartable. La bombe était réglée sur neuf heures trente-deux. Il était neuf heures trente-deux.

Pietrino

Pietrino Belonore a un problème avec ses émotions. Un gros problème.
Ce n'est pas le seul problème qui bouleverse le jeune homme assis sur un banc de l'église Sant'Andrea della Valle. Quelques rayons d'un soleil déjà haut rehaussent les teintes des vitraux. Une circulation incohérente agite le *corso* Vittorio Emanuele II. Les sons étouffés de klaxons et de quelques sirènes en panique troublent le calme de cette nef aux dimensions gigantesques, l'humeur romaine du jour est à l'affolement.

Les yeux rivés sur la fresque de la coupole, Pietrino serre les dents. Les larmes ne sont pas loin, mais il parvient à se contenir. Une heure plus tôt, il a croisé le regard d'une madone. Ces yeux d'un bleu virginal restent gravés dans sa tête depuis. Le regard de cette créature fantasmatique était du même azur que le pourtour de la coupole qui le domine. Le peintre Domenichino avait utilisé la même couleur irréelle pour le manteau du saint André, dans la scène surannée figée au centre de la voûte pile au-dessus de lui. Pietrino est bouleversé. Un choc, un traumatisme. Pietrino a perdu pied, un très court instant. Pietrino a douté. Et Pietrino a échoué. Si près du but. Il n'a pas été capable d'aller au bout. Il n'a simplement pas pu. À cause d'une fille croisée dans la *via* Giulia, une icône qu'il aurait pu ignorer. Il aurait dû l'ignorer.

Le groupe quittait le lycée Virgilio, une vingtaine de jeunes étudiantes sagement vêtues en route vers une visite muséale, accompagnées par deux femmes plus âgées, à la mine austère. Pietrino sortait de la petite traverse de Sant'Aurea d'un pas alerte. La procession informelle des lycéennes a accroché son attention. Leurs regards se sont croisés. Un frisson a parcouru son dos. Un coup de foudre, c'était donc ça ? Pietrino n'aurait jamais imaginé pouvoir être victime d'un tel égarement. Lui, le jeune homme taciturne, discret, lui qui se défendait de faire état du moindre sentiment, qui s'était donné comme règle de ne rien montrer, jamais. Pour lui, jusqu'à cette minute, la notion même d'amour était une astuce facile pour romans-photos, la réserve émotionnelle sans surprise des opérettes, la sérénade mièvre des gamines inexpérimentées, le fonds de roulement des discussions entre femmes au foyer désabusées.

Une jeune madone lui a souri avant de disparaître, entraînée par ses camarades. Elle a laissé Pietrino statufié. Il ne comprenait pas. Sa respiration s'est figée, une chaleur incohérente a rougi son front, ses tempes battaient la chamade. Ses jambes en tremblent encore. Il aurait dû fuir à ce moment précis. Son départ précipité était d'ailleurs prévu dans un protocole mis en place de longue date. Le moment était fondateur. Sa présence dans la *via* Giulia était déterminante. Ce projet représentait l'aboutissement d'années de réflexion, la réalisation de son plus profond dessein. Mais non. Pris de remords, il a tourné les talons. La chronologie reste floue. Il essaie de remettre les événements dans un ordre cohérent sans y arriver vraiment.

Parce que Pietrino a maintenant un problème avec ses pairs. Un gros problème, là aussi. Il se revoit courir, paniquer, bousculer quelques passants. Il se remémore ce triporteur grotesque à la trajectoire incertaine qui aurait pu le renverser au débouché du *vicolo della* Scimia. Quelques images confuses du Tibre déroulant ses flots sous le pont Mazzini bousculent la logique de son itinéraire brouillon. Il se revoit aussi franchir les ruelles autour du palais Farnese, déboucher sur Campo dei Fiori, essoufflé, à la recherche des filles du lycée Virgilio. Mais rien n'est vraiment clair. Un grondement a secoué le quartier, il l'a bien entendu. Il se voit traverser à contresens une grappe de curieux qui rejoint les quais du Tibre, sans pouvoir retracer son cheminement. Il ne garde qu'un souvenir précis, cette glissade burlesque sur le parvis de Sant'Andrea della Valle. Pietrino se précipitait vers l'obscurité apaisante de ses travées, sa cheville reste douloureuse. Son échec est sa seule certitude.

Le remords l'a envahi, les contradictions se bousculent dans sa tête. Si c'en était vraiment un, ce coup de foudre était irrationnel, absurde.

« Belonore ? »

La voix est douce, mais ferme, la tessiture grave. Pietrino s'est redressé, s'est calé contre le dossier. Il n'a même pas détourné son regard pour dévisager le nouveau venu installé sur le banc derrière lui. L'homme est penché vers son oreille : l'intimité de la confession est nécessaire. Pietrino sent le souffle dans son cou. Cette voix, cette odeur diffuse de cannelle, cette façon si particulière de rouler les « r ». Pietrino sait parfaitement qui est son interlocuteur. Il ne s'attendait pas à le retrouver. Surtout aussi tôt. Pietrino, la gorge serrée, réussit à mal articuler :

« J'ai tout raté, Fabio. Tout.

— Je sais. Le quartier est en ébullition.

— Je n'ai pas été à la hauteur, Fabio.

— Non. »

Une sirène plus stridente que les précédentes résonne dans la nef, quelques klaxons agacés lui répondent. Fabio attend la fin de la réverbération du chaos extérieur :

« Il y a loin de l'idéologie à l'action. C'était courageux de te proposer. Tu maîtrises parfaitement la dialectique. Mais tu n'as pas l'étoffe. Tu es sans doute un bon théoricien, Pietrino. Mais tu n'es pas fait pour le terrain. Je le savais. »

L'homme parle posément, abusant de silences interminables après chacune de ses ponctuations. Chaque pause paraît une éternité, comme à l'écoute d'une sentence attendue qui ne tombe jamais. Pietrino plonge la tête dans ses mains :

« Je suis désolé, Fabio. »

Le confesseur s'est reculé, laissant une distance stratégique. Pietrino s'est enfin retourné. Son mentor affiche une mine sombre. Une mèche mal gominée retombe sur son front haut. Le costume noir de Fabio se fond dans l'obscurité de l'église. Seuls ses cheveux aux reflets argentés découpent sa silhouette. Le quinquagénaire semble furieux. Il l'est vraiment. Pietrino n'a pas réussi à soutenir le regard de son précepteur plus de trois secondes. Il a replongé son attention sur la représentation grandiloquente de saint André encombré de sa croix qui tapisse le fond de l'abside, la seule image précise à laquelle il peut se raccrocher. Le martyre du saint patron des lieux entouré d'angelots aux abois apparaît comme une illustration prémonitoire de son propre avenir.

« Je t'ai déçu, n'est-ce pas ?

— Oui, Pietrino.

— Je vous ai tous déçus. »

Fabio a repris sa posture de confesseur. Il s'est à nouveau penché vers le cou du jeune homme, sa voix n'est qu'un souffle.

« Moi, je m'y attendais. Par contre, pour les camarades, la chute va être rude.

— Laissez-moi une chance ! Je peux recommencer. »

Fabio étouffe un ricanement.

« Non, tu ne peux pas, Pietrino. Planque-toi, maintenant. Fais-toi discret. Retourne à ton travail, et surtout reste vigilant sur tout ce que tu peux dire ou faire. Nous te recontacterons. »

Fabio s'est levé, a quitté la travée. Ses pas claquent sur le marbre du transept. Pietrino, effondré, retient son souffle. Un gouffre s'ouvre devant ses pieds, sa vie n'a plus de sens. Le cauchemar déroule sa logique. Mais un détail dans l'enchaînement des événements le perturbe. Fabio s'apprête à rejoindre le parvis lorsque Pietrino porte la voix :

« Comment as-tu su que j'étais ici ? »

L'écho de sa phrase l'a surpris : il a crié. Fabio, sur la défensive, scrute les allées de l'immense église. Elle est déserte. Pas une bigote en compétition de rosaire, pas un désespéré en crise de pénitence, pas même un curé à l'affût d'une confession. Fabio revient vers Pietrino, assez proche pour ne pas avoir à hausser le ton.

« Je savais que tu étais ici parce que nous t'avons suivi.

— Suivi ? Depuis quand ?

— Depuis quand ? Mais tout le temps, Pietrino. Depuis hier. Depuis une semaine. Depuis que tu t'es porté volontaire, depuis que le groupe t'a désigné. »

Pietrino n'en revient pas.

« Je t'ai à l'œil depuis le début, depuis le premier jour. Nous ne t'avons pas lâché depuis ce matin, nous t'avons vu à l'œuvre. Et rien de ce que nous avons vu ne m'a surpris. Ton attitude n'a fait que confirmer tous mes doutes.

— Vous ne m'avez jamais fait confiance ?

— En quoi j'ai eu raison, non ? Maintenant, je vais sortir, Pietrino. Reste encore dix minutes dans ce mausolée grandiloquent avant de partir. Personne ne doit nous voir ensemble. Nous te recontacterons, je te l'ai dit. »

Les pas ont résonné, la porte a grincé. Pietrino a attendu quelques secondes avant de se redresser pour aller dévisager ce pauvre saint André empêtré dans sa potence. La confrontation avec Fabio lui aurait presque fait oublier le visage de cette mystérieuse princesse qui lui avait souri comme dans un rêve. Il doit la revoir. Absolument. Il doit comprendre.

Le juge Fabio La Rocca a franchi le parvis de Sant'Andrea dalle Valle d'un pas alerte. Il aurait pu s'étaler comme Pietrino à son arrivée, mais il a su éviter la flaque grasse qui stagne devant le portillon. Une décapotable bleue l'attendait, garée deux roues sur le trottoir. Les deux hommes n'ont pas échangé un mot, l'Alfa Romeo a disparu à vive allure dans la circulation, en direction de la *piazza* Venezia.

Polifemo

Zefirino Gianlupino a un problème avec sa mère. Un gros problème. Plus personne ne retrouve sa tête, ni une de ses jambes. Zefirino a aussi un problème avec Polifemo. Les pièces du triporteur sont dispersées sur plus de trois cents mètres à la ronde.

L'explosion a secoué le quartier. Après un saut périlleux presque élégant qui a éjecté Maria Gianlupino, ou ce qu'il en restait, la structure métallique du petit véhicule a terminé son agonie dans le fleuve. Les vitres des immeubles de Longotevere dei Tebaldi gisent éparpillées sur les trottoirs. Deux platanes ont connu un gros coup de chaud, leur feuillage a pris une sévère avance sur les saisons à venir. Une béquille joue les mobiles façon Calder, pendue à une branche déplumée. La rive gauche du Tibre vit un moment de chaos. Les riverains sont tous là, regroupés contre la rambarde qui surplombe l'étroit chemin de halage sans comprendre ce qui a pu causer ce désastre. Alertés par la déflagration, quelques curieux ont rejoint les autochtones. Tous sont au spectacle, accoudés au balcon d'un théâtre improvisé qui déroule sa scène vingt mètres en contrebas. Une dizaine de seconds rôles s'agitent autour de la vedette du jour, qui n'en demandait pas tant.

Zefirino est sonné. Il a une plaie au front, quelques acouphènes horripilants et une diction hésitante. L'onde de choc l'a mis à terre. C'est un miracle qu'il en soit sorti aussi peu abîmé. Les *carabinieri* sont arrivés très vite, accompagnés des premiers secours. Une dizaine d'hommes en uniforme s'affairent sur la berge étroite à rassembler les rares morceaux identifiables du puzzle. Le constat est clair, personne ne peut plus rien pour la mère du chiffonnier. Des morceaux de chair constellent le quai. Un bras encore dodu semble indiquer la direction à suivre pour rejoindre Trastevere, sur l'autre rive. L'essentiel du tronc gît à quelques pas du pont Mazzini. Une jambe manque à l'inventaire. Les chats n'attendent qu'une accalmie dans le bordel ambiant pour venir ponctionner leur repas du jour : la perspective est copieuse.

Les enquêteurs tentent de récupérer quelques indices, sans illusion. Alors que les hommes de l'art thésaurisent les boulons et les miettes de pare-brise, un vice-brigadier ventripotent et son stagiaire, un première classe prénommé Ciro, s'affairent à noter sur leurs carnets les explications ampoulées de Zefirino. Dès le départ, la conversation était vouée à l'échec mais il fallait bien respecter le protocole. Le brigadier a voulu tenter un interrogatoire. Malgré la débâcle annoncée de cette confrontation, il a considéré l'exercice comme une expérience sociologique intéressante pour son stagiaire. Effectivement. Ciro s'est retrouvé condamné à transcrire toutes les réponses sur son calepin, son supérieur hiérarchique se contentant de gribouiller des traits verticaux et horizontaux qui coupent des cercles mal dessinés sur le dos de son propre bloc-notes.

Zefirino scrute avec tristesse une moitié de pneu calciné. Il l'avait ramassé sur le sol noirci : le brigadier le lui a emprunté pour l'observer quelques secondes avant de le lui rendre, comme on se débarrasse d'un talisman maléfique.

« C'était votre véhicule ?

— Polifemo ! Mon Polifemo !

— C'était la marque ?

— Non, c'était son petit nom.

— Son petit nom ? Le petit nom de qui ?

— Le petit nom de mon véhicule. Polifemo ! »

Le stagiaire maintient son crayon en l'air, prêt à fondre sur la page vierge de son rapport :

« Je note “Polifemo”, brigadier ?

— Note “Polifemo”, Ciro ! Note bien sur le carnet.

— Po-li-fe-mo. »

Face au désarroi du chiffonnier, le brigadier s'est transfiguré en mode avenant. La tactique est simple : un interlocuteur pantelant ? Un rictus compassionnel ! C'est une des recettes suggérées dans le manuel distribué aux enquêteurs de terrain.

« *Allora ?* Et alors ? »

Alors Zefirino est désespéré, au bord des larmes. Depuis le début de la conversation, le chiffonnier bat des bras sans cesse, comme ces poulets de basse-cour qui n'arrivent jamais à s'envoler. Il soliloque les deux mêmes phrases, en boucle.

« *Ora è tutto finito !* Tout est terminé ! »

Le chiffonnier postillonne dru à chaque consonne trop rugueuse.

« … È *una maledizione !* C'est une malédiction ! »

Ciro a du mal à suivre, pas très à l'aise dans sa graphie à main levée.

« "*Una maledizione*" ? Je dois noter pour la malédiction ?

— Pas la peine, Ciro… Pas la peine. Sinon, le tas, là-bas ? »

Zefirino se tourne vers le pont, décontenancé par la fausse bonhomie et le vocabulaire approximatif de l'enquêteur.

« Quel tas ?

— *No, cioè ! Ma voglio dire…* Non, c'est pas ça que je veux dire ! Pas le tas. Le corps allongé là-bas ? C'est votre mère, c'est bien ça ?

— Bien sûr !

— Vous la reconnaissez ?

— Bien sûr !

— Même sans la tête ?

— Ma mère, je la reconnaîtrais sans la tête ! Sans les jambes ! Sans les bras !

— Sans les bras ?

— Bien sûr ! Vous voyez celui-là, là ? »

Le brigadier et son stagiaire voient bien celui-là, là. Et c'est bien un bras. La pièce de bidoche est venue s'échouer contre un bollard rouillé. Le morceau sanguinolent est prolongé par une main grassouillette, encore agrippée à la poignée du cartable. Zefirino vire péremptoire, enflammé par un lyrisme incongru :

« Ça, c'est ma mère ! Même s'il était resté qu'un seul orteil, je l'aurais reconnue ! Même un seul ongle !

— Même un seul ongle ?

— Même s'il n'était rien resté, je l'aurais reconnue ! »

S'ensuit un silence religieux, habité d'un respect cérémoniel. Profonde admiration du corps tout entier des *carabinieri* romains après cette magistrale leçon de probité. Ils n'applaudissent pas, le moment n'est pas opportun. Mais le rictus du brigadier jusque-là ambigu se transforme en sourire franc :

« *Salve, Zefirino !* Grâce à Dieu, Zefirino ! Vous êtes un bon fils. »

Le *kyrie* de la *Messa di gloria* de Puccini est venu résonner dans le crâne de Zefirino, tout droit sorti de sa mémoire. C'est un moment de grâce. Le stagiaire a noté sur ses feuilles que Zefirino était un bon fils, le brigadier approuve. Pour la première fois de sa vie, Zefirino dispose d'un auditoire captif. Le chiffonnier est mûr pour déballer plus de quarante années de frustrations, prêt à raconter par le menu toute une existence d'aliénation aux codes pervers du matriarcat méditerranéen. Il se lance, exalté :

« Ma mère, elle passe dans une rue, je suis capable de la déceler une heure après ! »

Le brigadier grimace en montrant le cadavre mutilé :

« Si c'est bien votre mère qui est échouée là-bas, il va falloir vous faire une raison. Elle aura du mal à passer dans les rues, désormais. »

La magie n'aura pas duré. Zefirino met plusieurs longues secondes à revenir à la réalité. Oubliés Puccini et les angelots de sa messe de gloire ! Il réalise enfin l'irréversibilité de la situation. Il secoue la tête, commence à trembler.

« *Mamma ! Dio mio !* J'étais avec elle dans Polifemo, une minute avant l'explosion. Et puis j'ai trouvé le cartable.

— Quel cartable ?

— Le cartable sous le pont. Je l'ai donné à ma mère. J'ai jamais rien pu cacher à ma mère. C'était un beau cartable, un peu usé.

— Nom ?

— Nom de quoi ? Du cartable ?

— Nom et prénom de votre mère ?

— Gianlupino... Maria Felicita Scolastica Immacolata Gianlupino. »

Le stagiaire scribe tire la langue, le papier de son carnet frise la déchirure épistolaire. Le brigadier est pris de pitié.

« Ciro ! Tu notes juste "Maria", ça suffira. »

Le première classe note : Maria. Cet interrogatoire devient pénible, il est temps de conclure :

« Née ?

— À Vermicino !

— Non, je vous demande son nom de jeune fille.

— Ma mère, elle a jamais été jeune fille. C'est impossible. Si vous l'aviez connue comme moi…

— D'accord, Zefirino ! On va oublier le nom de jeune fille. Vous faisiez quoi avec votre mère ?

— On est venus pour les chats.

— Quels chats ?

— Les chats sous le pont. Mais ils ont été trop rapides.

— Vous cherchiez des chats ? Vous êtes chiffonnier ou taxidermiste ? Et c'est quoi, cette histoire de cartable ?

— Une vieille sacoche. C'est ça qui a explosé quand maman l'a ouverte. Maintenant il ne reste plus rien. Ni du cartable, ni de maman. »

Le brigadier a lorgné vers le tronc sans tête étalé sur le chemin de halage. Un chat plus téméraire que ses condisciples s'approchait, prêt pour la dégustation. À la vue du prédateur, Zefirino a balancé le bout de pneu cramé qu'il tenait contre son cœur depuis le début de l'instruction. Bim ! Sur le crâne de la bestiole, pile poil. Surpris par le projectile, sonné par le choc, le carnassier s'est fourvoyé. Il a fui comme un dératé, sans bien mesurer la proximité du fleuve. Le bord du quai glisse. Ses griffes acérées ne suffisent pas à le retenir. Le marbre romain, c'est autrement plus dur que les troncs des platanes pour faire son intéressant et jouer les acrobates. Les autres chats se contentent d'assister au naufrage de leur congénère, sans broncher. Zefirino exulte :

« Personne touche à ma mère ! Ma mère ! Dieu ait son âme. »

Le brigadier s'est signé, un réflexe. Le stagiaire aurait bien voulu se signer lui aussi, mais son carnet et son crayon l'encombrent. Zefirino enchaîne, l'air buté :

« Sauf qu'il ne l'aura pas.

— Qui ? Qui n'aura pas quoi ?

— Dieu !

— Qu'est-ce qu'il n'aura pas ?

— Dieu ! Il l'aura pas, son âme. Cette femme n'avait pas d'âme ! »

Ciro avait recommencé à écrire, il s'est arrêté net. Le vice-brigadier perd patience, pour preuve son intonation de plus en plus irritée :

« C'est-à-dire ?

— Ma mère n'ira pas au paradis. Jamais. Ils ne sont pas fous, là-haut ! Ils ne la voudront pas. Y a que des pauvres crétins comme nous, ici, qui avons pu la supporter. »

Le vice-brigadier signifie à son stagiaire qu'il peut remballer son carnet et sa concentration : l'entretien est terminé.

« Vous êtes nombreux, comme crétins, dans votre famille ?

— Je suis fils unique.

— C'est une chance. »

Zefirino est désemparé. Le brigadier précise, pédagogue :

« Une chance pour nous, je veux dire. Vous voyez ?

— Non. »

Un aparté inespéré met un terme à la banqueroute rhétorique en cours. Un caporal vient exhiber un objet rond cerclé d'une ferraille rouillée sous le nez de son supérieur hiérarchique, trop heureux d'avoir enfin mis la main sur une preuve.

« On a retrouvé ça, vice-brigadier ! C'est le seul truc resté intact. »

Zefirino se décompose, plus bouleversé par ces retrouvailles inespérées que par le décès de sa mère :

« L'œil du cyclope ! »

Ciro s'apprêtait à immortaliser cette phrase, son chef l'interrompt aussitôt :

« *Basta cazzate !* On va arrêter les conneries, maintenant ! Écris simplement qu'on a retrouvé le phare du triporteur. »

Fin de la récréation. Le brigadier a placé d'office le phare du Piaggio dans les mains du chiffonnier avant de signaler aux ambulanciers de la morgue qu'ils pouvaient embarquer ce qui restait de sa mère. Les *carabinieri* se sont regroupés avant de partir vers d'autres incidents urbains. Zefirino, abandonné, a regardé sans broncher les deux employés maladroits se débattre pour placer le cadavre sans tête ni bras sur une civière trop étroite pour sa corpulence. L'opération s'est révélée délicate. Lorsqu'ils sont enfin arrivés à retourner le corps, Zefirino a repéré deux détails. Le rabat du cartable était resté coincé sous la matrone, et deux feuilles de papier étaient collées à ses vêtements. Avant de glisser la civière dans l'habitacle de leur véhicule, les ambulanciers ont décollé, puis jeté les deux feuilles volantes dans le Tibre. Un courant d'air providentiel les a rabattus sous le tablier du pont. Elles ont atterri au milieu des chats, toujours aux premières loges mais frustrés qu'on les prive d'un festin qui promettait d'être pantagruélique.

Spectacle terminé, *è finita la commedia*… À peine les forces vives de la police romaine dispersées et l'ambulance partie, les curieux se sont évaporés. Seuls les chats déçus et un Zefirino hébété sont restés plantés au bord du fleuve, sur la berge désertée. Un silence lugubre retombe, perturbé par les remous de la retenue en aval, autour de l'île Tiberine. Debout au milieu des débris, le chiffonnier observe le champ de bataille. Seules quelques miettes de son triporteur et une flaque sombre attestent du grand cirque dont il a été un des clowns. Le dernier badaud encore présent, un grand chauve dont le crâne luisait au soleil, s'est enfin décidé à s'éclipser. Zefirino a croisé le regard de cet ultime spectateur, qui semblait déçu. Le fait divers est pourtant d'une ampleur désastreuse. Zefirino fait quelques pas sous le tablier du pont Mazzini. Il récupère une des feuilles maculée du sang de sa mère, plus par fétichisme que par curiosité. Le contenu l'intrigue. Un dessin maladroit représente un barbu à l'œil mauvais qui pointe du doigt le lecteur. L'oncle Sam est coiffé de son haut-de-forme sur lequel sont tracées quelques croix gammées. Zefirino reconnaît l'icône, même si le graphisme est maladroit ; il a plus de mal à déchiffrer le texte ronéotypé sur le tract : la lecture n'a jamais été son passe-temps favori. La revendication est virulente. À en croire la diatribe, les impérialistes américains ne sont pas les bienvenus dans ce pays, où une révolution prolétarienne imminente promet de les chasser manu militari. Et ils sont des assassins, c'est écrit. Même proclamé. Une faucille et un marteau à l'allure inhabituelle ponctuent la signature d'un groupe baptisé *Potere Rosso*, le pouvoir rouge. À en observer les taches de sang qui constellent le tract, ce surnom est bien choisi. Zefirino range le papier avec soin dans sa besace, comme on conserve un prospectus en souvenir d'une visite dans un lieu remarquable. Il se souviendra longtemps de ce lieu remarquable.

Fabio

Le maître d'hôtel est tétanisé. Sa tension est montée de trois points, il est d'une pâleur à faire rêver les geishas. Il a senti deux gouttes de transpiration rouler le long de sa colonne vertébrale. Sa bouche est devenue pâteuse lorsqu'il a tendu les menus, il s'est entendu bégayer lorsqu'il a passé la carte des vins.

Comme à chaque visite de ces deux clients, il est investi d'un pouvoir extraordinaire : il sait lire l'avenir. Et l'avenir n'est pas glorieux. Il va se mettre à dos tout le staff de la cuisine, et éventuellement les clients qui déjeunent autour. La terrasse de l'hôtel Forum est à moitié vide. La vue sur les ruines romaines est unique, un joli soleil de fin de printemps réchauffe les cœurs, mais rien n'y fera. Le repas va dégénérer dès que les *antipasti* vont être servis. Il sait que, quelle que soit la commande, les deux caractériels renverront les plats en cuisine en maudissant le chef et ses apprentis cuistots. Le cinéma est le même à chacune de leurs visites. Le ton va monter, il va devoir s'excuser platement, se mettre plus bas que terre, faire preuve d'une diplomatie inutile, ouvrir pour rien deux ou trois bouteilles de prix. Le client est roi. Et ils sont des clients. Les deux rois capricieux bataillent de conserve, du même côté de l'échiquier. Ces deux plaies viennent rarement manger sur sa terrasse panoramique, mais comme à chaque fois, l'escarmouche s'annonce dévastatrice. Ils ont commandé des fruits de mer en quantité et un vin blanc de Vénétie, un cépage garganega pourtant irréprochable. Et aujourd'hui, les deux clients ont déjà l'air très énervés, ce avant même d'avoir passé leur commande. Le ton de leur conversation est houleux, et il n'est pas question de s'approcher de la table. Le plus grand des deux l'a déjà fusillé du regard. Le maître d'hôtel ne montera au combat qu'avec l'arrivée du sommelier et de sa bouteille de blanc, par pure solidarité avec son personnel. Et puis, c'est une règle de bon sens, même si les indiscrétions et les ragots font partie de la culture locale : on ne s'approche pas de la conversation lorsque deux magistrats sont en affaire. Aujourd'hui, les affaires ont l'air tendues, une bonne raison pour s'éclipser vers l'arrière-salle et attendre, résigné, le signal de l'assaut.

Les deux quinquagénaires sont assis au bout de la terrasse, mais la vue somptueuse sur le Capitole et les ruines de la Rome antique ne les touche pas. Costumes noirs, cravates sombres, cheveux grisonnants, l'uniformité est la règle pour les deux magistrats. Le juge Fabio La Rocca abuse de la gomina, le juge Carmine Bartolomeo abuse du brushing, c'est la seule différence notoire entre leurs silhouettes sinistres.

« Le fiasco est complet, Fabio.

— Pas totalement. Nous avions prévu un incident possible.

— Un incident ? Mais d'où vous l'avez sorti, ce Belonore ? En ce moment même, ce devrait être la panique totale chez les Américains. Et total, rien. Ils ne se sont rendu compte de rien.

— Ne crois pas ça, Carmine. Ils ont des yeux partout. L'explosion a secoué tout le centre de Rome. Leurs services doivent être sur la brèche.

— Et le conseiller Craven est toujours là.

— Oui. Et alors ? La cible était symbolique, non ? »

Carmine Bartolomeo marque une hésitation avant de répondre :

« Symbolique ? Oui, bien entendu. Mais pourquoi avoir choisi ce gamin ? Tu as formé huit militants dévoués, prêts à aller jusqu'au bout du combat. Et c'est lui que tu envoies au casse-pipe.

— Ce gamin, comme tu dis, est le plus âgé de mon groupe. Il était motivé. Un soldat totalement investi dans sa mission.

— On l'a vu à l'œuvre, le soldat !

— Et surtout, il est dans la place.

— Parce qu'il travaille au cabinet Amber&Abel ? Il y a plus de dix cabinets d'avocats d'affaires qui collaborent avec les Américains dans Rome. Et Amber&Abel n'est pas le plus gros.

— Amber&Abel travaille essentiellement avec le ministère des Armées. Pietrino Belonore est le seul juriste parmi nos militants.

— Un juriste ? Trois années de droit international à Milan ? Ton juriste se retrouve à vérifier les notes de bas de page et l'orthographe des contrats commerciaux avec les fournisseurs de papier-toilette des consulats américains !

— Il peut avoir accès aux dossiers sensibles.

— Tu parles d'un dossier sensible ! Tu envoies un gratte-papier introverti sur une mission capitale… Ce paysan a tout foiré. Et à tous les coups, il a laissé des indices. Le groupe va être très mal si c'est le cas.

— Trois de nos militants l'ont espionné pendant toute l'opération. Il n'a laissé aucun tract chez le conseiller Craven. Et ceux en sa possession ont été détruits dans l'explosion, a priori…

— Comment ça, a priori ? »

Le juge Carmine Bartolomeo vient de hurler. Il est rouge pivoine. Aucun des clients n'a osé se tourner vers la table des deux magistrats. Le sommelier qui avançait à pas feutrés s'est figé, terrorisé. Le maître d'hôtel passe une tête sur sa terrasse avant de retourner à l'ombre, à l'abri de la mitraille. Les deux juges font une pause dans leur conversation agitée, laissant passer le moment de dégustation. Le sommelier, proche de l'évanouissement, verse un fond de verre pour laisser estimer la qualité du vin. Carmine grimace avant de faire un signe sévère au petit personnel pour qu'il lâche la bouteille sur la table et qu'il dégage. Le juge reprend sur un ton plus calme :

« On peut en être certain ?

— On en est certain.

— Je ne veux plus aucun contact de *Potere Rosso* avec ce Belonore.

— Il est d'ores et déjà isolé. Les consignes sont strictes, aucun de mes jeunes ne doit plus le croiser. J'ai juste laissé Mathias en garde-fou.

— Mathias Baglioni ? Le dandy ?

— Il nous a prouvé son efficacité, non ?

— Un amateur, lui aussi. Séduisant, mais pas beaucoup plus fiable. Il faut dissoudre le groupe, Fabio.

— Tu plaisantes ? On ne peut pas effacer deux ans de travail d'un coup d'éponge.

— J'ai l'air de plaisanter ? La brigade *Potere Rosso* n'existe plus, Fabio.

— On ne peut pas tout arrêter comme ça !

— La faute à qui ?

— Carmine, laisse-nous encore une chance. Cet échec était une possibilité, notre stratégie de lutte s'étale sur le moyen terme. Elle est plus complexe qu'un simple attentat spectaculaire. »

Carmine Bartolomeo réfléchit un long moment. Les conversations ont repris autour des tables environnantes. Le maître d'hôtel arrive en tremblant, les bras encombrés d'un énorme plateau de fruits de mer. Fabio ne jette même pas le coin d'un œil sur la langouste qui chapeaute la pyramide de coquillages. Carmine ne jette même pas le coin d'un œil sur le pauvre maître d'hôtel. Il se contente de lui balancer un sourire diplomate et un simple :

« *Benissimo, grazie !* Très bien. Merci. »

Le maître d'hôtel aurait volontiers hurlé de joie, il retient in extremis son enthousiasme et s'en va faire un compte rendu de cette victoire inespérée à la brigade en cuisine. Carmine attend que les conversations autour d'eux reprennent pour se pencher vers Fabio.

« Éparpille tes gars, fais-toi discret. Efface toutes les traces. Et évitez la centrale abandonnée de Montemartini. Vous allez finir par vous faire repérer, même si plus personne n'ose mettre les pieds dans ce tas de ruines. Et pour Belonore…

— Belonore peut encore nous servir, Carmine.

— *Certo !* »

Joseph, Vladimir & Co

Zefirino Gianlupino a rejoint son bidonville à pied. Sa première heure de marche a été consacrée à une contemplation appliquée de l'œil du cyclope qu'il tenait serré dans sa main. C'est tout ce qui lui restait de Polifemo, son triporteur défunt. Soustrait à sa calandre d'origine, l'accessoire se révèle d'une inutilité crasse. Mais le chiffonnier éprouve un certain réconfort à trimbaler le dernier objet témoin de son ancienne vie. Parce que, forcément, sans son triporteur et sans ses bestioles à chasser, sa vie va changer. Et surtout sans sa mère ! Il n'arrive pas à imaginer son avenir proche sans les admonestations permanentes, sans les reproches séculaires, sans les hontes bues et les caprices de la matrone supportés à flux tendu.

Maria Gianlupino est morte. Zefirino a bien réalisé l'ampleur du drame qui l'affecte. Sauf que ce drame ne l'affecte pas du tout. Cette délivrance est inespérée. Il est libre. Il n'aura plus jamais à trimballer l'impotente sur les routes du Latium, plus jamais à subir l'humiliation, plus jamais à ressentir de culpabilité à chaque mot mal choisi. Il n'aura plus jamais à supporter l'odeur de javel incrustée dans chaque pore de sa mère, ni les coups de béquille, ni les rictus désapprobateurs à chacune de ses tentatives de prise d'autonomie.

Essoufflé par son trajet, mais surtout éprouvé par la tension des événements récents, Zefirino s'est arrêté un moment sur la *via* Giolitti, à proximité du temple dédié à Minerve la guérisseuse. Ce tas de ruines n'évoque rien de plus chez lui. C'est juste un repère dans ses déambulations romaines. Minerve fournit une vieille pierre pour s'asseoir à l'ombre, c'est tout ce qu'il désirait. *Minerva Medica* ? Vu l'état de sa mère lorsque les brancardiers l'ont déménagée vers la morgue, les divinités romaines seraient bien incapables de guérir quoi que ce soit. Un sentiment diffus de culpabilité a traversé son crâne : c'était sa mère, tout de même. Zefirino a secoué la tête très fort, comme pour éjecter ces pensées morbides qui pouvaient encore l'affecter. Il a rangé le phare du triporteur dans la besace qu'il porte en permanence en bandoulière, s'est reposé quelques minutes, a essuyé son front qui perlait de transpiration. Les hoquets gras d'une motrice à vapeur sur les voies derrière lui l'ont sorti de sa torpeur. Les aiguillages grinçaient, les bielles cognaient. Des wagons de matériaux exfiltrés de la gare proche ont défilé. Leur succession était hypnotique, comme le bruit des roulements sur les rails disjoints. Il était temps, Zefirino devait rentrer à Pietralata. Il en avait encore pour une bonne heure, en comptant avec le détour obligé par la *Casa del Popolo*, la maison du peuple, pour annoncer la nouvelle du décès de madame mère Gianlupino.

Fouillant dans sa besace, Zefirino est tombé sur le tract maculé de sang. Il a tenté de déchiffrer quelques syllabes mais sans plus de succès. Le rouge avait tourné au brun, et une odeur âcre sourdait du papier. Le dessin paraissait toujours aussi agressif, l'oncle Sam toujours aussi teigneux. Zefirino devrait faire déchiffrer ces lignes, une fois arrivé en territoire connu. Qui revendiquait quoi ? Qui était responsable de la mort de Maria Felicita Scolastica Immacolata Gianlupino ? La logique des arguments des révolutionnaires responsables du tract le dépassait, comme pas mal de choses dans son quotidien. Un sifflet de locomotive l'a sorti de sa rêverie concentrée, il est reparti d'un pas volontaire. Traverser le cimetière monumental de Verano dans le calme lui ferait le plus grand bien. C'était surtout le plus simple raccourci pour rejoindre son bidonville au bord de la rivière Aniene.

Sa mère évaporée, une nouvelle ère s'ouvre devant lui. Le bonheur point à l'horizon. Il pourra remiser le lit de camp en fer-blanc et mauvaise toile et enfin coucher sur le canapé défoncé. Ce seul meuble remarquable de leur cabane en planches et parpaings était jusque-là réservé à sa mère. Désormais, c'est « *sa* » cabane. Pour la première fois de sa vie, Zefirino s'est permis de faire preuve d'imagination. Pour la première fois de sa vie, il n'a aucune limite. Une bonne humeur exponentielle s'est installée au gré de ses prospectives. À chaque changement de travée, Zefirino jubilait un peu plus. Cerné par les millions de tombeaux de Verano, Zefirino renaissait. Il a même ri, d'un rire franc et sonore, lorsque enfin sorti du cimetière, il a atteint la *via* Masaniello. Son avenir fantasmé depuis quelques minutes l'avait mené loin. Ses digressions prenaient corps. Il s'était affranchi de sa vie misérable, avait prospéré dans une destinée de roman-photo. Sa réussite était exemplaire, la chance avait été de son côté. Zefirino s'était fait élire vice-président du conseil, côtoyait Aldo Moro et palabrait avec Amintore Fanfani. Il déjeunait avec Luigi Longo pour s'informer du bilan du onzième congrès du parti communiste. Tous ces visages d'hommes sérieux en costumes cravates croisés à longueur d'année dans les pages des journaux étaient devenus familiers, Zefirino était l'intime des grands de ce pays. Et il projetait de déménager sous peu dans un appartement avec deux vraies pièces à vivre et l'eau courante, pas moins. Mais avant, il devait une visite à Pietralata, pour les informer de cette tragique disparition. Les bénévoles des services sociaux qui supportaient les humeurs de sa mère au quotidien méritaient au moins cette attention.

Lorsqu'il est arrivé devant la *Casa del Popolo*, les mines étaient sombres. Le chef de section du Parti, un gaillard prénommé Ferrante, s'est précipité vers lui. Il semblait atterré.

« Au nom de tous les camarades de la cellule Andreï Sergueïevitch Boubnov de Pietralata, je t'exprime nos plus sincères condoléances.

— Euh… Merci.

— Ta mère était une femme admirable. Toute la cellule se joint à moi pour te faire part de notre immense tristesse, et de notre profond… notre profond… »

Ferrante s'est tourné vers les hommes qui l'accompagnaient. Tous étaient regroupés autour de leur chef, tous affichaient des têtes de déterrés. L'affliction semblait sincère, les mots maladroits. Le même troupeau qui raillait au passage du triporteur chaque matin se tenait immobile autour de son mâle dominant, un vieux militant ventripotent originaire d'Avezano qui ne trouvait plus ses mots. Un nabot édenté prénommé Paolo est venu en aide à son autorité de tutelle :

« Notre profond ennui ?

— *Ma, Paolo !* Enfin, Paolo ! Pas l'ennui !

— Notre profonde catastrophe, alors ?

— C'est pas un sentiment, une catastrophe.

— Pourtant, c'est pas agréable quand ça arrive. Amicalerie ?

— Ça se dit pas, “amicalerie”. Notre profond sentiment de…

— De ressentiment ?

— Un sentiment de ressentiment, Paolo ? Ça veut dire quoi ?

— Je sais pas ! C'est toi le chef, Ferrante ! C'est toi qui dis. *Allora va fangul !* Tu dis un peu ce que tu veux. »

L'édenté s'est éclipsé, bougon, laissant la place à un jeune du quartier maigre comme une morue salée, aussi avenant qu'un sous-officier de la *Guardia di Finanza* à la frontière suisse. Merluzzo Salato[1] s'est imposé dans la conversation :

« Notre profond respect, non ?

— Elle est morte, sa mère !

— Et alors, ça empêche pas le respect.

— Ça empêche pas, mais ça termine pas ma phrase.

— Profond désaccord ? On le dit souvent, ça.

— Dans les négociations avec les représentants du patronat, oui. Pas pour un deuil.

— Dis "profond deuil" alors.

— Ça veut rien dire, un deuil profond.

— Pourtant si, Ferrante ! Un deuil profond, c'est comme un deuil… mais profond. »

La morue salée mimait le deuil profond avec application et une inventivité certaine. Il mimait mieux le profond que le deuil, quoique son jeté de tête en arrière les yeux mi-clos évoquât bien une mort subite. Merluzzo Salato s'est fait insistant sur la profondeur du profond. C'était vraiment très bas, le profond du profond. Ses doigts en touchaient la première marche du seuil de la *Casa del Popolo* alors que son cul frôlait les poignées de porte. Un signe radical de son responsable de cellule l'a stoppé net dans sa chanson de geste. Le ventripotent chef de section a attendu que Merluzzo Salato se redresse pour enfin s'adresser à Zefirino qui attendait docilement la fin du laïus et de la représentation.

1. Morue salée.

« Nous sommes désolés, Zefirino. »

Une larme coulait sur la joue du communiste, ses camarades se retenaient à peine. Même les deux frères Rossi, pourtant peu enclins à toute sensiblerie, semblaient très atteints. Cet accueil lui faisait l'effet d'une douche froide. Lui qui pensait pouvoir boire un coup de grappa à la santé de sa mère défunte, du socialisme soviétique et de ses Républiques unies ! Manifestement, l'heure n'était pas à la gaudriole. Le chiffonnier a soudain perdu l'enthousiasme qui l'avait porté depuis les rives du Tibre, il en était presque rendu à se fondre dans la tristesse collective.

« Il faut qu'on te parle, Zefirino. Entre ! »

Zefirino a fait quelques pas dans la grande salle de la maison du Peuple. Les camarades se sont écartés sur son passage, dans une haie d'honneur respectueuse. Les deux frères Rossi fermaient le cortège. Ces deux fervents staliniens ont toujours eu un quotient intellectuel limité mais une masse musculaire très utile dans les manifestations houleuses.

De grands dessins exécutés par les enfants du quartier lors d'une animation collective d'hiver tapissaient les murs craquelés du bâtiment. Il leur était a priori plus facile de dessiner les marteaux que les faucilles. La logique était respectée, la culture de la banlieue romaine étant plus industrielle que rurale. Des portraits maladroits de Lénine, de Staline et de Palmiro Togliatti, meneur historique du Parti mort quatre années plus tôt, toisaient les rares occupants de la large pièce. Zefirino restait interdit :

comment les camarades avaient-ils su ? L'explosion avait eu lieu en plein centre de Rome dans la matinée, et tout le quartier était au courant du décès de Maria Gianlupino avant l'heure du repas. Il savait que les rumeurs courent vite d'une colline à l'autre, mais pas à ce point.

« Zefirino, nous sommes avec toi dans cette épreuve.

— C'est gentil.

— Si tu as besoin de quoi que ce soit… »

Zefirino aurait aimé articuler répondre « un nouveau triporteur », il n'a pas osé. Le ventripotent d'Avezzano a repris la parole, embarrassé :

« Je sais, nous avons quelquefois été taquins avec ta mère et toi.

— Bah… C'est la vie, Ferrante ! Et c'est normal, non ?

— Nous n'aurions pas dû, Zefirino. La sainte femme…

— Quelle sainte femme ?

— Maria, ta mère…

— Ah !

— La sainte femme était une figure du quartier, tu dois être ivre de chagrin. »

Zefirino aurait bien aimé éprouver l'ivresse, sans forcément abuser du chagrin. Il avait une soif terrible, le soleil de mai plombait la banlieue, et les camarades n'étaient pas disposés à lui offrir autre chose que leurs sincères condoléances.

« Vous l'avez appris par qui ? »

La morue salée, dont le vrai prénom était Scipione mais que toute la banlieue nord-est de Rome surnommait *Merluzzo Salato,* s'est interposé, fier :

« C'est mon cousin, celui qui travaille aux pompes funèbres municipales de Mostacciano. Il est marié à la fille d'un *carabiniere* de Spregamore qui connaît bien le responsable de la morgue de Tor Vergata qui est à la cellule Grigori Sokolnikov du Parti à Giardonetti. Et comme il a vu écrit Pietralata sur les papiers officiels, il a tout de suite averti qui de droit.

— Qui de droit ?

— Nous autres de droit ! Les camarades de la cellule Andreï Sergueïevitch Boubnov de Pietralata. Tu ne veux toujours pas rejoindre le Parti, Zefirino ?

— Non.

— Tu es certain ?

— Merci, c'est gentil mais non. Ma mère n'a jamais voulu.

— Dieu ait son âme ! »

Ferrante le ventripotent a accompagné ses mots d'un signe de croix maladroit, aussitôt imité par ses camarades, tout aussi empruntés. Même les frères Rossi se sont signés.

« Nous savons que ta mère, la sainte femme, montrait quelques… comment dire ? »

La morue salée est intervenue à propos. Le manque de vocabulaire du gros était chronique, et leur numéro bien au point :

« Réticences ? »

Le gros d'Avezano a acquiescé, soulagé :

« Voilà… “Réticences”… Des réticences vis-à-vis de notre mouvement. »

La grimace aigre de Zefirino a confirmé :

« Un poil plus que des réticences ! Ma mère détestait les communistes.

— Nous le savons bien. Nous n'en avons d'ailleurs jamais très bien saisi la raison. Mais maintenant, Zefirino, tu vois… Maintenant… »

Un nouveau long silence est venu déstructurer la logorrhée mielleuse du responsable local du Parti. Zefirino l'a relancé, intrigué :

« Maintenant ? Quoi, “maintenant” ?

— Maintenant qu'elle est partie…

— *Certo !* Ça ! Maintenant qu'elle est partie, ma mère ne pourra plus prendre sa carte chez vous, c'est certain.

— Elle non. Mais toi, Zefirino ?

— Moi ? Non, merci.

— Tu as tort, et on te le dit depuis des années. Imagine les avantages si tu avais ta carte.

— Je pourrais boire gratis ? »

Les militants de la cellule de Pietralata se sont regardés, interdits. Après quelques secondes d'un nouveau silence gêné, Ferrante s'est fendu d'un rire surjoué, accompagné avec un retard de circonstance par quelques ricanements sans enthousiasme des camarades.

« Ha ha ha… J'aime beaucoup ton humour, Zefirino ! Surtout dans un contexte aussi tragique. Non, des vrais avantages… Par exemple, si tu avais ta carte du Parti, les obsèques de ta mère auraient été prises en charge par la cellule de Pietralata. Intégralement ! »

Le gros avait articulé chaque syllabe de son argument imparable. In-té-gra-le-ment. Après les larmes de crocodile enrhumé, le responsable de la cellule Andreï Sergueïevitch Boubnov affichait le sourire avenant d'un mandataire en assurances-vie. Il a passé son bras sur les épaules du chiffonnier, en le serrant contre lui.

« Alors, Zefirino ?

— Je ne suis pas certain.

— Pourquoi donc ?

— Ma mère n'aurait jamais voulu.

— Et ça, nous le savons bien, Zefirino. Et tu vois, nous ne lui en tenons pas rigueur. Nous sommes prêts à passer l'éponge sur toutes les plaisanteries, parfois d'un goût douteux, dont elle nous a abreuvés pendant toutes ces années ! Maria, cette sainte femme, a toujours fait fausse route sur ce sujet. Sa méprise était grande, et son attitude nous a toujours beaucoup peinés. Mais tu peux y remédier dès maintenant.

— Y remédier ?

— Bien sûr, Zefirino. Rejoins notre combat ! »

Un récapitulatif sommaire des activités des communistes de son quartier a fait tiquer le chiffonnier sur l'usage du mot « combat ». Rester planté assis devant l'entrée de la *Casa del Popolo* en palabrant des heures sur les buts marqués par Picchio de Sisti, la toupie, pour l'AS Roma, comme argumenter des semaines entières sur la remontée contestable en série A de l'équipe de la Lazio, ne lui paraissait pas un combat de première nécessité.

Le ventripotent d'Avezano l'a serré un peu plus contre lui, tout en l'entraînant vers une console encombrée de paperasse :

« Alors ? Tu prends ta carte ? Tout est prêt, tu n'as qu'à signer sur notre registre. »

Zefirino s'est dégagé de l'étreinte, mal à l'aise. Personne ne l'avait jamais serré contre lui, à part sans doute Maria qui l'avait allaité trente-huit ans plus tôt. La tendresse n'avait jamais été au programme. Une angoisse lui est montée à la gorge. Il aurait pu accepter, sous le coup de l'émotion. Ou par simple esprit de contradiction, en opposition aux propos récurrents de sa mère. Zefirino a ouvert la bouche, mais ce « Oui » tant espéré n'est jamais sorti. Il en était incapable. Le regard courroucé de sa mère s'était imprimé dans sa mémoire à peine franchi le pas de la porte de la *Casa del Popolo*. Indélébile. Il n'arrivait plus à s'en débarrasser. Que dirait Maria ?

Puis le regard de Zefirino s'est posé sur le marteau et la faucille qui pointaient entre les portraits de Lénine et de Staline, au-dessus de lui. Les mêmes outils ornaient le tract revendicatif dispersé par le poseur de bombe qui avait occis sa mère. Devant sa reculade, Ferrante a tenté un dernier argument :

« Tu as été un fils exemplaire, Zefirino. Maria peut être fière de toi. Mais n'oublie pas : l'hommage que tu t'apprêtes à lui rendre pour ses funérailles restera gravé dans les mémoires jusqu'à la fin de tes jours. C'était une sainte femme. Et n'oublie pas non plus, Zefirino : tous les frais de ses obsèques seront à notre charge. »

Scipione, la morue salée, s'est immiscé dans le discours de son chef :

« Et même si tu veux des poignées en laiton pour le cercueil, et même si tu souhaites un bois rare ou des vis dorées ! Un camarade croque-mort gère les fournitures pour les pompes funèbres à Verano. Il peut même nous trouver des poignées en cuivre. »

Le ventripotent d'Avezano a conclu :

« Maria Gianlupino mérite bien cette attention. Non ? »

Zefirino n'a rien su répondre. Il en était incapable. Il a salué le groupe avant de s'éclipser sans un mot, décontenancé. Le trajet jusqu'à son bidonville a duré une dizaine de minutes, assez de temps pour que le doute se transforme en certitude. Le soleil cognait fort, mais les mécanismes de son raisonnement tournaient à plein régime. L'équivoque s'évaporait : il était bien victime d'un complot.

Le baraquement délabré des Gianlupino était perdu au milieu d'un foisonnement de rues défoncées, de masures rafistolées, de gamins débraillés et de détritus abandonnés. Zefirino s'est décomposé un peu plus en y arrivant. Le cadenas qui interdisait l'accès à sa cabane était toujours en place, la chaîne toujours tendue en travers. Mais Maria avait gardé la petite clef sur elle, c'était son habitude. L'accessoire indispensable pour accéder à son paradis privé l'attendait dans un des tiroirs de la morgue centrale de Rome, à moins que l'objet ne soit allé se perdre dans les eaux du Tibre.

Zefirino a passé un bon moment à défoncer le plateau de table rapiécé qui faisait office de porte d'entrée pour son antre. Tout le bidonville était au spectacle. Les petits riaient aux éclats, les grands blaguaient lourd, les femmes parlaient entre elles, les hommes observaient sans bouger, Zefirino s'éreintait. Finalement, une des aïeules du bidonville est intervenue, entre deux coups de barre-à-mine sur la chaîne qui résistait :

« Elle a pas la clef, Maria ? »

Zefirino a stoppé net le vacarme :

« Elle est morte, Maria. »

La consternation s'est emparée de l'assistance. Ici, personne n'était au courant, ce qui étayait un peu plus la thèse du complot. Les badauds se sont dispersés, le chiffonnier a donné un dernier coup, la porte s'est affalée dans le gourbi, soulevant un nuage de poussière grasse. Une fois à l'intérieur, il s'est approché du canapé de Maria. L'angoisse sourde qui montait depuis sa visite à la *Casa del Popolo* l'a paralysé. Il était épuisé, mais n'osait pas s'asseoir là où sa mère passait le plus clair de son temps, avachie. Zefirino a regagné son coin de cabane en contournant le canapé comme un sanctuaire sacré.

Le chiffonnier s'est posé quelques instants, les fesses au bord de son sommier en ferraille. Il était seul, désormais, seul pour affronter le fantôme de sa mère qui viendrait le hanter à perpétuité. Il en était persuadé. La voix éraillée de Maria occupait déjà toutes les cases de son cerveau, son visage austère s'imprimait sur tous les murs. Tout au long du trajet depuis Longotevere, il avait fantasmé sur l'espace que la disparition de sa mère libérerait dans la pièce, mais rien n'avait changé. Pire, les quelques mètres carrés lui semblaient encore plus étroits.

Zefirino a sorti le phare de Polifemo de sa besace, il l'a posé sur l'étagère où trônaient déjà les trois verres dépareillés, le broc ébréché et les quelques éléments de vaisselle de la maison. Il aurait bu, il en avait besoin. Mais tous les habituels contenants étaient vides, et il n'avait plus le courage de traverser le bidonville pour remplir un jerrican à la seule fontaine publique qui alimentait la communauté. Il y avait bien cette fiole de gnole sous un coussin du canapé, une des récréations nocturnes de Maria. Mais là non plus. Y toucher était inenvisageable. Il a extirpé le tract, trouvé un clou qui dépassait d'une planche. La suspicion avait viré à la certitude. Une faucille et un marteau parafaient l'annonce revendicative, le complot était signé. Les communistes, ce « pouvoir rouge » machiavélique, avaient fomenté contre sa mère pour qu'il adhère au Parti. C'était bien joué, mais c'était raté. Zefirino n'était pas né de la dernière pluie. Il n'avait pas foncé la tête la première dans ce piège grossier. Mais surtout, à présent, il était bien décidé à venger sa mère.

Foscarina

Pietrino Belonore a quitté les bureaux d'Amber & Abel à dix-huit heures, comme tous les jours. Il a traversé le quartier des ambassades à grands pas, franchi la *piazza* Navona grouillante de monde, s'est faufilé dans les traverses pour rejoindre le lycée Virgilio, de l'autre côté de Campo dei Fiori. Il était bien conscient que les cours se terminaient plus tôt, que sa tentative était vouée à l'échec. Mais il était fasciné par le regard de cette fille croisée le matin même. Il devait la revoir, il voulait comprendre. Bien évidemment, le lycée était fermé.

Pietrino est resté planté quelques minutes avec ses fantasmes et ses interrogations dans la *via* Giulia. Le quartier distillait un climat tendu. Toutes les conversations tournaient autour de cette explosion bizarre sur les bords du Tibre, quelques heures auparavant. Une paire de regards suspicieux l'a décidé à lâcher sa méditation : la vigilance restait de mise. Il s'est décidé à retourner vers Flaminio, rejoindre sa chambre et sa logeuse. Mais il sera là demain matin, et tous les matins jusqu'à l'été s'il le faut. Il devait recroiser ce regard qui l'avait fait chavirer, parler à cette fille dont le visage le hante.

Pietrino a grimpé les trois étages qui le mènent à l'appartement. Pas besoin de clef, il suffit de pousser la porte palière pour entrer. C'est un des grands principes de sa logeuse. La *signora* Foscarina Maratea déteste tout ce qui peut fermer les accès, quels qu'ils soient. La porte de l'immeuble, celle qui donne sur la *via* Cesare Beccaria, est déjà close par un système de verrou imaginé par un serrurier paranoïaque, et cette sécurité lui semble bien suffisante pour protéger sa petite personne. La frêle silhouette de *Donna* Maratea se découpe sur la fenêtre à carreaux qui ouvre sur la rue. Le soleil couchant imprime un relief remarquable à ses cheveux blancs.

« *Buonasera Pietrino !* Bonsoir Pietrino ! Bonne journée ? Ah, il me semble que non. »

C'est une des particularités de la logeuse de Pietrino : elle pose une question et donne une réponse aussitôt. À son interlocuteur de la contredire… ou pas. C'est un jeu. Pietrino n'est pas le garçon le plus loquace et Foscarina Maratea a pris cette habitude depuis que le jeune Belonore loue une chambre dans son grand appartement. Elle a su établir une complicité profonde. Le dynamisme de Foscarina a toujours été communicatif. À plus de soixante-dix ans, elle gère son entourage et son héritage avec bonhomie. Le choix d'un locataire plus jeune était délibéré, les prix pratiqués sont dérisoires. Foscarina préfère la compagnie de la jeune génération. Ses congénères l'ennuient, avec leurs soucis de santé et de patrimoine. Les lubies des vieux l'agacent. Il n'y a aucune ambiguïté ; elle est généreuse, optimiste, et son logis est deux fois trop grand pour son quotidien de veuve aisée.

Même s'il est peu bavard, Pietrino est d'une très bonne compagnie pour Foscarina. Il est poli, il est cultivé, il est malin. Il peut être drôle, et son humour est grinçant. Mais il sourit peu. Le jeune Belonore dégage une impression de sérieux qui rassure les cadres de Amber & Abel, mais qui parfois inquiète Foscarina, comme ce soir lorsqu'il a passé le seuil de l'appartement. Mis à part sa parenté avec le maestro Marzio Belonore, elle ne connaît rien de la vie passée de Pietrino. Son aïeul violoniste a connu son heure de gloire lorsque Foscarina était plus jeune, et l'aura autour du nom Belonore a sans doute joué lorsqu'elle a pris le jeune Pietrino comme locataire. Elle ne l'a jamais questionné sur son enfance, qui semble douloureuse. Si un jour, il lui prenait l'envie de raconter, elle écoutera avec attention.

« Vous mangerez avec moi, ce soir ? Non, visiblement. »

Pietrino a esquissé un sourire :

« Non, merci beaucoup.

— Un bol de velouté concombre menthe vous ferait du bien ? Mais vous avez grignoté, déjà.

— Exact. J'ai avalé une *focaccia* en sortant du bureau, et j'ai besoin de me reposer. La journée a été rude.

— Je vois ça. Je commence à vous connaître un peu.

— Un peu, oui.

— Vous avez des soucis, Bello' ? C'est sûr, quelque chose vous a perturbé.

— Bonne réponse, Fosca' ! C'était une journée faite de contrariétés. Mais rien de très grave.

— Rien de très grave ? Si vous le dites ! »

Pietrino Belonore est hébergé chez *Donna* Maratea depuis bientôt deux ans, à son arrivée à Rome. Très vite, une amitié sincère s'est glissée dans leur relation. Très vite, les surnoms familiers se sont imposés. Belonore est devenu *Bello'*, il interpelle sa logeuse *Fosca'*. Foscarina a toujours trouvé son prénom trop long, et ses proches l'interpellent avec ce sobriquet pratique. Et *Bello'* conviendrait bien à Pietrino s'il savait se mettre en valeur, mais séduire est la dernière de ses préoccupations. Bello' et Fosca' forment un tandem atypique. Elle n'a jamais eu d'enfant, Pietrino a trouvé dans sa logeuse une aïeule originale avec laquelle il aime passer des moments sereins. Elle est bavarde sans être soûlante, il est précis et peu disert. Et ils se vouvoient, c'est la règle même s'ils ne l'ont jamais clairement édictée.

L'appartement semble immense, il l'est. Et décoré avec goût. Le mobilier est baroque rococo. Les tableaux de maîtres sont beaucoup plus contemporains. L'opulence de la vie passée de *Donna* Maratea transpire de chaque accessoire. Des affiches originales de Leonetto Cappiello finement encadrées recouvrent tout un pan de mur, dans le corridor qui mène à la cuisine. Deux paysages d'Orient par Hermann David Salomon Corrodi ornent le coin salon de la grande pièce à vivre. D'autres huiles plus modestes de peintres italiens tout aussi réputés parsèment le papier peint aux motifs discrets. Une grande bibliothèque étouffe sous des centaines de livres d'auteurs contemporains, de recueils de poésie et d'éditions rares. Elle couvre tout un mur. Un piano droit Gaveau soutient une pyramide de partitions chapeautée par un métronome. Deux étuis à violoncelle traînent derrière un guéridon. Giuseppe Maratea était un amateur éclairé de musique, sa veuve tient à en garder le souvenir.

Fosca' semble une petite souris lorsqu'elle se déplace au milieu de cette accumulation d'objets artistiques. Tout l'immeuble appartenait à son mari, décédé d'un cancer foudroyant quinze années plus tôt. Les Maratea, manufacturiers d'origine turinoise, avaient fait le pari d'aménager cette zone marécageuse au début du siècle. La Première Guerre mondiale a déclenché l'essor des industries sur cette rive du Tibre. L'urbanisation et les paris économiques de l'administration Mussolini ont fait le reste. Adolphe Maratea, le beau-père de Foscarina, y possédait un hectare sur lequel l'immeuble familial a été construit.

« Bello' ? Vous n'oubliez pas votre tour ? Non, bien sûr.

— Non, bien sûr, Fosca'. »

Pietrino se dirige vers un guéridon où parade un échiquier. Leur partie mensuelle est en cours, une autre occupation ludique instaurée par la veuve Maratea. Le matin, lorsqu'il part travailler, Pietrino doit jouer un coup. Dans la journée, Fosca' joue à son tour. Le soir, avant d'aller se coucher, Bello' rejoue. Chaque soir, un peu plus tard, Fosca' bouge une pièce avant de regagner sa chambre. Quatre mouvements par jour, pas plus. Les parties ne doivent pas durer plus d'un mois. Pietrino se pose un court moment devant le guéridon avant de déplacer une tour de deux cases. Foscarina observe sa stratégie. Elle grimace :

« Vous n'y êtes pas, ce soir ! Là, je peux vous faire mat en trois coups.

— Peut-être. Sans doute. Ce n'est qu'un jeu. Et effectivement, je n'ai pas trop la tête à jouer aux échecs, ce soir. »

Pietrino se reprend, rapatrie sa tour sur sa case, bouge un fou sans enthousiasme et se tourne vers sa logeuse, un pâle sourire au coin des lèvres.

« Bonne nuit, Fosca' ! Merci.

— Bonne nuit, Bello' ! »

Pietrino Belonore disparaît dans sa chambre sans un bruit. Ce soir, Fosca' est inquiète. Le jeune Belonore n'est pas dans son assiette, elle le voit bien. La vie est trop courte pour laisser les événements gâcher le quotidien, c'est sa philosophie, comme une règle de vie. Foscarina est préoccupée, elle n'aime pas voir le jeune homme contrarié. Depuis le début de leur cohabitation, elle ne l'a jamais senti aussi tendu. Elle s'approche à son tour de l'échiquier, grimace, marmonne :

« Ce n'est qu'un jeu, Bello' ! Mais voilà… »

Foscarina déplace un simple pion et fait échec et mat en un seul coup.

Caïn

Zefirino n'arrive pas à dormir. Depuis deux jours, il est prostré sur son lit de camp, il n'en a pas bougé. Ou presque.

Si, il s'est levé. Une première fois pour remettre d'aplomb le seul tableau qui orne le taudis. La reproduction colorisée de la baie de Naples flotte dans un cadre doré rafistolé, une trouvaille de sa mère du temps où ils étaient encore chiffonniers et pas encore ramasseurs de chiens errants, du temps où sa mère était encore là. Sa mère ! Le tableau de sa mère. Le canapé de sa mère. Le flacon de gnôle de sa mère. Les cigarettes mentholées de sa mère. Les obsessions de sa mère, comme cette mauvaise photo de Marechiaro où la mer penche devant le Vésuve. Elle ne supportait pas que la mer penche. Du vivant de sa mère, Zefirino devait sans cesse redresser l'accroche du tableau. Rien ne doit venir contrarier cette routine, même pas son décès. Il l'a donc fait. Pour elle, pour la satisfaire. Encore.

Elle l'obnubile. Toujours. Zefirino s'est même surpris à la pleurer. Comment aurait-elle réagi s'il n'avait pas pleuré ? Il la craint comme aux premiers jours. Et il sait pourquoi. Elle est toujours là, son âme hante les bords de la rivière Aniene, sur les berges de laquelle foisonnent les baraquements du bidonville. Zefirino ne la supportait pas de son vivant, il ne la supporte toujours pas maintenant qu'elle est en puzzle. Mais son esprit rôde toujours. Comme son caractère de merde. Et il s'oblige toujours à honorer toutes ses exigences, sous peine d'une malédiction dont il n'ose imaginer les conséquences.

Zefirino s'est extirpé une seconde fois de son immobilité cathartique pour aller relire le tract sanguinolent qu'il a accroché en face de lui. Son raisonnement l'a mené très loin dans la certitude que les communistes de Pietralata étaient responsables de cet attentat. Bon, son raisonnement est sophistiqué à l'extrême, élaboré à partir d'une hypothèse de base incohérente. L'absurdité de ses spéculations ne l'a pas effleuré. L'amour rend aveugle et les sentiments, ça ne se commande pas. Il sait que le troupeau de rouges qui occupe la *Casa del Popolo* est prêt à toutes les fourberies pour remplir les colonnes du registre de ses adhérents. Sa mère les a toujours détestés, elle se méfie de cette engeance comme d'un défilé de rats pendant une épidémie de peste bubonique… Non, elle s'en méfiait. Elle n'est plus là pour vilipender les camarades et leurs manigances. Mais lui, son fils, est toujours là. Et maintenant, il sait qui a tué sa mère. *Potere Rosso* !

Et puis, il y a cet œil qui le regarde, cet œil qui le fixe au plus profond de son âme, qui ne l'a pas lâché depuis qu'il s'est cloîtré dans sa cabane. L'œil du cyclope est posé sur l'étagère. Zefirino a l'impression que Polifemo le toise en permanence. Il n'a pas eu la force d'aller détourner le phare de son triporteur défunt vers le mur, il n'arrive pas à soutenir son regard accusateur. L'œil est dans la tombe et regarde Caïn qui n'a jamais lu Victor Hugo et qui ne s'appelle pas Caïn non plus.

« Zefirino Gianlupino ? »

Le chiffonnier a sursauté. Une voix d'outre-tombe a envahi l'obscurité dans laquelle il tente de se noyer depuis quarante-huit heures. Zefirino fixe l'œil du cyclope avec étonnement, comme si son totem avait pris vie.

« Polifemo ? »

Non, pas Polifemo. Mauvais réflexe. Trois coups cognés à sa porte l'ont sorti de sa torpeur. Quelqu'un a frappé, avant de l'interpeller. Même dans les plus pourris bidonvilles de la banlieue romaine, on frappe avant d'entrer. Zefirino n'arrive pas à franchir les quelques pas qui le séparent de sa porte de fortune.

« C'est pour quoi ?

— C'est Ferrante ! »

Zefirino se recroqueville sur son lit de camp, il se tasse un peu plus contre le mur en parpaing. Ferrante ? Le gros d'Avezano, le responsable de la cellule locale ! Pourquoi lui, maintenant ? Le chiffonnier hausse la voix pour se faire entendre à travers les planches de ses murs :

« Qu'est-ce que tu veux ?

— Savoir si tu vas bien ! Si tout va bien ! On s'inquiète, ça fait deux jours !

— Et alors ? Deux jours de purgatoire, c'est rien à côté de la vie d'enfer et de souffrance de ma mère ! Et je ne prendrai pas ma carte du Parti.

— On s'en fout, *Dzè'*... On est juste venus pour savoir si tu n'as besoin de rien. »

Zefirino se décide, contourne le canapé, dégage les palettes qui bloquent l'accès, ripe la planche. Ils sont là. Les cinq immuables de la cellule Andreï Sergueïevitch Boubnov sont venus en procession. Ils sont plantés sur le seuil, en rang d'oignon. Le gros trône au milieu, comme d'habitude. Le vieux Paolo est à sa gauche, Scipione, la morue salée, à sa droite. Les deux frères Rossi encadrent la délégation. Au second plan, les gamins du bidonville ont accompagné les visiteurs de la *Casa del Popolo*, suivis des femmes du bidonville, suivies des hommes du bidonville, suivis d'inconnus venus se réjouir du malheur de l'orphelin Gianlupino.

C'est une scène de crèche, comme dans les noëls napolitains où les santons vont visiter le Rédempteur. Zefirino n'est pas le fils d'un Dieu miséricordieux, juste la progéniture unique d'une emmerdeuse historique du quartier. Il ne comprend pas cet engouement pour son cas. Un chauve plus grand que la moyenne émerge dans le bataillon de curieux qui se presse devant sa casemate, discret mais attentif à la discussion. À tous les coups, ce cadre du Parti a été envoyé par Moscou pour noter la compétitivité de la cellule locale. Quelle bande d'enflures ! Cette fois, il en est certain. C'est bien un complot. Et sans aucune vergogne, ils insistent.

Zefirino dévisage les bourreaux de sa mère. Il commencera par la morue salée, pour s'exercer. Puis il se chargera des autres, et même des frères Rossi. Il va venger Maria quel qu'en soit le prix à payer, quitte à y laisser sa vie. Maintenant, il en est vraiment certain. Le gros Ferrante tente un sourire compassionnel :

« Alors, Zefirino ?

— Alors non, j'ai besoin de rien. Et non, je ne prendrai pas ma carte du Parti. »

Mathias

« Elle s'appelle Antonella, elle est en dernière année. Et j'ai son adresse.

— Comment tu as fait ?

— C'est tout l'intérêt de travailler en réseau, camarade. »

Pietrino n'en revient pas. Son interlocuteur récupère l'ultime cigarette dans son paquet froissé de Diana *king size*, une adresse est annotée au dos.

« … Et Antonella étudie bien au lycée Virgilio. C'est la fille d'un industriel florentin. A priori, une fortune assez installée. Tiens !

— Merci, Mathias. »

Mathias allume sa cigarette d'un geste mécanique. La flamme du briquet révèle ses yeux clairs. Le Zippo gravé d'un aigle armé à deux têtes claque dans le silence du bar. Pietrino mémorise l'adresse griffonnée avant de ranger le paquet vide dans une poche de veste. Mathias ricane, laissant filtrer la fumée par ses narines :

« C'est à Trastevere, à cinq minutes du lycée. Tu as en poche ton laissez-passer pour une vie d'opulence à la botte du grand capital. Bon courage, camarade ! Tu vas la revoir ?

— Je ne sais pas, Mathias. Je ne la connais pas.

— Je sais bien. Mais ne compte pas sur moi pour me déguiser en Cupidon, avec les petites ailes dans le cul et l'arc à flèches d'amour au bout de mes petits bras potelés. Les sentiments n'ont jamais fait bon ménage avec les révolutions. Tu prends tes responsabilités, Pietrino. Mais l'heure n'est pas aux amourettes. Surtout depuis mardi dernier, et surtout pour toi, dans ta situation !

— Elle m'a… comment dire… impressionné, Mathias.

— *Certo !* Ça ! On a bien vu ! Au point de faire foirer ta mission. Tu veux un autre café ? »

Mathias fait un signe discret au vieux bariste avachi derrière son comptoir, qui réagit aussitôt. L'élégance naturelle et l'aisance de Mathias contrastent avec la rigidité de Pietrino Belonore. Le jeune dandy a la décontraction chic des Italiens du Nord et la froideur intellectuelle des Teutons ; la logique est respectée, il est né à Berlin et a grandi à Milan. Pietrino ne sait pas grand-chose de plus du parcours de son compagnon de révolte, sinon qu'il se nomme Baglioni. Aucune liaison affichée, pas de fratrie déclarée ; Mathias Baglioni n'a jamais dévoilé ses antécédents familiaux. La conduite de leur quête commune est à ce prix, il l'affirme. Et il réussit à respecter cette règle. Ce qui va à l'encontre de la bouffonnerie habituelle des révolutionnaires de salon de la péninsule.

C'est peut-être ce qui a fasciné Pietrino dès leur première rencontre : sa discrétion, ce regard d'un bleu glacial et cette habileté dans l'argumentation. Mathias peut s'étendre des heures entières sur l'histoire du prolétariat en Europe, comme disserter avec brio autour de la logique colonialiste des politiques sociales et économiques américaines, et ce devant un auditoire hostile qu'il arrive à faire taire après quelques courtes minutes de conciliabule.

Il habite seul dans une chambre de bonne près de la gare de *Roma Ostiense*, à quelques minutes à pied d'une centrale thermique abandonnée, au bord du Tibre, qui sert de tanière à la brigade *Potere Rosso*. Son espace de vie est submergé par des éditions rares de littérature russe, son lit de camp calé par tout un catalogue de publications sur le marxisme et la Révolution culturelle chinoise. L'alphabet cyrillique n'a aucun secret pour lui. Et il est toujours tiré à quatre épingles dans ses bleus de travail et ses chemises à col droit : cette incongruité vestimentaire reste une énigme pour Pietrino. Même les godillots de cuir qu'il porte par tous les temps sont aussi bien cirés que les bottes des troupes italiennes un jour de Fête nationale.

Une Vespa passe à toute allure, qui zigzague entre les piétons. Son pot d'échappement rechigne, la détonation tétanise Belonore. Il n'a plus eu un moment de sérénité depuis une semaine. Chaque mouvement est suspect.

Chaque événement, aussi insignifiant soit-il, provoque une tension immédiate. Chaque regard croisé met Pietrino en transe. Il se méfie de tout, de tous. Le seul dernier fidèle est assis là, à côté de lui. Mathias et lui sont installés à califourchon sur des tabourets bancals, derrière la vitrine d'un café minable de la *via dei* Pastini, pas loin du Panthéon. Ils se sont terrés à l'écart de l'agitation urbaine. Et même là, Pietrino s'oblige à rester vigilant : sur son ton de voix, sur l'attitude des autres clients de cette *tavola calda* vieillotte, sur les regards croisés au hasard de l'obscurité. Ils doivent paraître naturels, deux amis qui discutent à bâtons rompus autour d'un café et d'une assiette de *cicchetti* à la morue salée. Mathias parle d'un ton serein, les yeux rivés sur la fumée bleue de sa cigarette :

« Tu as repris le travail chez Amber&Abel ?

— Bien sûr, Mathias ! Le jour même. J'aurais signé mon arrêt de mort si je ne l'avais pas fait. »

Mathias étouffe un rire méprisant :

« Ton arrêt de mort ? Tu devrais travailler ta paranoïa, Pietrino Belonore. S'ils soupçonnaient quelque chose chez Amber&Abel, tu le saurais. Ils t'auraient déjà crucifié devant la porte de l'ambassade des États-Unis.

— Tu crois ?

— Bien évidemment ! Il y a eu trois lignes à propos du fait divers dans *l'Espresso*, un entrefilet dans *La Stampa*. Et c'est tout… *basta*. *Le Corriere della Sera* n'en a même pas parlé. C'est juste un fait divers.

— Pourtant !

— Pourtant quoi ? Un chiffonnier de Pietralata fait exploser une vieille bombe trouvée dans les poubelles. C'est la conclusion des *carabinieri*, c'était écrit dans le journal. C'est un accident, c'est tout.

— Nous avons eu de la chance, finalement.

— Nous ? Tu as eu de la chance, Pietrino. Parce que pour nous, pour *Potere Rosso*, c'est un désastre. Ils parlent même de dissoudre le groupe. Tu ne te rends pas compte. »

Pietrino se rend bien compte. Son cauchemar dure depuis une semaine, depuis ce mardi-là.

Antonella

Ce mardi-là, pourtant, il était prêt, gonflé à bloc. Pietrino avait répété ses gestes, son itinéraire, son repli. Tout était programmé. Le déroulé avait d'ailleurs commencé, sans aucune anicroche.

L'emploi du temps du conseiller Craven était minuté à la seconde, la ponctualité militaire américaine n'est jamais prise en défaut. Tous les matins, la Pontiac de l'ambassade venait chercher le lieutenant-colonel Aaron Craven à l'angle de la *via* Sant'Aurea et de la *via* Giulia. Les services consulaires avaient affecté un appartement de fonction à cet officier discret dans les dépendances du *palazzo* Ricci, un hôtel particulier loin du quartier des ambassades. Seule l'énormité du véhicule qui servait de taxi était anachronique dans les ruelles romaines. Chaque jour, la berline arrivait à neuf heures vingt-sept. Chaque jour, le conseiller Craven sortait de chez lui à neuf heures trente et une. Il saluait son chauffeur à neuf heures trente-deux, échangeait quelques mots sur les douceurs du climat italien et sur leurs nostalgies communes du Missouri. Chaque jour, le chauffeur partait en direction de la *via* Veneto à neuf heures trente-trois.

Ce mardi-là, Pietrino a récupéré le vieux cartable des mains d'un mystérieux Damiano qu'il n'avait jamais croisé, ce mystérieux Damiano n'ayant lui-même jamais croisé le coursier de la *piazza* Navona qui avait apporté le cartable, cet intermédiaire ne connaissant pas lui-même l'identité de l'artificier qui avait mis au point le système de mise à feu. L'efficacité de l'opération passait par l'anonymat et Fabio La Rocca avait agencé toute l'intendance meurtrière avec des étrangers au groupe *Potere Rosso*. Mirone, un autre militant de *Potere Rosso,* avait déposé quelques cartons volumineux à l'angle de la rue du conseiller Craven, au petit matin. Pietrino n'avait plus qu'à cacher la bombe derrière les cartons. La phase la plus tendue de sa mission aurait lieu juste après la dépose de la charge. Pietrino devait glisser quelques tracts de revendication sous la porte du conseiller, à peine celui-ci sorti de chez lui. C'était très court. Mais s'il était adroit et véloce, il disposait ainsi de deux minutes pour s'éloigner du lieu de l'attentat et échapper à la déflagration. Il était neuf heures vingt. Le cérémonial était réglé comme une partition de Chostakovitch, puisque depuis quelque temps, seuls les compositeurs russes trouvaient grâce à ses yeux.

Pietrino était livide, mais concentré à l'extrême. Cet acte était fondateur. Pour lui, et pour le groupe. Il y aurait des victimes, forcément. Le groupe l'assumait. C'était même une des premières remarques de Fabio La Rocca lorsqu'il avait annoncé la mise en œuvre de l'opération, avant même que ses jeunes militants ne posent la question. La symbolique de leur lutte passait par l'élimination physique d'un haut responsable militaire américain. Les dégâts collatéraux étaient obligatoires. Par une habile astuce de rhétorique et après une brillante démonstration par l'absurde, les victimes innocentes à venir étaient devenues la preuve formelle de la nocivité de la présence américaine dans la péninsule, et plus largement sur le continent européen. Les Américains étaient d'ores et déjà coupables du meurtre des malheureux Italiens qui auraient la mauvaise chance de se trouver dans la *via* Giulia à ce moment précis. *Americani Assassini*... Le slogan était écrit noir sur blanc sur chaque tract, au-dessus de leur signature et de cette faucille et de ce marteau dessinés à l'envers, pour bien symboliser les dissensions fortes de leur mouvement avec le parti communiste du consensuel Luigi Longo. L'avenir était à une Internationale socialiste élargie, et cette victoire passait par un renvoi manu militari des envahisseurs yankees. Après ce coup d'éclat, plus aucun Américain entre Vintimille et Palerme ne devrait se sentir en sécurité. Le chaos régnerait, d'autres attentats étaient programmés dans un avenir proche. Et Pietrino était le bras armé de la première action de leur mouvement.

Même si l'idée globale d'une société apaisée où chacun vivrait sa vie comme il le voudrait restait séduisante, la victoire d'une idéologie collectiviste à la soviétique ne le concernait pas. La seule obsession de Pietrino était de tuer des Américains. Cette psychose était ancrée au plus profond de sa vie. Cette idée fixe le hantait depuis l'incident de Parme, depuis que trois sous-officiers avinés de la première armée de libération avaient détruit la boutique familiale et tenté de violer sa mère sous ses yeux. Il avait cinq ans. Une guerre se terminait, la sienne débutait.

Les images d'une brutalité inouïe restaient gravées dans sa mémoire. Il s'était réfugié sous la banque de l'atelier de photographe de son père et avait assisté à tout le drame, aux premières loges. Il n'avait plus aucun souvenir de sa fuite de Parme vers les montagnes lombardes. Restaient sa mère en larmes maintenue au sol par deux gaillards en uniformes kaki, le magasin en feu, et aussi son père en sang, une arme à la main. Et aussi un officier américain à terre dans une posture obscène, mort, et aussi les cris, le visage halluciné des soldats, le fracas des coups de feu… et depuis ce jour, une haine imprescriptible pour les Américains. La simple vue du vert caractéristique de leurs uniformes le révulsait. Pietrino se savait capable de tuer d'autres humains, lui aussi. Même s'il n'en avait jamais eu l'occasion, l'acte ne l'impressionnait pas. La mort faisait partie de son univers, depuis son enfance, depuis l'incident de Parme. Son aïeul le laissait estourbir les lapins et les poulets de la ferme familiale ; il le faisait sans plaisir, mais sans aucune gêne et dans un grand souci d'efficacité, se préparant ainsi pour le jour où il éliminerait son premier soldat yankee. Ce n'était pas le fantasme d'un adolescent perturbé, juste une certitude profonde. Il pouvait tuer.

Son père, recherché par la police militaire pour le meurtre d'un des assaillants, avait dû passer pour mort avant de fuir le pays. Cette histoire tragique l'avait rendu orphelin de fait, au point de choisir comme patronyme celui de sa mère : Pietrino était un Belonore, pas un Ceserano. Pietrino Belonore avait passé toute sa jeunesse entre un grand-père fort en caractère, une préceptrice attentive prénommée Addolorata, et Vittoria sa mère, une personne fragile. Comble de l'ironie, dans sa fuite, son père Carlo Ceserano s'était expatrié vers les États-Unis. Pietrino ne l'avait jamais revu, même si les hasards de la vie lui avaient quelquefois donné des nouvelles surréalistes sur la notoriété et le parcours à succès de son géniteur devenu Charles Cèseran, photographe à la mode.

Son aversion pour les Américains l'avait poussé à faire des études de droit international dans la seule intention d'approcher le diable en pénétrant dans sa tanière. Après quelques années d'études brillantes, Pietrino Belonore avait réussi à se faire embaucher dans un cabinet d'avocats spécialisé dans les relations d'affaires avec les États-Unis. Chez Amber&Abel, il côtoyait ses pires ennemis au quotidien. Les spécialistes de l'ambassade, les hommes d'affaires new-yorkais et les hommes d'influence de Washington étaient omniprésents dans les officines de ses patrons. Une grande partie des transactions commerciales pour les commandes de l'aviation stationnée dans les bases italiennes s'achevaient là, entre les mains des spécialistes de la loi et de ses contournements. Surtout de ses contournements. Nous sommes en Italie et les petits arrangements entre amis sont la règle d'usage. Pietrino n'a jamais laissé rien paraître de sa haine, quel que soit le grade ou la fonction de ses interlocuteurs. Il était déférent, restait avenant face aux suppôts de l'oncle Sam. Mais ce mardi-là, Pietrino voyait le résultat de son abnégation poindre avec une grande satisfaction. Les soldats yankees avaient brisé sa vie et sa famille : c'était le jour de sa vengeance.

Ce mardi-là, Pietrino venait d'empiler les cartons sur le cartable piégé lorsque quelques voix aiguës ont attiré son attention. Un groupe de jeunes filles piétinait devant l'entrée proche du lycée Virgilio. L'idée que la bombe pouvait faucher tout le groupe lui a traversé l'esprit, mais aucun remords n'est venu altérer sa détermination. Il était là pour le conseiller Craven, pour servir la cause. Et les Américains seraient tenus pour responsables du massacre. Cette logique assenée par les responsables politiques de son groupe était ancrée dans son crâne. Il s'apprêtait à changer de trottoir lorsque la plus grande des filles du groupe s'est tournée vers lui. Leurs regards se sont croisés. Pietrino a ressenti comme un choc. Une gifle inattendue venait de le réveiller. Les yeux d'un bleu profond de cette inconnue le bouleversaient. Pourquoi ? L'intense concentration du moment ? L'extrême violence des événements à venir ? Elle a souri. Il s'est décomposé. Lui, le garçon taciturne et discret, à la timidité glaçante. Personne ne lui avait jamais souri.

Si, bien sûr, sa mère lui souriait. Et Addolorata, sa marraine, elle aussi. Et Volturno, son grand-père, lorsque gamin, il faisait le tour de San Catello sur le dos de l'âne et que le patriarche lui racontait l'histoire du village. Foscarina, sa logeuse, lui souriait aussi lorsqu'elle le saluait le soir ou lorsqu'il réussissait un joli coup au milieu de leurs interminables parties d'échecs. Mais pas un sourire comme celui-là. Une inhabituelle chaleur l'a envahi.

Pietrino ne croyait pas aux coups de foudre. Il ne croyait pas en l'amour. Pas en cet amour-là, en tous les cas – l'amour des fiancés énamourés, l'amour des vieux couples qui se soutiennent après une vie de complicité, l'amour passionnel des amants maudits, toute cette littérature de romans de gare qui encombrait les esprits de ses congénères en quête d'un bonheur de pacotille. Les événements de sa courte vie lui prouvaient que la réalité était bien plus incisive. La violence des rapports était la règle entre humains, même si à l'occasion, ils faisaient preuve d'un minimum de retenue. Déstabilisé, Pietrino a traversé et s'est posté à l'ombre. Il devait fuir ce regard brillant à la bienveillance inhabituelle qui ne le lâchait pas. Sa montre indiquait neuf heures vingt-cinq. Plus que quelques minutes et le grand chaos pourrait commencer.

Ce mardi-là, comme tous les jours de la semaine, la Pontiac Star Chief de l'ambassade est arrivée dans un chuintement de moteur. Le chauffeur était un grand Noir, toujours le même depuis deux mois, depuis que le groupe de Fabio La Rocca avait commencé ses repérages. Il serait mort dans quelques minutes. Et Pietrino le savait. Là aussi, les regards se sont croisés. Aucun sourire, aucune convivialité dans l'échange. L'esclavage était interdit depuis des années, mais le simple soldat affecté à la conduite des personnalités paraissait affligé. Les pensées se bousculaient dans l'esprit du révolutionnaire Belonore. Ce damné de la terre à la peau noire comme l'ébène serait-il plus heureux mort déchiqueté par sa bombe qu'esclave à la merci des colonisateurs ? Peut-être. Sans doute même. Cette idée entrait en cohérence avec les doctrines développées par les caciques de son petit groupe de lutte armée. Fabio La Rocca était intraitable sur le sujet, et sa doctrine, radicale. Le regard de Pietrino s'est porté sur le tas de cartons empilés à quelques mètres du pare-chocs arrière de la voiture. Il était temps pour lui de rejoindre l'entrée de la maison du conseiller, de se préparer à lâcher ses tracts et de repartir au plus vite. Puis une voix aigre lui est parvenue. Une dame patronnesse plantée au milieu du groupe de jeunes filles en attente a crié :

« Nous allons attendre cinq minutes la classe *quarta* avant de partir au musée. Mesdemoiselles, je vous demande de rester silencieuses. *State zitti…* Nous sommes dans la rue. »

Pietrino s'est tourné. Le regard de la fille aux cheveux d'un subtil blond vénitien l'a accroché à nouveau. Elle le fixait, comme par défi. Elle était belle. Elle était fascinante. La vision de Pietrino s'est troublée. Il a fixé la procession immobile des lycéennes, elles lui sont apparues comme un tableau éphémère. Tout ce groupe patienterait donc là, immobile, lorsque l'attentat déchirerait cette chaude matinée romaine. Ce magnifique sourire serait bientôt réduit à l'état de charpie. D'ici très peu de temps. Comme le seraient les camarades de classe et les accompagnatrices austères de cette sortie scolaire. Le carnage était programmé.

Ce mardi-là, à ce moment précis, d'autres images ont resurgi dans son esprit. Des images en noir et blanc, de très mauvaise qualité, à l'humeur instable. Les victimes du napalm américain gémissaient sous les bombes. Les enfants Viêt-cong en déroute pleuraient sous la menace des fusils-mitrailleurs yankees. Les villages brûlaient sous les torches des assaillants. Les femmes imploraient une armée impavide, accroupies près des cadavres de leurs maris massacrés. Un officier du premier régiment de *Marines* exécutait des prisonniers sans sourciller. Et d'autres soldats nord-vietnamiens montaient à l'assaut, héroïques, aussitôt hachés par la mitraille américaine. Et d'autres séquences encore, visionnées jusqu'à l'écœurement lors de réunions d'information du groupe de Fabio, dans les sous-sols de la centrale électrique abandonnée de Montemartini, leur repaire. Le carnage à venir dans les ruelles romaines serait du même ordre que ces horreurs en cours à l'autre bout du monde, cette tragédie révélée sur les murs crasseux de leur planque, dans des films projetés sans autre son d'accompagnement que les couinements du projecteur et les commentaires acerbes de Fabio, leur mentor.

Pietrino était lucide depuis le début. C'était même le but de toute la manœuvre, faire prendre conscience de l'abjection du comportement des Américains par l'exemple. Simplement, le moment de se confronter à la réalité était venu. Dans un éclair de lucidité, les corps déchiquetés des personnages de ce tableau vivant en suspension devant le lycée lui sont apparus disséminés sur les pavés de la ruelle, dans une horrible confusion. Plus de blond vénitien, plus de sourire bienveillant. Juste la mort.

La mécanique s'est enrayée. Le doute s'était installé dans les entrailles de Pietrino. Un enchevêtrement de contradictions bousculait ses méninges. Les derniers propos de Fabio lors de l'ultime réunion de préparation de l'attentat en cours lui sont revenus à l'esprit. Son argumentation se voulait à charge contre la politique de Lyndon B. Johnson. Deux mois plus tôt, trois cent mille New-Yorkais avaient marché dans Central Park en guise de protestation contre le conflit au Viêt-nam accompagnés par un chapelet de personnalités, Harry Belafonte en tête. Et d'autres encore avaient défilé à San Francisco quelques jours plus tard. Un mouvement, le *Students for a Democratic Society*, prenait de l'ampleur dans les universités américaines ; ses responsables revendiquaient le marxisme comme philosophie révolutionnaire cohérente, synthétique et explicite. Pietrino se noyait dans les contradictions du discours de propagande de son mentor. Une prise de conscience collective était possible. Même l'Italie montrait des soubresauts de révolte : le mouvement des étudiants de l'université de Trente en était la preuve la plus récente. Les générations à venir étaient ouvertes à la réflexion. Et, qui sait, pourquoi pas ces lycéennes regroupées comme une cible facile face à la charge dévastatrice de sa bombe ? Fabio La Rocca avait asséné ces arguments aux neuf militants de *Potere Rosso* comme une raison de plus de semer le chaos, la stratégie se retournait contre lui. La logique de la terreur se délitait. La montre de Pietrino affichait neuf heures vingt-neuf.

Ce mardi-là, en moins de trois minutes, Pietrino a réussi à récupérer le cartable sous l'amas de cartons empilés, à s'éloigner du lycée, son porte-documents serré contre son torse, à retrouver la très discrète traverse qui longe le bâtiment du ministère de la Justice et s'échapper de la *via* Giulia en direction de Lungotevere et du fleuve. Il a couru jusqu'au pont Mazzini, évité de justesse un triporteur qui a failli le mettre à terre. Il n'a pas remarqué les chats qui fuyaient plus vite que lui, ni les passants qui le regardaient galoper comme un désespéré. Il est parvenu à ouvrir le rabat du cartable pour y glisser tous ses tracts revendicatifs. Puis il s'est avancé de quelques mètres sur le pont pour jeter la bombe dans le Tibre sans prendre le temps de viser, persuadé que le porte-documents piégé coulerait à pic dans les eaux troubles. Il est revenu au pas de course devant l'entrée du lycée qu'il a rejoint à bout de souffle. Et là, il s'est décomposé un peu plus.

Le groupe des jeunes filles accompagnées de leurs daronnes s'éloignait vers Campo Di Fiori. Il était neuf heures trente et une. La *via* Giulia était vide, le chauffeur noir attendait, au garde-à-vous près de sa berline. Le conseiller Craven est arrivé de son habituel pas assuré, il a salué son conducteur, échangé quelques mots. L'officier s'installait sur le siège arrière de la Pontiac lorsque l'explosion a secoué le quartier. Les pneus ont crissé, les consignes relatives à la protection des personnalités sont très claires. Le protocole est en place, l'efficacité est américaine. Malgré son gabarit plus adapté aux parkings des drive-in qu'aux impasses romaines, le véhicule du conseiller Craven avait déjà rejoint le *corso* Vittorio Emanuele II lorsque la première vague de curieux a déboulé.

Pietrino, déboussolé, a remonté le flot à contre-courant. Les lycéennes avaient disparu vers le palais Farnese, il a donc suivi cette direction. Il voulait revoir ce visage, comprendre ce sentiment qui l'avait submergé, rencontrer celle qui lui avait fait tourner la tête. Cette vision l'obsédait, plus encore que l'échec problématique de sa mission. Arrivé sur Campo di Fiori, les conversations fusaient. Le quartier avait tremblé. Tout le monde parlait de cette déflagration assourdissante. Les badauds s'engouffraient vers les rives du Tibre. Pietrino, sonné, désespéré, est parti se réfugier dans l'obscurité de la basilique Sant'Andrea, refuge improbable.

Une semaine s'est écoulée depuis ce mardi-là. Une semaine de doute, d'angoisse et d'interrogations, une semaine à faire le pied de grue tous les matins à l'entrée du lycée Virgilio. Jusqu'à la revoir. Jusqu'à tenter de capter son regard sans succès, jusqu'à tenter de la suivre le soir à la sortie des classes, jusqu'à la perdre à nouveau. Jusqu'à ce curieux rendez-vous le lundi matin, hier, où Mathias l'a accompagné. Mathias a repéré la madone qui fascine son camarade. Elle existe vraiment, pas seulement dans la tête de Pietrino Belonore. Rien ne la distingue vraiment des autres lycéennes, mais Mathias avait promis de se renseigner. Il l'a fait. Les affaires de cœur de Pietrino Belonore sont aux antipodes de ses préoccupations.

Le patron pose deux tasses sous leur nez. Le jeune Belonore avale cul sec un café plus serré que les corsets de Sophia Loren dans *La Milliardaria.* Mathias Baglioni n'y touche pas, contrarié :

« Et pour les tracts, Pietrino ?

— J'ai tout récupéré. Je suis sûr ! Je te l'ai dit déjà.

— Certain ? »

Le regard glacial de Mathias paralyse Pietrino. Le charisme incroyable du jeune Baglioni vient aussi de là, de cette intelligence foudroyante mâtinée d'un grand mépris pour ses interlocuteurs.

Tout oppose les deux jeunes hommes. Pietrino Belonore n'est pas très grand mais très brun, aux yeux sombres. Son attitude reflète une éducation rurale malgré ses années d'études de droit dans les meilleures universités de Lombardie. Il a passé de longues années d'enfance dans San Catello, ce village perdu au-dessus de Bergame. Avec ses cheveux frisés et ses traits sans relief, il pourrait passer inaperçu même assis seul dans une salle d'attente. C'est toute sa stratégie, d'ailleurs. Il se fond dans le décor. Et il n'est généralement pas disert. Mathias Baglioni, lui, est grand, svelte. Sa chevelure blonde et raide balaie ses épaules, sa dynamique attire tous les regards, même s'il se défend d'en jouer. Son allure est en totale contradiction avec son discours, un contre-exemple remarquable face à son idéologie revendiquée. Et il l'assume – là aussi question de stratégie dans la lutte – un combat bien affaibli par le fiasco de la semaine précédente. Pietrino Belonore se justifie. Encore. Il a déjà raconté cette histoire dix fois.

« Tout, Mathias. J'ai tout remis dans le cartable mardi dernier.

— Ces tracts sont les seules preuves qui peuvent nous mettre en danger.

— Le cartable s'est volatilisé avec l'explosion.

— Je l'espère pour toi. Pour nous. »

Mathias prend tout son temps pour exfiltrer les dernières volutes de son mégot, avant de l'écraser dans la soucoupe ébréchée. Pietrino décrypte l'adresse d'Antonella au dos du paquet de cigarette froissé. Mathias remarque l'émotion de Pietrino.

« Tu vas la revoir ?

— Je ne sais pas, Mathias.

— Sois très prudent, Belonore ! Très prudent. »

Le jeune dandy lâche quelques lires sur le comptoir et sort d'un pas assuré. Pietrino le regarde s'éloigner dans la *via dei* Pastini, en direction du Panthéon. Aussitôt Mathias évaporé dans la foule romaine, le visage de la lycéenne aux yeux bleus revient, gravé dans sa mémoire. Elle s'appelle Antonella, et Pietrino va la revoir.

Beatrix

Pietrino est planté devant la façade au mur rouge, son paquet de cigarettes froissé à la main. C'est bien la bonne adresse. Et il ne sait plus quoi faire.

Frapper encore ? Personne n'a répondu. Demander aux voisins ? Les ruelles de Trastevere sont désertes. Prendre du recul pour tenter de comprendre l'agencement étrange de cette maison ? Impossible, la traverse est tellement étroite que le soleil n'arrive pas à frapper les pavés serrés sur lesquels Pietrino piétine depuis dix minutes.

La maison n'a même pas un étage, juste un fenestron qui orne une architecture bizarre. Le lierre a colonisé la façade, les glycines éclatent de couleurs. Les moineaux sont déchaînés, ils font la course avec les hirondelles qui fondent depuis les toits en tuiles. Le tohu-bohu des oiseaux se glisse dans les tonalités claires des cloches de la basilique Santa Maria in Trastevere, dont les notes partent contrarier celles de l'église San Pietro in Montorio. Il est onze heures, dimanche sonne ses messes.

Quelques lézardes assurent l'exotisme de la construction, des taches d'humidité se chargent de la patine. Une plaque en marbre gravé annonce la *via della* Fonte d'Olio, le salpêtre aimerait bien se montrer sous les rafistolages de crépi. La porte de la maisonnette a été peinte en bleu il y a très longtemps, les ferronneries sont rouillées. Deux tiges de salicaires pourpres émergent d'une fente au pied d'une gouttière. Il règne un calme serein dans ce havre de fraîcheur romain, sur la rive droite du Tibre. Elle habite là, dans cet îlot préservé. Pietrino ne sait même pas comment l'aborder, quoi lui dire, que faire lorsqu'il sera en face d'elle. Il en rêve depuis des jours.

« Vous cherchez quelqu'un ? »

La voix l'a fait sursauter, une douce voix féminine, avec un zeste d'acidité dans les graves. Il n'imaginait pas ce timbre-là. En fait, Pietrino n'imaginait rien. Il n'arrive pas à se retourner. L'émotion le paralyse. Pietrino prend sa respiration avant d'oser faire face à celle qui a fait basculer sa vie.

« *Salve !* Bonjour ! Vous… »

Pietrino s'arrête en plein élan. Il était venu rencontrer une grande blonde aux yeux célestes, il se retrouve face à une petite brune aux yeux noisette. Elle pétille de malice, elle est avenante, elle est jolie aussi. Il ne l'a jamais vue. Elle n'était pas devant le lycée Virgilio, il en est sûr. Il a détaillé tous les visages de toutes les filles qui entrent et sortent de l'établissement. Il bafouille :

« Vous n'êtes pas… euh… C'est-à-dire que… Je suis venu voir…

— Antonella ?

— Voilà.

— Ah ? Dommage. »

La petite brune amorce une pantomime de la déception. Pietrino s'emberlificote dans des excuses maladroites :

« Ne vous méprenez pas. Il n'y a rien contre vous.

— Non, je sais bien. Je voulais dire : "Dommage, elle ne loge plus ici." »

Pietrino se décompose. La jeune femme lui offre un sourire désarmant de sollicitude. Elle extirpe un trousseau de clefs de son sac et attaque une serrure antique qui claque ses mécanismes jusqu'au fond de la ruelle :

« Antonella est retournée chez ses parents, à Florence, pour y passer l'été. Vous la connaissez bien ? »

Pietrino rougit. Il ne trouve rien à dire. Les gonds de la porte bleue grincent, un souffle de fraîcheur leur parvient d'un jardinet ombragé. La jeune femme fait un geste de la main :

« Vous voulez entrer ? »

Pietrino ne répond rien. Il se contente d'acquiescer. Ils avancent de quelques pas sous une vigne vierge dense, elle ferme le battant derrière eux. La petite cour intérieure donne sur trois portes aux teintes bleues dégradées. La jeune femme se dirige vers celle du fond, saphir.

« J'habite ici. Et là, c'est la chambre d'Antonella. »

Pietrino bloque. Il arrive trop tard ! Il voulait lever un doute qui le hante, un autre mystère s'y superpose. L'inconnue aux yeux noisette disparaît dans sa tanière,

Pietrino se retrouve seul dans le patio. Il est fasciné par la porte close d'Antonella comme il était hypnotisé par son apparition le jour de l'attentat. Il n'aurait pas dû hésiter plus d'une semaine avant de venir jusqu'à Trastevere.

« Je m'appelle Béatrix. »

La voix l'a encore surpris, il a sursauté. Encore. Son embarras est tangible, elle tente de le rassurer :

« Béatrix ! Comme la sainte, vous voyez ? Ou vous ne voyez pas. Parce que sainte Béatrix, personne ne la connaît. À part ma mère. Sainte Béatrix, martyre, ici, à Rome. Ça s'est passé vers l'an trois cent. C'est "après" Jésus-Christ, pour les trois cents années. Parce que pour trouver des saints martyres du christianisme avant Jésus-Christ, c'est compliqué. »

Elle offre un grand sourire, il répond par une moue en forme de point d'interrogation. Pas grave. Elle s'est fait une raison depuis longtemps, ses plaisanteries baroques ne marchent sur aucun public. Béatrix s'avance d'un pas vers le pauvre garçon qui a l'air perdu :

« Mais bon, je ne vais pas vous saouler avec l'histoire des martyres du Latium. Tout le monde m'appelle Béa.

— Euh… D'accord.

— Et vous ?

— Moi ? »

Pietrino ne sait plus. Il n'arrive même pas à comprendre les phrases de son interlocutrice. Il n'aurait pas dû venir, sa situation est ridicule :

« Si c'est l'usage, je veux bien vous appeler "Béa", moi aussi.

— Parfait. Mais c'est pas ça, ma question. Vous ? Vous vous appelez comment ?

— Ah ! Moi ? Pietrino. Pietrino Belonore, enchanté.

— Vous la connaissez d'où, Antonella ?

— On s'est croisés. Je ne la connais pas vraiment… C'est compliqué.

— Un jus de fruits ?

— Pardon ?

— Je vous propose juste de vous asseoir quelques minutes dans mon chez-moi, si ça vous dit. Je peux vous presser un jus de fruits, j'ai des citrons. Avec cette chaleur, c'est plus agréable. Mais il n'y a aucune obligation. Et promis, je ne vous raconterai pas l'histoire des débuts de la chrétienté dans l'Empire romain. »

Pietrino acquiesce. Il pénètre sans un mot de plus dans l'univers de Béa, puisque c'est ainsi qu'il faut l'appeler. Béatrix ouvre les petits volets qui donnent sur la courette, une douce lumière se fraie un chemin dans l'unique pièce où elle vit. C'est un cocon chaleureux. Des tissus sont accrochés aux murs, en guise de tapisserie. Un petit lit surmonté d'une pile de coussins fait face à un vieux fauteuil défoncé. À portée de main, un phono Unitra Fonica s'ennuie sur un guéridon, quelques 45 tours lui tournent le dos. Deux microsillons 30 cm traînent sur le dessus-de-lit. Un orchestre de tango attend, résigné, entre les coussins. Un coin de la pièce est aménagé en cambuse sommaire, autour d'un petit évier. Il y a l'eau courante, et c'est déjà un luxe. Des conserves s'empilent, en attendant leur ouvre-boîtes. La seule casserole de la batterie de cuisine est à bout de souffle, sa poignée rafistolée trace un angle abscons. Au milieu de la petite pièce où règne une odeur prononcée de thé à la bergamote trône une table. Elle est bondée de cahiers, de livres et de notes éparpillées. Un tapis en peau de vache couvre les tommettes abîmées du sol.

« Asseyez-vous où vous pouvez, Pietrino Belonore. C'est un peu encombré. Désolée !

— Ne vous inquiétez pas. Vous êtes une amie d'Antonella ?

— Non. »

Devant l'embarras grandissant de son visiteur, Béatrix enchaîne :

«… Enfin oui, mais pas vraiment une amie. On se croise souvent. Mais on se connaît mal. Vous savez, elle est plus jeune que moi. Plus jeune que vous aussi, je me trompe ?

— J'ai vingt-huit ans.

— Et moi vingt-cinq. Antonella est encore au lycée.

— Je sais bien.

— C'est une chouette fille. Ses parents lui louent la chambre, à côté. Moi, je viens de Trieste. Je fais mes études d'art ici. Et vous ?

— Moi ?

— Les études ? Le travail ? Qu'est-ce qu'il fait dans la vie, Pietrino Belonore ? »

Béatrix s'est emparée d'un presse-agrumes rudimentaire. Elle tente d'extraire le jus d'un citron qui ne collabore pas. L'affrontement risque de durer. Pietrino s'assied sur une chaise bancale. Son attention est toujours attirée par la porte bleu lavande qu'il aperçoit dans la courette, l'antre clos d'Antonella. Il n'arrive pas à l'évacuer de ses pensées. Il aimerait se faire une raison, il ne peut pas. Il marmonne :

« Pietrino Belonore, il a fait des études de droit international. Là, je travaille chez des avocats d'affaires, le cabinet Amber&Abel.

— Je connais pas.

— Rien de passionnant, vraiment pas. Elle reviendra quand, Antonella ? Vous avez une idée ?

— Pas avant la rentrée, à mon avis. Elle a pris ses affaires et elle a tout fermé chez elle. Oh ! Il a l'air déçu, Pietrino Belonore. Vous êtes son amoureux ? »

Béatrix lui offre un sourire saturé de sous-entendus. Elle profite de ce moment consacré à martyriser ses citrons pour observer son visiteur dominical. Un rouge léger s'est rivé sur ses pommettes, il bafouille un vague « Non ». Il se trouve stupide, sa présence ici est ridicule. Pietrino cherche des mots qu'il ne trouve pas. Il évacue l'idée d'une conversation légère avec la brunette sympathique qui bataille avec ses agrumes. L'inconnue du lycée Virgilio l'obsède. Il a bloqué sur le bleu lavande de la porte dans la cour, les yeux d'Antonella ne sont pas exactement de cette teinte-là. Oublier Antonella ? Tour de force utopique. Pietrino plonge son regard vers la table encombrée pour échapper aux yeux noisette et à l'introspection en cours.

Quelques carnets de croquis occupent le plan de travail. Deux ouvrages sur les peintres italiens du XVIIIe siècle exhument des reproductions de scènes inspirées de l'Ancien Testament. Trois morceaux de fusain sommeillent dans une boîte, sous la surveillance d'un pastel gras rouge sang. Une gomme attend, un taille-crayon sommeille. Un fascicule sur les gravures de Maria Cosway cache des reproductions d'Agostino Brunias. Quelques dessins maladroits ont été déchirés, ils patientent entre deux tentatives de portraits à la manière des anciens. Sur le bord du plateau, deux livres édités chez Feltrinelli attirent l'attention de Pietrino : *Ordine e disordine*... Ordre et désordre, de Fausto Curi, et *Ideologia e linguaggio* de Sanguineti. L'idéologie et le langage ? Barre à gauche, toute ! Il tend la main et découvre un vieil exemplaire du journal *Battaglia Comunista*, ouvert sur la retranscription d'un discours fondateur d'Amadeo Bordiga. Béa s'empare de la surprise de son visiteur :

« Et là, vous vous demandez comment vous en sortir ? C'est dimanche, vous vous êtes fait tout beau tout propre. Vous veniez visiter votre petite amie et vous vous retrouvez en compagnie d'une passionaria de la lutte prolétarienne. Et vous ne savez plus comment faire. C'est ça ? »

Pietrino a un sourire, son premier sourire depuis longtemps. Il dévisage Béatrix, comme s'il tentait de la décrypter à son tour. Il emprunte le livre de Fausto Curi, dont il commence à parcourir la quatrième de couverture avec une moue amusée.

« Ne vous fiez pas aux apparences, Béa. Je ne m'y fie pas non plus. »

Béatrix, troublée, marque un temps :

« Allons bon ! Vous n'arrivez pas à m'imaginer en activiste de la lutte des classes ?

— Je ne dis pas ça. Mais ne vous fiez pas à mon apparence, vous non plus. Vous me voyez là, "tout beau tout propre". Je travaille tous les jours en relation avec les représentants de l'ambassade américaine, parce que chez Amber&Abel, c'est ça, leur fonds de commerce. Mais je n'ai pas d'affinité particulière avec ces gens-là. C'est juste mon boulot. Et deux livres édités par Feltrinelli sur votre table ne prouvent rien… »

Pietrino se penche vers le lit et récupère la pochette d'un microsillon d'Anibal Troilo. Il poursuit son raisonnement :

«… Comme ce disque ne prouve pas que vous dansez le tango.

— Argentin !

— Argentin ?

— Anibal Troilo et Raùl Beròn, c'est du tango "argentin". Ma famille est originaire de Buenos Aires, mon père y réside. Il travaille dans l'entourage proche de Juan Perón. Et moi, je danse le tango argentin. Et j'adore ça. »

Béatrix affiche un sourire de vainqueur, elle vient d'exterminer son premier citron. Elle jette le cadavre exsangue dans un seau qui lui sert de poubelle et s'attaque au deuxième, aussi coriace que le premier. Pietrino feuillette l'ouvrage de Sanguineti. Il tombe sur un passage surligné par cette drôle d'Argentine en guerre contre les agrumes. Béatrix décapite sa victime tout en demandant :

« Vous avez déjà lu Eduardo Sanguineti ?

— Celui qui s'autoproclame "communiste viscéral" ? Oui. J'ai aussi suivi les batailles idéologiques du groupe 63. »

Pietrino pose le livre, s'empare de celui de Fausto Curi, décrypte la quatrième de couverture :

« Giangiacomo Feltrinelli, éditeur militant ! Il fait un boulot formidable. »

Béatrix marque une pause. Le second citron est sec comme une ordonnance du général Ongania. Le supplicié rejoint le cadavre précédent dans le seau. Elle argumente :

« Feltrinelli est un éditeur avant d'être un militant.

— Vous trouvez cette gauche-là trop fade ? »

Béatrix récupère un torchon pour s'essuyer les doigts :

« Je trouve cette gauche-là utile. Point. Feltrinelli pourrait aller beaucoup plus loin.

— Vous militez ? Vous militez où ? »

Béatrix perd son sourire :

« C'est un interrogatoire ?

— Pas du tout. »

Pietrino montre la tranche du livre :

« Ça peut vous paraître étrange, mais j'ai rencontré plusieurs fois Giangiacomo Feltrinelli à Milan, pendant mes études de droit international. Vous connaissez son projet pour la Sardaigne ?

— Pas du tout.

— Vous connaissez Feltrinelli ?

— Pas personnellement. Pour moi, c'est juste un éditeur, à la position paradoxale.

— C'est sa fortune qui vous préoccupe ?

— Sa fortune me gêne.

— Sa fortune permet à des livres comme ceux-là d'exister.

— Sa fortune alimente le parti communiste italien.

— Et alors ? »

Pietrino repose *Ordre et désordre* sur le fatras qui envahit la table. Il remarque quelques phrases marquées d'une croix dans le discours d'Amadeo Bordiga retranscrit sur le journal. Béatrix se dresse sur la pointe des pieds pour constater que l'armée de ses citrons est en pleine débâcle. Plus un seul soldat prêt au sacrifice. Plus aucun réserviste au fond de son placard. Elle scrute le fond de son verre à peine tapissé d'un jus pâle, déçue :

« Je peux vous faire un café, plutôt.

— Ce jus de citron sera très bien. Merci.

— Sucre ?

— Non, merci. »

Elle s'assied face à lui, croise les jambes, appuie un coude sur le dossier de sa chaise. Dans un geste réflexe, elle passe une main dans ses cheveux courts avant d'attaquer :

« Vous travaillez pour les Américains. Non ?

— Mon employeur a quelques clients américains qui font tourner sa boîte et alimentent sa comptabilité.

— Pietrino Belonore ! Avouez que nous avons tout de même un problème avec l'hégémonie américaine !

— Je ne vous contredirai pas sur ce point. J'ai moi-même un problème avec eux.

— Allons bon ! Vous avez un problème avec les Américains ? Vous n'aimez pas le Coca ? Topolino ne vous fait pas rire ? C'est pourtant cocasse, Mickey Mouse, avec ses grandes oreilles et ses chaussures jaunes. Vous trouvez les westerns de Sergio Corbucci meilleurs que ceux de John Sturges ?

— Mon contentieux avec eux est plus profond. Ça tient du western, mais sans l'humour noir qui va avec. Mais je ne vais pas vous embêter avec ces questions.

— Vous ne m'embêtez pas, Pietrino Belonore ! C'est marrant, non ? Vous étiez venu pour voir votre fiancée, vous vous retrouvez à argumenter autour du colonialisme yankee avec une inconnue. »

Pietrino laisse passer une pause ; il dévisage cette espiègle jeune femme à la dynamique envoûtante. S'il y avait eu ne serait-ce qu'une ou deux filles de ce gabarit dans le groupe *Potere Rosso*, il n'en serait sans doute pas à s'obliger à se fondre dans la foule depuis quelques jours. Leur brigade n'aurait pas été dissoute. L'attentat aurait sans doute eu lieu. Pietrino songe à ses tracts perdus, à ces Américains assassins, à son occasion gâchée, à l'emblème communiste renversé, signature de son groupe de lutte. Il passe un index sur les lignes du journal.

« Vous remarquez qu'il n'y a ni faucille ni marteau autour du titre de ce journal ?

— Ce qui importe, c'est le texte. Pas les enseignes.

— Exact ! Vous avez lu *Le marxisme des bafouilleurs* de Bordiga ? »

Pietrino a tendu le journal *Battaglia Comunista* pour appuyer son propos. Béatrix le prend, le pose sans le regarder.

« Et vous, Pietrino Belonore ?

— Oui. Et c'est passionnant. “Malheur à ceux qui croient pouvoir être les porte-parole du mouvement prolétarien et se flattent d'exprimer la théorie révolutionnaire alors que…

— … alors qu'ils n'ont pas encore digéré le tournant crucial où notre doctrine abandonne ses positions traditionnelles.” »

Elle lâche un petit rire avant de poursuivre :

« Vous militez ? Ne me répondez pas, Pietrino Belonore. Je suis sûre que oui.

— C'est un interrogatoire ?

— Oui.

— Allons bon ! »

Pietrino avale cul sec son fond de verre de jus de citron. L'acidité lui fait plisser les paupières. Béatrix se penche vers son visiteur :

« Il a du temps devant lui, Pietrino Belonore ? »

Pietrino affiche une grimace amusée :

« De toute manière, votre voisine Antonella ne reviendra pas aujourd'hui de Florence pour prendre le café ici, avec nous ?

— Non, sûrement pas. »

Béatrix s'empare d'une cafetière qui a beaucoup servi, enflamme le gaz de son petit réchaud, se sort une tasse ébréchée. Pietrino pousse le battant bleu saphir de la porte afin de masquer le bleu lavande de celle d'Antonella de son champ de vision. Le fantôme de la mystérieuse lycéenne s'estompe dans sa mémoire, c'est bon signe. Pietrino s'installe plus confortablement sur sa petite chaise bancale :

« Je me suis fourvoyé, j'ai sans doute raté le rendez-vous avec la femme de ma vie. C'est dimanche. J'ai tout mon temps, Béa. Et je veux bien partager un café avec vous. »

Pietrino a rejoint la *via* Cesare Beccaria en fin d'après-midi. Le soleil était encore haut, Rome respirait l'été. Il a grimpé quatre à quatre les marches qui mènent à l'appartement de Foscarina Maratea avant de pousser la porte avec entrain. Sa logeuse n'en revenait pas :

« *Allora, Bello' ?* Alors ? Bon dimanche ? Mais oui, ce dimanche a été parfait.

— Exact !

— Ce fut une journée enthousiasmante. Je me trompe, Bello' ?

— Non, Fosca' ! La journée a été très bonne. Il s'est passé exactement le contraire de ce que j'espérais.

— Vous êtes vraiment un cas spécial, Belonore !

— La vie apporte son lot de surprises. Mauvaises, en général ! Lorsqu'elles sont bonnes, on ne va pas faire la fine bouche.

— Je ne vous ai jamais vu aussi joyeux. Alléluia, Bello' ! J'en suis ravie. Une belle rencontre ? Oui, bien sûr.

— Une rencontre étonnante. Un moment suspendu. Un drôle de personnage !

— Formidable, Bello' ! »

Foscarina était sincère. Elle s'inquiétait de constater la décrépitude de son jeune locataire depuis quelques jours. Elle se réjouissait, désormais. L'amour était dans l'air, et une énergie contagieuse nourrissait l'espace autour d'eux. La veuve Maratea s'est dirigée vers un placard pour en sortir deux verres à liqueur et une fiole en cristal précieux.

« Nous devons fêter ça. Buvons à votre drôle de personnage ! Et je vous emmène dîner chez Alfredo, *il vero Alfredo*. Vous me raconterez. Ou pas, d'ailleurs. Les détails n'ont aucune importance. Votre bonheur nourrit le mien, et c'est bien là l'essentiel. »

Après trois rasades d'Amaretto Disaronno, Bello' et Fosca' ont quitté l'appartement en direction du mausolée d'Auguste, vers le restaurant d'Alfredo le troisième, le spécialiste mondial des *fettuccine*. Avant de fermer la porte, Pietrino s'est dirigé vers l'échiquier. Il a bougé un simple pion, d'une case noire vers une case blanche. Foscarina n'a pu que constater un mat imparable dans les trois coups à venir. Elle a éclaté de rire.

Carmine

Le maître d'hôtel est décomposé. Il a déjà renvoyé deux fois les plats vers l'arrière-salle. Le foie à la vénitienne était trop cuit, puis pas assez. Dans les cuisines, un œil sur sa poêle, le chef attend, stoïque, la troisième raison qui accompagnera le prochain retour vers les fourneaux. Trop vénitien, peut-être. Planté au coin de la terrasse panoramique, le maître d'hôtel ne se fait aucune illusion sur l'accueil qui sera offert au plat suivant.

Le grand gominé n'a même pas touché à ses *spezzatini di manzo*. Le vin a été refusé trois fois, les deux caractériels ont fini par commander une bouteille d'eau minérale. Ils discutent depuis une heure, les quelques clients qui occupaient le restaurant panoramique de l'hôtel Forum sont partis. La météo n'est pas au beau fixe, aujourd'hui. Ni dans les conversations, ni dans le ciel. De lourds nuages d'un probable orage d'été annoncent une rincée prochaine. Les deux magistrats sont plongés dans leur conversation, et il serait suicidaire de s'en approcher. Le maître d'hôtel est affligé, mais pas suicidaire. Il s'éclipse vers la salle intérieure, laissant les deux confrères en tête à tête. Les costumes sombres sont toujours au rendez-vous, comme les faciès consternés :

« Je ne les tiens plus, Carmine !

— C'est trop tôt, Fabio.

— Ils ne comprennent pas. Nous avions une opération engagée, leur première ! Cet attentat devait être un moment fort pour le groupe. Une catharsis ! Et là, on leur demande de ne plus se voir, de ne plus se réunir. On risque des dérapages, vraiment.

— Pour installer l'idée d'une force politique nouvelle et crédible dans les esprits, nous devons organiser un événement fort, et ça ne s'improvise pas. Surtout après la débâcle du premier essai.

— J'ai beaucoup de mal à contenir une meute déchaînée, Carmine. »

Le juge Bartolomeo ricane :

« *Potere Rosso ?* Une meute ? Ils ne sont plus que huit, tes redoutables soldats.

— On les a dressés pour un combat qui n'arrive pas.

— Un peu de patience ! Et l'incapable qui a foiré l'attentat ?

— Belonore ? Il est discret, et il le restera.

— C'est un tocard.

— Il a flanché, c'est tout. Par contre, les plus acharnés du groupe veulent sa tête.

— Normal.

— Ce sont des guerriers, Carmine.

— Je sais. Nous avons tout fait pour ça.

— Ils n'admettent pas l'échec. Ils considèrent Belonore comme un traître. Si on les laisse faire, ils le massacrent.

— Il faudrait les calmer, ça n'est pas opportun. Même si c'est un tocard, ce Belonore peut encore nous servir. Mais s'ils ne peuvent pas se retenir, qu'ils l'éliminent. Tant pis.

— Tant pis ?

— Oui. Mais ce serait dommage.

— Je ne te suis plus, Carmine.

— J'ai réfléchi après notre dernière conversation. Tu avais raison. Belonore travaille toujours chez Amber&Abel. Il peut être utile, à la marge. Surtout parce que les Américains ne soupçonnent toujours rien, ni sur lui, ni sur notre groupe.

— Comment tu sais ça ?

— J'ai mes contacts, Fabio. Les Américains sont trop occupés par leur guerre imbécile à l'autre bout de la planète. Ils se fichent pas mal de quelques militants éparpillés d'une obscure internationale ouvrière qui stagnent ici, dans un pays à leur botte. »

Fabio La Rocca dévisage son acolyte. Il y a toujours eu une part d'ombre autour des appuis et des informateurs du juge Bartolomeo. Fabio n'a jamais réussi à percer ce mystère. Carmine Bartolomeo ne se confie à personne, même pas aux très proches. Dans ce commandement bicéphale, chacun garde ses correspondants à l'abri. Fabio lui-même est en contact permanent avec des taupes qui débarquent régulièrement de Belgrade ; la Yougoslavie est une bonne passerelle pour les hommes et les idées venus de l'Est. En ces jours de guerre très froide, les instances soviétiques font preuve d'une extrême prudence. Le secret reste la meilleure stratégie.

Les deux juges restent très vigilants. Leur fonction de hauts magistrats n'autorise aucune faille dans la gestion de leur brigade de révolutionnaires. Ils n'ont droit à aucun faux pas, même si quelques-uns de leurs jugements dans des affaires récentes ont exposé au grand jour leur sensibilité politique. Tout le monde sait que les juges La Rocca et Bartolomeo sont des magistrats engagés. Si les autorités savaient à quel point, ce serait la fin de leur combat.

« Nos militants ont besoin d'une exposition publique, Carmine. Laissons-les au moins afficher quelques tracts.

— Quels tracts ? Avec quel message ?

— Pas de discours précis, Carmine. Juste une revendication d'appartenance à une entité ! *Potere Rosso* est leur fanion : qu'au moins ils le revendiquent. Ça les calmera un moment. »

Carmine Bartolomeo se penche vers son collègue, l'air sévère.

« Je veux voir le texte des tracts avant impression.

— On peut le rédiger ici.

— Bonne idée. Et surtout, fais-leur afficher dans les beaux quartiers. Et peut-être aussi sur les murs des casernes des forces armées. Si on doit en faire réfléchir quelques-uns, c'est surtout là que ce sera utile. Si c'est pour agiter la ferveur des quartiers populaires et réveiller l'ardeur des vieux staliniens, ça ne servira à rien.

— Les Américains ? On les cible aussi ?

— Ils seront au courant bien assez tôt. Si tes militants amateurs ne peuvent pas se retenir, quelques tracts peut-être. Mais pas sur les murs de l'ambassade. C'est trop surveillé. Quelques-uns bien ciblés, glissés sous les balais d'essuie-glace de quelques berlines de fonction, s'ils veulent. À défaut d'attentat, que ce tract résonne comme un faire-part de naissance. Mais rien d'exubérant, Fabio. C'est compris ?

— Je vais organiser une nouvelle réunion clandestine. Je peux les regrouper à l'imprimerie qui va tirer les tracts.

— La *litografia d'Amato* ? Pour que la police puisse remonter jusqu'à nous une fois les tracts collés ? Non ! Retournez à la centrale abandonnée, c'est la solution la plus discrète. Et il faut faire imprimer en dehors de Rome. Charge un des militants de l'intendance. Envoie-le à Naples ou dans les Pouilles. Qui est vraiment fiable, dans le groupe ?

— Mathias.

— Le dandy ? C'est un bouffon. Tu le sais bien. Ce petit con s'occasionne quelques émotions qu'il croit fortes. Il fait illusion sur la troupe, mais ça s'arrête là.

— Qui veux-tu ? *Polpette Doppie* ?

— Pourquoi pas !

— Envoyer Mirone, cette teigne ?

— À tout prendre, j'aime autant que ce soit cette brute épaisse de Mirone, que tous ses camarades surnomment “Double Boulette”, plutôt que ton intello mondain.

— Je vais organiser la fabrication des tracts. Et pour le texte ?

— On l'écrit maintenant. Là. »

Carmine goûte une bouchée de *spezzatino*, grimace. C'est froid. Bien évidemment. Il se redresse, s'appuie à la rambarde de la terrasse. En dessous d'eux, Rome l'antique offre ses ruines dans un spectacle grandiose. Les deux ruelles qui mènent à l'hôtel Forum grouillent de touristes, c'est le début de la saison. Les premières gouttes de pluie tachent la nappe blanche, elles viennent éclabousser le front des deux hommes. Les parasols vont bientôt se muer en bâches protectrices. Le juge fait un signe sec, en l'air. Le maître d'hôtel accourt. L'humiliation est certaine mais au moins, que ça ne dure pas. Carmine Bartolomeo ne jette même pas un regard sur le pauvre homme, il pointe de son index l'angle des deux ruelles.

« Dites-moi, ils sont ouverts là-bas, en face ?

— Quoi donc ? La *tavola calda* l'Angoleti ?

— Exactement.

— Oui, monsieur. Apparemment.

— Vous pouvez nous commander deux pizzas fromage ?

— C'est une plaisanterie, monsieur ?

— Est-ce que j'ai l'air de plaisanter ? »

Carmine Bartolomeo sort quatre gros billets d'une liasse qu'il glisse dans la poche du maître d'hôtel.

« Bien, monsieur !

— Voilà. Et foutez-nous la paix, maintenant. Mon collègue et moi avons à travailler au calme. »

Le soir même, huit hommes se faufilaient entre les grillages de la centrale thermique Montemartini, dans les pas de Fabio La Rocca. Coincé entre la *via* Ostiense et les méandres du Tibre, le site en déshérence depuis quelques années abritait les activités clandestines de *Potere Rosso*. La réunion était courte, les précisions apportées par leur mentor, très brèves. L'affichage sauvage était programmé pour le début de la semaine suivante, à des points stratégiques définis. Dans la nuit, Mathias Baglioni partait pour une imprimerie clandestine de Foggia conduit par Mirone, celui que tout le monde surnommait « Double Boulette » à cause de son physique ingrat qu'il assumait pleinement. *Polpette Doppie*, Double Boulette donc, avait une tête toute ronde sur un tronc tout rond. Ses diverses tentatives capillaires n'y faisaient rien ; chevelu, barbu ou moustachu, sa silhouette présentait deux boules l'une sur l'autre. Ce militant était l'un des seuls à avoir le permis et une voiture, une toute petite Innocenti Mini90 d'une couleur indéfinie tellement les différentes pièces de carrosserie étaient rouillées. Avec son épave rafistolée, il assurait souvent l'intendance du groupe. Le contraste était fort entre le conducteur à l'aspect rustre et au parler populaire et son passager blond à la silhouette svelte et à la rhétorique sophistiquée. Les deux compagnons de lutte ont été peu diserts tout le long du trajet, mis à part une parenthèse virulente à propos de Pietrino Belonore. *Polpette Doppie* voulait la peau du Lombard qui avait fait capoter l'attentat. Le discours modérateur de Mathias n'y a rien fait. Les consignes données par Fabio étaient claires, donc pour l'instant il ne bougerait pas. Mirone était un militant consciencieux et discipliné ; son comportement était cohérent avec son idéologie. Mais à la première occasion, le larron à tête ronde tuerait ce traître de Belonore.

Le même soir, l'Alfa Romeo bleu de Carmine Bartolomeo se garait sur l'esplanade près du vieux phare de Fiumicino, à proximité d'un coupé Ford Taunus d'un vert sinistre. La mer s'échinait à prouver que la terre pouvait être plate. Son clapot tranquille rythmait les coassements d'une bande de crapauds surexcités. Une barre sombre ornait l'horizon, la nuit noire était imminente et la lune n'était pas au rendez-vous. Les portières ont claqué. Les batraciens surpris en sont restés sans voix. Carmine est descendu de sa décapotable, aussitôt imité par le conducteur de l'autre véhicule, un curieux personnage.

Les crapauds ont très vite repris leur logorrhée lancinante. La plage était déserte malgré la chaleur estivale qui plombait les journées. Pas un couple d'amoureux en place pour un bain de minuit, pas un gamin sur une Vespa pour s'essayer au tout-terrain sur le sable humide. L'orage violent tombé dans l'après-midi y était sans doute pour quelque chose. Les deux hommes étaient strictement seuls.

Ils ont fait quelques pas sur la grève, sans dire un mot. Ils se sont posés sur un rocher, assis en surplomb, leurs semelles à proximité de l'eau. Après quelques longues secondes de méditation silencieuse, ils ont eu un échange bref. Le dialogue tournait autour des ennuis gastriques récurrents des étrangers lorsqu'ils abusent de la cuisine italienne un peu grasse. L'homme à l'allure décalée était un étranger, même s'il parlait un italien impeccable. Ses fréquents séjours en Italie étaient marqués par des douleurs au bide traumatisantes. C'était systématique. Mais l'homme adorait les artichauts à la romaine, c'était plus fort que lui. Carmine Bartolomeo a toujours été compatissant avec les amateurs de gastronomie locale ; il l'avait pris en sympathie dès sa première visite à Rome, quelques années plus tôt. Les nouvelles de son tube digestif étaient rassurantes, son accoutumance à l'ail et à l'huile d'olive était en bonne voie. Carmine a eu droit à quelques précisions sur la *scarola* aux pignons et raisins secs que son interlocuteur avait dégustée à midi. Aucune séquelle apparente : ils pouvaient donc entrer dans le vif du sujet. L'homme a sorti un tract taché de sang d'un dossier qu'il gardait dans sa serviette. L'étranger n'avait que quatre doigts à la main droite, un accident de jeunesse. Malgré l'absence de pouce, il restait très adroit. Son index avait pris une forme étrange, à force d'obliger sa main à être préhensible. Ses collègues de travail l'appelaient *Quattro Dita*, « Quatre Doigts », diminutif assez simple à utiliser au quotidien. Très peu dans son administration connaissaient son identité réelle, ni même son vrai prénom. *Quattro Dita* a exhibé le papier en partie carbonisé siglé d'une faucille et d'un marteau à l'envers.

« Nous l'avons trouvé sous le pont Mazzini, le jour de l'explosion. Mes supérieurs sont tous au courant, Carmine. Et deux autres tracts ont voleté jusqu'au quai d'en face. Ç'aurait été difficile d'ignorer ces éléments ; votre militant n'a pas fait dans la discrétion, ni dans la subtilité.

— Nous nous doutions de l'amateurisme de ce Belonore. Non ?

— Exact. Mais amateur à ce point, tout de même…

— À bien y réfléchir, cet échec peut être considéré comme une bénédiction pour la suite des opérations.

— Parce que, bien évidemment, vous avez un plan, pour la suite des opérations ? »

Bien évidemment, le juge Carmine Bartolomeo avait un plan.

Scipione

Scipione aura passé sa matinée à râler. Dès le lever, il était bougon. Et les activités de la journée à venir gonflaient son amertume. Partir se faire griller au soleil pour goudronner l'entrée du nouveau jardin public destiné aux enfants de Pietralata n'était pas la perspective la plus enthousiasmante. Mais le spécialiste du bitume et des enrobés, c'est lui : Scipione, dit « la morue salée », *Merluzzo Salato.*

Scipione a déjà supervisé la pose de bitume devant la *Casa del Popolo*, devant l'entrée de l'immeuble de Ferrante, responsable de la cellule locale du Parti, devant l'entrée de l'épicerie de la cousine de Ferrante, responsable de la cellule locale du Parti, devant le cabanon de la mère de Ferrante, responsable de la cellule locale du Parti, devant une entrée d'immeuble à deux pâtés de la *Casa del Popolo* où la rumeur publique aurait bien situé la nouvelle maîtresse de Ferrante, responsable de la cellule locale du Parti.

Pour son malheur, *Merluzzo Salato* avait pris l'initiative de goudronner le devant de son entrée d'immeuble à lui, quelques mois plus tôt. Il est ainsi devenu redevable face à la direction de la cellule locale du Parti. En contrepartie de cette utilisation très égoïste du matériel de la communauté, le gros Ferrante a négocié la mise en bitume de quelques lieux stratégiques du quartier. Scipione s'est exécuté, en bon militant dévoué et coincé par son écart face aux fondamentaux du collectivisme. Scipione n'anticipe jamais la portée de ses actes, c'est un peu son problème. Ce zèle dans l'amélioration de l'urbanisation de Pietralata présente une faille de taille. La plupart des rues de ce quartier en pleine édification sont en terre battue. Le moindre mètre carré de bitume se repère comme un lentigo sur le menton d'un prognathe. Il faudra se décider un jour à goudronner le reste des voies carrossables, c'est-à-dire l'essentiel des ruelles autour de la *Casa del Popolo*. Ça fera du boulot, certes, mais surtout d'infinies occasions de râler.

Les grands travaux dirigés de main de maître par *Merluzzo Salato* n'ont jamais l'ampleur de chantiers pharaoniques. Mais à l'entendre pendant les réunions de cellule, on pourrait croire à un chef d'entreprise régnant sur une foule de corps de métiers plus pointus les uns que les autres, assurant chacun leur part dans l'achèvement d'une œuvre essentielle. Faux-semblant total : le spécialiste local de l'enrobé se supervise tout seul. Scipione trouve quelques avantages à cette organisation autarcique : pas de contraintes syndicales sur les horaires de travail et sur les phases de repos, pas d'embauches à risque, pas de perte de temps avec les démarches administratives. Il reste tout de même un énorme inconvénient : il est seul à cumuler toutes les tâches.

Le matin, tôt, il est parti chercher la citerne chauffante gavée de goudron. Le camion n'est pas très gros, mais conduire cette chaudière ambulante n'est pas une sinécure, surtout en cette saison. Ensuite, il faut remplir les seaux de bitume fumant, les trimballer, les verser, les étaler, lisser les sols, garder le goudron en température dans sa cuve, sortir les goulottes, replier les goulottes, nettoyer aussi. Autant d'opérations que de raisons de râler. Donc, il râle.

L'enseigne peinte qui ouvre sur l'esplanade clôturée annonce : *PARCO PUBBLICO XXV APRILE, PER I BAMBINI DELLA ZONA, INGRESSO LIBERO*. Le jardin public destiné aux enfants consiste en une large esplanade aride. Le site est équipé de deux toboggans raides comme un mémorandum de Beria, d'un banc public bancal et d'un jeune pin sylvestre déplumé, replanté et en mal d'arrosage. Le reste du parc est une invitation à l'aventure, destiné à développer l'imagination fertile de la jeune génération. C'était en tout cas l'argumentaire développé par le gros Ferrante lors du discours d'inauguration de ce terrain très vague. Cet équipement mis en place par la *Casa del Popolo* près de la *via* Silvano est un progrès considérable. L'espace grillagé permet aux gamins de s'écorcher les genoux sur les cailloux sans leur faire courir le risque d'aller se noyer dans la rivière Aniene proche. Les parents préfèrent savoir leurs progénitures s'entre-tuer comme des cow-boys sur la caillasse du Nevada que de s'imaginer explorateurs sur le fleuve Amazone. Jusque-là, le taux de mortalité infantile par noyade était élevé dans ce coin du Latium.

L'inauguration a déjà eu lieu. En fanfare. Le drapeau rougeoyant du Parti flotte au-dessus de la pancarte, sa faucille et son marteau vacillent au vent nuit et jour depuis. Un grillage serré de plus de deux mètres de hauteur encercle le terrain. Le camp d'accueil est aussi engageant qu'un stalag polonais. Il est prêt à fonctionner pour les jeunes pousses du quartier. Presque. Le gros Ferrante, celui d'Avezano, le chef local, a voulu qu'une avenue glorieuse mène les enfants des camarades et leurs accompagnantes vers ce lieu de vie stratégique. Les femmes indigènes commencent à fréquenter le parc, et il fallait quelques preuves tangibles de l'amélioration urbaine en cours. Le bitume fait partie de ces preuves tangibles. Et les femmes du quartier palabrent beaucoup sur les preuves tangibles. Et elles votent elles aussi, surtout. La cellule Andreï Sergueïevitch Boubnov s'est réunie et, après concertation démocratique et vote à bulletin levé, a décidé qu'une dalle de quelques mètres carrés devrait accueillir le chaland et inviter les visiteurs juvéniles à pénétrer dans l'espace qui leur était réservé. Les représentants du peuple de Pietralata ont décidé d'une allée de bitume longue de quatre mètres, et large de deux. Parfait ! Encore fallait-il le faire. C'est le jour.

Merluzzo Salato a garé le camion au sommet de la pente qui mène au jardin public. S'approcher plus près du terrain de jeu lui faisait courir le risque de ne plus pouvoir remonter la citerne chauffante, dont le moteur a déjà du mal à avancer sur les chemins plats. Scipione a donc décidé, à l'unanimité, de poser la cuve à goudron en haut et de faire les trajets vers l'entrée du jardin public avec son seau plein d'enrobé brûlant. Après tout, quinze mètres à pied ne sont pas une corvée insurmontable : il descendra avec un seau plein et remontera la pente à vide. Sa logique d'optimisation de ses efforts tenait la route, en théorie. Sauf que sa pelle est collante de goudron, que la spatule pour étaler le bitume est fendue, que ses gants sont poreux, que faire du bitume en sandalettes n'est pas la meilleure idée du jour, même avec des lanières en cuir. Chacune de ces raisons lui donne une occasion de râler, il ne s'en prive pas. Après une heure d'efforts concertés avec lui-même, il a pris du recul pour apprécier l'avancée du chantier. Là aussi, il a râlé. Rien n'a avancé, la surface de la dalle coulée est ridicule. Il s'y est remis, appliqué. La silhouette maigrelette de Zefirino contourne le camion, en haut de la pente.

« *Ciao, Scipione !*

— *Ciao, Dzè' !* »

Le chiffonnier orphelin descend vers le parc avec l'allure d'un prince lombard partant visiter les nouvelles douves du château. Il affiche un sourire franc. La journée s'annonce épanouissante, plus pour lui que pour ce pauvre Scipione aux prises avec son bitume, son seau et ses pelles. Zefirino tend une petite fiole au goudronneur en sueur.

« Un dernier verre avant la pause ?

— Ah… Merci, Zefirino. »

Scipione rend la fiole, s'essuie la bouche d'un revers de manche noirci de goudron. Zefirino extirpe un paquet de mentholées pour en proposer une à ce pauvre travailleur de force. La morue salée regarde la marque des cigarettes avant de refuser.

« C'est des cigarettes de filles ? Non merci.

— Elles appartenaient à ma mère. »

Scipione se signe aussitôt, et une croix marque son front d'empreintes digitales noir bitume.

« Sainte femme ! Elle est où ?

— Toujours à la morgue municipale. Ils ont des problèmes avec la chaleur dans leurs locaux. Et y a des problèmes d'administration aussi. Ils l'ont égarée. C'est compliqué, là.

— Ils l'ont perdue ?

— Ils l'ont mise ailleurs mais ils savent plus où.

— Au frais ?

— C'était l'idée. Jusqu'à l'enterrement.

— C'est quand, l'enterrement ?

— Quand ils l'auront retrouvée.

— D'accord ! Tu as pensé à notre proposition ?

— J'y ai pensé pas mal, oui.

— Et alors ? Tu vas prendre ta carte ? »

Zefirino dévisage Scipione, il ne répond rien. Il se contente de remonter la pente, d'un pas tranquille. Il disparaît derrière le camion de goudron qui fume de tous ses tuyaux. Scipione hausse les épaules et se remet au travail. Et il se remet à râler.

Merluzzo Salato a bien entendu un grincement, mais il était trop occupé avec sa raclette à lisser le bitume. Il n'a pas envisagé une seconde que ça pouvait être le bruit du frein à main qu'on desserre. Il n'a pas vu le camion lui foncer dessus. L'arrière de la cuve le cueille de plein fouet. Le véhicule part s'encastrer dans un des piliers de béton qui marque l'entrée du parc. Il emporte tout : les pelles, le seau, les râteaux, le spécialiste local de l'enrobé et ses sandalettes. Le goudron brûlant gicle. Scipione ne râle plus, il hurle. Il vient de passer sous le train arrière de la citerne.

Zefirino redescend la pente d'un pas aussi tranquille. Scipione est vautré dans le bitume qu'il vient d'étaler. Son visage est couvert de goudron fondu. On ne distingue plus que ses yeux grands ouverts au milieu d'une masse noire et fumante. Il aimerait se redresser mais son mollet est coincé sous une roue du camion. Le chiffonnier se penche vers sa cible hurlante :

« Vous avez tué ma mère ! Je vais tous vous massacrer. »

Zefirino déplie la goulotte de vidange au cul du véhicule. Il la place à l'aplomb du camarade qui se tortille en essayant de beugler. Scipione a de plus en plus de mal à extirper des syllabes cohérentes de son larynx. Il se consume déjà. Zefirino ouvre la vanne. Tout le contenu en fusion de la citerne se déverse sur *Merluzzo Salato*. Il n'a plus rien d'un poisson séché, plus rien d'une morue salée. Il n'a plus rien, point. Il ne râlera plus jamais. Le goudron éclabousse les mollets, tache les chaussures, Zefirino s'écarte. Il articule, théâtral :

« Maria Felicita Scolastica Immacolata Gianlupino, tu es vengée ! »

Zefirino constate les ultimes soubresauts de sa victime. La forme gluante agite une dernière fois les bras avant de s'immobiliser dans une posture d'araignée tétraplégique. Le chiffonnier se reprend, toujours aussi théâtral mais plus hésitant :

« En fait, Maria Felicita Scolastica Immacolata Gianlupino, tu commences à être vengée. Tu seras vengée complètement quand j'aurai terminé ma besogne ! Mais je vais la terminer. Tu m'as toujours reproché de ne jamais terminer ce que je commençais. Là, je te le jure ! Sur la tombe de mon pauvre père. »

Zefirino se signe. Il marque une autre hésitation lorsqu'il se rappelle que son pauvre père a disparu dans des conditions suspectes, qu'il est sans doute parti avec un contrepoids en béton attaché aux pieds vers les profondeurs du lac de Garde, et que par conséquent la tombe de son pauvre père est un concept inepte. Comme le concept de « pauvre » dans le cas de cet escroc de grand chemin qui a abandonné femme et enfant pour suivre le parcours flamboyant du Duce au moment de la République de

Saló. Zefirino s'apprête à articuler une dernière énormité lorsque des voix lointaines sonnent le signal de son départ. Des voix d'hommes, des voix de femmes. Ils crient, elles hurlent. Ne pas rester, ne pas se faire prendre, disparaître du champ de bataille. Ses semelles laissent quelques empreintes grossières sur le bitume encore brûlant.

Zefirino est rentré chez lui sans se presser. La rivière Aniene, très basse à ce moment de l'année, dégage des effluves pestilentiels mais cette puanteur est tellement habituelle que le chiffonnier n'en a cure. Il se sent l'âme légère. La journée s'annonçait propice à l'amorce de projets nouveaux, c'est le cas. Accomplir son devoir de fils dévoué, c'est déjà énorme, comme une immense satisfaction. Il lève les yeux au ciel, invoque sa mère, espère de tout son cœur qu'elle ne va pas apparaître entre deux nuages. Ouf ! Il n'y a pas un nuage dans le ciel. Zefirino peut être rassuré. Son esprit se focalise sur la voix de Maria. Et sa mère l'engueule parce qu'il a fait des taches de goudron sur son pantalon. Chimère ! Même chimère, elle est toujours là. Même absente, elle reste insupportable. Il la déteste toujours autant. Enfin, il la détestait. Il détestait sa mère, mais il la vengera. Il n'en est plus à un paradoxe près. Il ne sait même pas ce que veut dire « paradoxe », alors…

Zefirino s'est enfermé dans sa cabane. Il a redressé la baie de Naples qui a encore pris de la gîte, remis la fiole de sa mère sous les coussins du canapé. Il a soupesé le paquet de mentholées. Il reste quatre cigarettes, autant que de camarades de la cellule Andreï Sergueïevitch Boubnov à exécuter. Leur dernière cigarette ! Sans doute un signe du destin, un signal fort envoyé depuis l'au-delà par sa mère. Qui ne le lâchera donc jamais : elle en est toujours à lui compter les cigarettes. Il la déteste vraiment. Les éléments se bousculent dans son crâne. Vivement l'inhumation. Qui n'aura lieu que lorsque les services municipaux l'auront retrouvée. Qui donneront la facture au seul héritier, lui. Qui ne pourra pas régler. Pourraient-ils la lâcher dans une fosse commune ? Ce serait pratique. Et définitif. Mais abandonner sa mère ! Il ne le supportera pas. Adhérer au Parti afin qu'ils règlent les obsèques ? Et s'ils n'en payaient qu'une partie ? Cette situation le dépasse.

L'œil de Polifemo le fixe depuis son étagère. L'impression est terrifiante. Sa conscience s'est incarnée dans le phare de son triporteur. Sournoise, elle se manifeste en permanence, surgit à tout moment au plus profond de sa solitude. Elle oblige le chiffonnier à culpabiliser, le force à se souvenir qu'il a un devoir absolu désormais, celui de venger sa mère. Zefirino aurait bien rangé cet accessoire anachronique dans le tiroir de sa table bancale, pour ne plus l'avoir sous les yeux. Il n'arrive même pas à le toucher. L'orphelin se recueille quelques minutes devant le tract taché du sang maternel. Ce marteau et cette enclume à l'envers le font gamberger depuis le début. Il s'est prostré sur son lit de camp, pour réfléchir à la suite de son dessein. Il lui faut des exécutions exemplaires, un catalogue de morts violentes à forte valeur symbolique. Et il a quelques idées.

Astor

Leurs corps sont imbriqués. Il la serre contre lui d'une main assurée. Les fronts se touchent. Elle est concentrée à l'extrême sur les attentes de son partenaire. Les jambes se frôlent. Il tend la main gauche. Elle vient y prendre appui. Deux mèches de cheveux noirs collés par la sueur dégringolent sur sa joue. Ils respirent d'un même rythme, arrêtent leurs mouvements aux mêmes instants, reprennent, légers. Une âcre odeur de transpiration sature la pièce.

Autour d'eux, occupant tout l'espace sur le parquet de chêne ciré, d'autres couples sont en besogne. Les attitudes changent selon les âges, selon les peaux, selon les silhouettes, mais l'ardeur reste la même. La passion exhale. Tous sont attentifs aux pulsions de l'autre. Pas un mot ne vient troubler le cérémonial. Soudain tout s'arrête. Les jambes des femmes balancent comme les membres de marionnettes aux fils trop tendus. Les mains droites des hommes bloquent toute échappée, leurs mains gauches se font discrètes. Les hanches s'écartent, les épaules se figent. Les couples balancent, dans un déséquilibre hypnotique. Puis la ronde repart, laissant la part belle aux connivences.

Planté derrière le hublot de la porte d'entrée, Pietrino est fasciné. Tous ces couples en accord presque parfait lui donnent le tournis. Béatrix est au milieu d'eux, accrochée aux bras d'un homme deux fois plus âgé qu'elle, un Latin à la souplesse féline. Leurs poitrines sont collées. Il est sévère, elle a un sourire proche de la jouissance. Elle avance sa cuisse dans son entrejambe. Il laisse glisser ses pieds. Ils tournent, font mine de se séparer pour se saisir à nouveau dans une étreinte sauvage. Puis tout se fige. Tous restent en suspension, comme l'image d'un film coincé dans un projecteur soudain enrayé. La musique vient de s'arrêter. Le saphir gratte le centre du vinyle de son frottement obsédant. Le sillon s'achève là, paré pour un tournis perpétuel. Le phono, lui, poursuit sa routine. Il est prêt à dispenser ses crissements parasites trente-trois fois par minute. Dans la grande salle, on n'entend plus que les souffles lourds d'après l'effort. Quelques semelles répètent d'instinct la fin de leur dernier mouvement, la ligne d'une figure loupée, le déroulé d'un pas maladroit. Le partenaire de Béatrix se dirige vers la platine, relève le bras, stoppe le plateau, coupe la sono, donne quelques consignes et clôt le cours. Les couples se séparent pour se rassembler dans des paires plus cohérentes. Mariés, amants ou simples amateurs, chacun récupère sa moitié ou sa solitude. Chacun retrouve ses souliers de ville : on ne danse pas chaussé de godillots. Les conversations reprennent. Béatrix est la première à sortir de la salle parquetée.

« Pietrino Belonore ! Tu étais là ?

— Je viens d'arriver.

— Ça t'a plu ?

— Je n'avais jamais vu un cours de tango de près. Ni même de danseurs de tango, d'ailleurs. C'est…

— … Fascinant ? C'est un virus. Quand le virus du tango t'attrape, tu ne peux plus t'en dépêtrer. »

Les couples s'extirpent de la pièce, essoufflés, heureux, bavards. Le professeur est le dernier à sortir, trois disques aux pochettes usées sous le bras. *Juan d'Arienzo y Su Orquesta Tipica* a la part belle dans les choix du pédagogue. Il salue Béatrix cordialement avant de poser un sourire sur le jeune homme emprunté qui est planté devant sa salle de danse :

« *¡Holà !* C'est ton amoureux, Béa ? »

Pietrino sent ses joues rosir, encore. Il n'est pas à l'aise dans cette situation. Il n'est jamais à l'aise lorsqu'il s'agit de parler d'amour. Exprimer ses sentiments le paralyse. Béatrix tente d'assouplir les névroses manifestes de son nouvel ami par une boutade :

« Je te présente Pietrino Belonore, pas un camarade de classe. Plutôt un camarade de lutte de classes. »

Ses plaisanteries ne le dérident toujours pas. Elle le trouve désarmant. Avec ses cheveux noirs bouclés et son beau regard sombre, Pietrino ne peut pas renier ses origines méditerranéennes. Mais son allure réservée, sa retenue et son air sérieux le distinguent de la moyenne de la population mâle qui gravite dans le Sud. Pietrino ne frime pas, ne parle pas pour rien, n'élève jamais la voix. Pietrino se tient toujours en réserve, sait rester discret, ne fanfaronne jamais. Certaines de ses attitudes trahissent ses origines paysannes – la stabilité de sa démarche, l'énergie concentrée de ses gestes, le manque de fantaisie dans ses tenues aussi. La culture de la précarité montagnarde transpire dans chaque détail de son quotidien. L'économie y est aléatoire, les équilibres restent fragiles : Pietrino porte tout cet héritage sur ses épaules. Une impression de profonde mélancolie émerge de ses postures, de sa manière de poser le regard sur les choses. Pietrino, gêné, tente un sourire timide. Le professeur de tango lui serre la main d'une poigne dévastatrice, puis précipite quelques phrases en espagnol pour Béatrix avant de s'éclipser. Le groupe se disperse, les pas et les rumeurs s'éloignent. Le jeune Belonore se détend un peu. Depuis l'attentat raté, Pietrino est toujours sur la défensive, les sens aux aguets. Ce n'est pas de la paranoïa, juste une extrême prudence. Pietrino tend un livre à Béatrix. Sur la photo de couverture, l'auteur affiche sa mine sévère, chapeauté, une écharpe rivée autour du cou. Il se nomme Manganelli et signe un traité sur l'hilaro-tragédie.

« *Hilarotragoedia* ! Je l'ai retrouvé. On en a parlé dimanche dernier. Je voulais te le faire passer. Je pensais que c'était l'occasion…

— De me revoir ? »

Une fois de plus, une crise de timidité fond sur Pietrino. Il fait un pauvre sourire, ne sait vraiment plus quoi dire. Béatrix lui prend le livre des mains, passe le bras sous le sien et l'entraîne vers la sortie de l'immeuble.

« Merci, Pietrino. Je t'offre un citron pressé ? Chez moi ?

— Tu as des citrons ?

— Toujours pas. »

Béatrix et Pietrino ont rejoint Trastevere en dix minutes. La conversation en cours le dimanche précédent a repris là où elle s'était arrêtée. Il y était question de la poésie d'Amelia Rosselli et des prises de paroles d'Umberto Eco sur le *Gruppo 63*. Un beau soleil a cogné toute la journée sur les collines de Rome, les ruelles de la rive droite du Tibre exhalent un mélange de fragrances étourdissantes. La porte bleue abîmée de la petite maison de la *via della* Fonte d'oilo s'est à nouveau ouverte sur la courette ombragée. Le visage d'Antonella, sa fantasmatique madone, reste inscrit dans sa mémoire, mais elle ne l'obsède plus. Même si ce mystère l'intrigue toujours. La porte bleu lavande de la chambre d'Antonella semble même plus fade aux yeux de Pietrino. Celle bleu saphir de Béatrix s'est ouverte sur le capharnaüm où chaque panique est à sa place. Rien n'a bougé, sinon la place des coussins sur le petit lit et un énorme bouquet de basilic posé à côté de l'évier. La pièce embaume. Le parfum du pesto a remplacé les odeurs de thé. Pietrino et Béa sont entrés, elle s'est précipitée sur son tourne-disques. Les notes en déséquilibre de *Lo que vendrá* ont résonné sous les poutres. Les accents du bandonéon de Piazzolla dégagent une énergie folle, mais la rythmique est tellement particulière que la première écoute du morceau perturbe le jeune Belonore.

« C'est du tango, ça aussi ?

— Ça peut paraître compliqué comme musique, mais oui, c'est aussi du tango.

— Tu pourrais danser sur cette musique ?

— Ça dépend avec qui. Il faut que le *bailarin*, le danseur, soit très bon. »

Pietrino écoute quelques mesures de plus. Il grimace. Elle balance son corps frêle en rythme avec les notes de l'Octeto Buenos Aires, esquisse quelques pas, sur place. Il compte sur ses doigts, se concentre. Les quelques notions que Marzio Belonore a essayé de lui inculquer reviennent à son esprit. Pietrino, adolescent, aurait pu apprendre la musique avec ce maestro déchu, une ancienne gloire de la famille. Il n'a jamais été pugnace sur le sujet. Pas très doué, ou pas intéressé. Pietrino laisse tomber sa tentative à décortiquer la métrique du morceau.

« Tu as un problème avec la musique aussi, Belonore ?

— Pourquoi "aussi" ? »

Béatrix a un petit rire. Elle relève le bras du microsillon, le silence revient dans la petite pièce.

« Tu n'es pas le garçon le plus simple que j'aie croisé. Tu as un problème avec les Américains, mais nous sommes nombreux dans ce cas. Tu as un problème avec les idéologies dominantes, mais là-dessus je te suis volontiers. Tu as un problème avec les relations à l'autre, et en particulier avec les femmes. Je me trompe ? »

Pietrino masque.

« Je n'ai aucun problème. Par contre, toi… »

Béa ne comprend pas le changement de ton brutal de la conversation.

« Moi, j'aurais un problème ?

— Je pense que oui. Tout ton discours tourne autour d'une révolution qui tendrait vers l'égalité absolue des êtres humains, et tu pratiques une danse où la femme est totalement dirigée par l'homme, se retrouvant complètement soumise.

— Pas d'accord, Belonore. Dans le tango, la femme domine l'homme, contrairement aux apparences. Il frime, il pavane. C'est pour elle qu'il fait le beau, mais elle reste libre. C'est tout le jeu de la séduction. Et elle est d'autant plus forte et belle dans sa danse qu'il saura susciter des ouvertures, qu'il aura su laisser libre cours à l'imagination et au talent de sa partenaire. Tu comprends ?

— Non.

— Tu veux que je te montre ? Tu vas voir ! Premier cours de tango pour Pietrino Belonore. »

Béa, enthousiaste, se tourne vers son phono. Elle sort un microsillon d'une pochette à la photo désuète. L'orchestre de Carlos di Sarli prend place sur la platine. La *tanguera* place l'aiguille sur le premier morceau, monte le volume. Le petit haut-parleur crachote *Adiós Corazón* dans une version nasillarde. Béa se retourne vers son nouvel élève, un sourire éclatant illumine son joli visage. La pièce est vide.

Béatrix est seule au milieu de sa musique. La porte bleu saphir est restée entrouverte. Pietrino est parti en laissant le livre de Manganelli sur la table encombrée. La porte sur la rue claque, les pas du Lombard s'éloignent sur les pavés de Trastevere.

Pietrino a traversé le centre de Rome d'un pas rapide. En chemin vers Flaminio, il a fait un crochet pour passer devant l'ambassade américaine, *via* Veneto. Son regard s'est accroché à des silhouettes derrière les fenêtres du deuxième étage. Une grosse limousine du corps consulaire est sortie de l'enclave, le portail blindé s'est refermé sur les soldats de garde à l'intérieur du bâtiment. Ces uniformes le hérissent. Il a toujours gravé dans sa tête les tenues des violeurs de sa mère, cette couleur kaki si caractéristique. Il entend encore aujourd'hui les hurlements de Vittoria. Si seulement le chauffeur du conseiller Craven avait porté un uniforme ! Il aurait laissé exploser sa bombe sans un seul regret. Son désarroi est complet. Il est furieux, surtout contre lui-même. Son ennemi est là, derrière ces murs. Il a perdu sa première bataille, il s'est laissé impressionner par la situation. Mais les sous-officiers qui ont détruit la vie de sa famille, une vingtaine d'années plus tôt à Parme, se sont-ils laissé impressionner par sa présence sous la banque de la boutique ? Pietrino se souvient encore du visage de celui qui est venu lui faire un signe sévère, son index sur la bouche pour lui ordonner de se taire avant de retourner maintenir les bras de sa mère pour faciliter l'agression. Les trois libérateurs décomplexés savaient qu'un gosse de six ans était là, spectateur terrorisé : cela ne les a empêchés en rien.

Bien sûr, Pietrino revoit cette lettre adressée à la famille Belonore à San Catello et envoyée par son père depuis les États-Unis, quelque temps après sa fuite – un courrier rangé dans un tiroir par son grand-père Volturno. Il relit les lignes où Charles Cèseran affirme avoir retrouvé et corrigé les agresseurs de sa femme et de son fils. Mais cette lettre provenait des États-Unis. La seule silhouette de l'aigle sur le timbre l'avait révulsé : le même rapace paradait sous les galons des trois Américains de la première armée de libération dans la boutique de la *via* Santa Brigida, à Parme.

Pietrino a croisé quelques regards de fonctionnaires qui sortaient de l'ambassade. Une femme, sans doute une secrétaire, caricaturale de la femme modèle idéale Outre-Atlantique, lui a même adressé un sourire. Pietrino a tout juste été aimable ; il a poursuivi son chemin vers l'appartement de Foscarina. Ce soir-là, il a regagné sa chambre sans prendre le temps de déplacer sa pièce sur l'échiquier. Il était très mal. Et Foscarina, très inquiète pour son locataire qu'elle n'avait jamais vu dans cet état de souffrance.

Bennet

« Vous êtes le photographe ?

— Comment avez-vous deviné ?

— Bah ! Votre attitude devant les tirages. J'avais entendu parler de vos clichés.

— Et alors ?

— Je m'attendais à quelque chose du genre. Jolies compositions. Ça doit plaire. Non ?

— Ça ne vous plaît pas ?

— Si, c'est bien. Même si je ne me pose pas la question en ces termes. Et puis, ces filles à poil sur fond de roseaux, un peu floutées. Ça devrait émoustiller les rupins, offusquer leurs rombières et faire fantasmer les adolescents prépubères. Très bonne idée ! Vous les vendez cher, vos tirages ? Je n'aurai pas les moyens, mais c'est juste pour savoir. »

La galeriste s'est approchée, discrète. Elle s'immisce dans l'échange :

« Je peux vous renseigner, monsieur ? »

Le visiteur dévisage la nouvelle venue. Il a un sourire désabusé.

« Ah, les chiens de garde sont lâchés. Ne vous inquiétez pas, je ne ferai pas perdre plus de temps à votre *French Photographer*. Vendez bien ! »

L'inconnu rebrousse chemin sur le parquet crissant de la salle d'exposition. Il pousse la porte avant de s'éloigner vers Lexington Avenue d'un pas nonchalant. La galeriste s'inquiète :

« Il ne vous a pas importuné, au moins ? »

Charles Cèseran grimace :

« Là, c'est plutôt vous qui m'agacez. Il était juste là pour discuter, le pauvre gars !

— J'en vois tous les jours, des pauvres gars comme lui, des cas sociaux qui nous font perdre un temps fou à discuter pour rien.

— Aucune discussion n'est "pour rien", comme vous dites ! Il n'était pas méchant. Juste un peu perdu. Non ?

— Et il voulait vous donner des conseils ? C'est ça ? Vous apprendre à faire des images ? »

Le photographe ne répond rien, contrarié. Cerné par une dizaine de tirages très grand format de ses dernières œuvres accrochées aux murs, il étouffe. Deux jours qu'il subit la robe Saint-Laurent aux motifs géométriques Mondrian, le brushing en hauteur, la futilité et le stress de son interlocutrice.

« Vous devez encore valider l'accroche dans la salle du haut, Charles. »

L'artiste fait des efforts pour ne pas hausser le ton :

« Ça va, non ? Le vernissage, c'est pas aujourd'hui !

— Non, demain. Et nous n'avons pas terminé la numérotation des œuvres, et surtout le listing des prix.

— Terminez sans moi. Je suis persuadé que votre stratégie de présentation sera la bonne. Pour les prix, je vous fais confiance. Rien qu'à voir votre garde-robe et le modèle de votre Buick… »

La galeriste ne relève pas. Elle tend une feuille.

« Nous devons numéroter vos œuvres, Charles. Il y a trente-cinq originaux signés et…

— C'est pas compliqué. Vous partez de “1”. Quand vous arrivez à “35”, c'est bon, c'est terminé. Ils devraient s'en sortir, vos clients. Il va y avoir une moitié de banquiers, une moitié d'industriels prospères, une moitié d'avocats d'affaires et une moitié de putes de luxe. En général, c'est une population qui se débrouille bien avec les chiffres !

— Désolée, mais ce sont eux qui achètent vos œuvres, Charles. Pas les traîne-savates du Bronx, ni les ploucs de l'Arkansas.

— J'ai jeté un œil sur votre liste et j'ai pas trouvé l'Arkansas, effectivement. Rien que du beau monde. Tout le gratin entre l'East River et l'Hudson est invité. Les réservations pour demain, vous en êtes où ?

— *Full* !

— Alors, où est le problème ? À demain ! »

Le parquet crisse, la porte claque. Une atmosphère d'été précoce est tombée sur Manhattan depuis deux jours. Les robes sont plus légères, les chauffeurs de taxi plus énervés, les climatiseurs plus essoufflés. Charles Cèseran a parcouru la 56e Rue d'un bon pas, jusqu'à repérer son curieux visiteur avachi sur une banquette, en vitrine chez Baker Rice & Bean.

« Je vous offre un café ?

— Seulement un café ? Avec tout le fric que vous allez vous faire ? Mais bon, pourquoi pas !

— Je suis Charles Cèseran.

— Je sais bien. C'était écrit sur l'affiche, à l'entrée de la galerie. *The Wizard with Colours and Light*… Le magicien de la lumière et des couleurs. Donc, vous êtes un illusionniste ?

— Je fais des photos. Après, c'est de la philosophie de chambre noire.

— Vous êtes vraiment français ?

— Je suis né à Marseille, oui.

— Quel exotisme ! La porte de l'Orient !

— Vous connaissez ?

— Non. Et je m'en fous. L'Orient, c'est important. Peu importe la porte. Charles Cèseran, le *French Photographer* ! On vous connaît dans le métier.

— Vous êtes photographe, vous aussi ?

— J'ai deux Leica. Et aussi un Nikon. Si je suis photographe ? J'en sais rien. Si être photographe, c'est vivre de son métier, je ne suis pas photographe.

— Nous avons tous eu des hauts et des bas. Vous êtes… ?

— Je suis ? Je suis à la rue dans deux jours, je suis malade des poumons, je suis un casse-couilles de première catégorie, je suis très très très cynique d'habitude. Là, je suis juste désabusé. Grièvement désabusé ! Et sinon je m'appelle Bennet William. William, c'est le nom, et Bennet le prénom. Ma vie se résume à mes pauvres appareils photos, à mon petit millier de dollars de dettes et à ce prénom un peu bâclé dont m'ont affublé mes parents il y a cinquante-deux ans. Vous avez trouvé le bon filon, Charles Cèseran !

— Si vous le dites.

— Je le dis et je le pense sincèrement. Je suis le roi des cons de n'avoir jamais pu me résoudre à flotter dans le sens du courant, le roi des cons d'avoir persisté dans le noir et blanc, le roi des cons à mal choisir ma clientèle, le roi des cons à m'acharner pour des causes perdues, le roi des cons tout court. Combien de modèles vous avez niqués pendant vos séances de pose ? »

Bennet William part d'un rire douloureux qui se termine en quinte de toux grasse. Il ne laisse pas le temps au photographe vedette de réagir :

« Je rigole, Cèseran, je rigole ! Enfin, pas tant que ça. Puisque vous êtes blindé, commandez-moi un *Special RRB*, un *Royal Rice & Bean*. Et un Coca aussi. Et deux pancakes, tiens… Vous connaissez Da Nang ?

— Da Nang ? Au Viêt-nam ?

— À l'autre bout du monde, Cèseran. L'Orient, justement, mais l'extrême ! Figurez-vous qu'à Da Nang, au

Viêt-nam, j'ai fait à peu de chose près la même photo que celle de votre affiche, sur la porte de la galerie. La même, pareil !

— Celle des roseaux ?

— Voilà, celle des roseaux. Sur ma photo, y a des roseaux, y a un chemin de terre qui part dans la ligne de fuite, y a un ciel gris et bas avec deux gros nuages comme dans votre photo, pareil. Et y a une fille à poil allongée dans le sable, le cul pointé vers le ciel, les cheveux sur la figure, les bras repliés sur les seins, comme dans votre photo, pareil. Y a un joli contre-jour, comme dans votre photo, pareil. Y a même deux oiseaux qui se barrent vers l'horizon, comme dans la vôtre. Simplement, ma photo à moi est en noir et blanc, pas en couleur. Simplement, on y voit aussi des soldats à nous qui s'éloignent sur le chemin. Simplement, on voit bien qu'ils ont violé la pauvre fille avant de la flinguer. Simplement, vous allez vous faire des couilles en or avec votre nymphette qui minaude en montrant ses fesses alors qu'une vignette de ma photo sur une planche contact a stoppé net ma carrière.

— Une vignette sur une planche contact ?

— Un timbre-poste mal centré, parfaitement. L'armée vise tout ce qui sort des labos des photographes accrédités, et il est hors de question d'affoler le bon peuple. Le moral de la nation, Cèseran ! Vous, vos photos, elles sont très bonnes pour le moral de la nation. Et aussi pour la bonne santé de nos institutions et de nos banques. Vous payez des impôts, Cèseran. Vous devez même en payer un maximum, des taxes et des impôts. Et aussi acheter des bagnoles, des maisons et des frigos à remplir, c'est très très bon pour la nation. Alors que moi… J'étais encore au Viêt-nam avec nos gars il y a trois semaines, Cèseran.

— Il paraît que c'est dur, en ce moment.

— Dur ? C'est une boucherie, on se comporte comme des enculés. Depuis le début, Cèseran. Et surtout, la moitié de nos jeunes vont rester sur le tapis. Sans doute plus que de la moitié. Mais on s'en fout, c'est rien que des paysans, des nègres, des tacos-latinos et des prolos. Moi, mes photos, elles racontent ça. En noir et blanc, Cèseran. Hélas ! J'aurais dû choisir la couleur. L'état-major n'a pas supporté, Cèseran. C'est peut-être le noir et blanc qu'ils n'apprécient pas. Sans doute. De toutes les manières, pas un seul journal n'accepte d'acheter mes clichés. Et aucun ne le fera. Et même s'il y en a un qui ose, il se fera démonter par les rapaces du gouvernement avant parution. Alors voilà, Cèseran ! Vous avez bien raison de photographier des nymphettes un peu floues et à contre-jour dans les marécages. Parce que les troufions trop nets dans les mêmes marécages, ça paie pas. Surtout criblés de balles ou massacrés par les Viêts. Je suis le roi des cons, Cèseran. Combien vous le vendez, le tirage de votre gamine à poil un peu floue ?

— Pas assez cher, Bennet. Croyez-moi, pas assez cher ! »

Charles Cèseran fait signe à la serveuse, lui montre deux lignes sur le menu et plonge son regard dans celui de son interlocuteur.

« Je pourrais voir vos photos ?

— Ah non. Il faut payer, Cèseran ! J'ai décidé d'être pro, comme vous. Donc, si vous voulez voir, il faudra payer.

— D'accord. Combien ? »

Bennet se met à expectorer un rire qui a du mal à franchir son palais.

« Je suis trop cher pour vous, Cèseran.

— Même quand j'aurai vendu mon marécage flou avec sa nymphette ?

— On en rediscutera à ce moment-là.

— Je peux vous trouver où, Bennet William ? »

Bennet déchire la petite nappe en papier, griffonne une adresse à l'aide d'un crayon mal taillé.

« Mais dépêchez-vous, Cèseran ! Ma date de péremption est bientôt atteinte. Vous devriez retourner dans votre galerie, maintenant. Allez jouer les magiciens de la couleur, ça me laissera bouffer mes haricots tranquille. »

Aaron

Les tracts du groupe *Potere Rosso* ont commencé à fleurir sur les murs de la capitale.

Il y en avait partout : sur les façades des casernes, à Monte Mario et chez les *carabinieri* de la *piazza* Farnese, sous les fenêtres du palais Montecitorio qui abrite la Chambre des députés, sur les murs de briques autour du Panthéon, sur les parois des cabines téléphoniques, sur les rideaux de fer des magasins de luxe, aux pieds des statues et aux frontons des églises. Pas un quartier du centre de la capitale n'avait été oublié. Deux des militants avaient passé leur nuit à afficher à proximité des lycées, espérant une adhésion des adolescents à leur doctrine. Le monde étudiant bougeait un peu partout sur la planète et si une génération devait faire la révolution, c'était la leur. Les murets des quais sur le Tibre étaient parsemés de ces feuilles collées à la va-vite, mais la visibilité du groupe était assurée. À chaque coin de rue, on pouvait découvrir l'acte de naissance officiel du *Potere Rosso.* Il était virulent.

Sur fond d'une photo d'enfants vietnamiens massacrés par des soldats yankees, le texte traitait les Américains d'assassins, exigeait l'arrêt de leur hégémonie et appelait à la révolution populaire et à la lutte contre l'impérialisme. Le montage de la photo n'était pas très adroit, il y avait un vrai problème de proportion entre les gamins massacrés et les *Marines* massacreurs ; mais l'important, c'était l'idée, pas la crédibilité. Le sigle du marteau et de l'enclume inversés signait le tract.

Malgré les strictes recommandations de leur tête pensante, *Polpette Doppie* avait tout de même tenu à arroser l'ennemi avec ce message offensif. Sans prendre le risque de s'arrêter, Mirone était passé à trois heures du matin avec son Innocenti pétaradante devant l'ambassade américaine. Le garçon à l'allure de double boulette avait lancé une trentaine de tracts en direction du portail. Le message était clair : *Fuori !* Cassez-vous. Le mot imprimé en caractère gras barrait le haut de la feuille, comme un cri. D'autres compagnons de combat avaient parcouru la campagne romaine pour laisser s'envoler d'autres tracts à proximité des sites militaires américains. Tous étaient rentrés au petit matin à Montemartini pour faire un point sur l'opération commando de la nuit. La réussite était totale, ils jubilaient. Mathias, le dandy, s'était occupé des personnalités politiques de la démocratie chrétienne. Il s'était procuré les adresses d'une quinzaine de caciques du gouvernement et avait fait le tour de Rome, comme un coursier besogneux. Il avait glissé des enveloppes garnies sous les portes de leurs domiciles personnels. La résidence particulière d'Aldo Moro, le président du Conseil, était trop bien surveillée pour être sur la liste des cibles. Mais à la vitesse à laquelle courent les rumeurs dans ce pays, il serait informé avant son premier café du matin.

Une fois regroupés, les huit guerriers de *Potere Rosso* ont formé un cercle, se tenant par les épaules. L'émotion était à son comble. Dans un élan émouvant, ils ont commencé à entonner *l'Internationale*, c'était beau. Ils ont aussitôt été stoppés par Fabio La Rocca. Leur maître à penser venait de débarquer sur le site en friche, et il était furieux. Il avait demandé la plus absolue discrétion et ces excités donnaient concert. Le remontage de bretelles a été à la hauteur de la réputation glaciale du juge. Se faire prendre comme des novices pour tapage nocturne, même dans une zone industrielle en friche, était une option possible. Et ces amateurs mettaient tout en œuvre pour y arriver. Fabio fulminait. Il était cinq heures du matin, une paire de chiens aboyait au loin, la circulation allait reprendre sur la *via* Ostiense, les premières lueurs de l'aube pointaient, les cuves abandonnées découpaient leurs formes sur un ciel promis à un rouge flamboyant. Il était temps pour la brigade de se disperser et d'attendre les premiers échos de cette opération menée de mains de maître.

Effectivement, avant même le lever du soleil, Aldo Moro était sur le pont. Mais le tract revendicatif des jeunes Romains n'y était pour rien. La veille, l'armée israélienne avait attaqué les forces égyptiennes, détruit la moitié de l'aviation arabe et envoyé ses chars sur tous les fronts, de la Bande de Gaza au plateau du Golan. Nasser avait bloqué le détroit de Tiran, Moshe Dayan avait envoyé son armée au grand complet en riposte. Malgré les échanges apaisés des services de renseignement du président Johnson avec le Kremlin, les Américains avaient mis leurs alliés italiens sur la brèche, au cas où il faudrait appuyer les stratégies guerrières de leurs protégés israéliens. L'Italie était censée servir de porte-avion pratique pour les conflits autour de la Méditerranée, c'était l'occasion ou jamais. La partie de cache-cache entre les services secrets américains et la diplomatie italienne avait fait chauffer les esprits tout le lundi. Comme à l'habitude, les Italiens palabraient à l'infini là où les Américains exigeaient des réponses claires et des solutions radicales. La situation internationale était terrifiante, les dérapages attendus, et personne ce mardi-là n'aurait pu affirmer que le conflit en cours ne durerait que six jours. Aldo Moro était préoccupé, pour ne pas dire paniqué. Personne dans son entourage immédiat n'aurait même trouvé opportun d'aller le déranger avec l'apparition d'un nouveau groupuscule de gauchistes énervés sur le sol italien. Anecdotique pour eux, insignifiant pour lui.

Vers six heures du matin, les soldats américains en faction à l'entrée de l'ambassade ont passé un coup de balai sur le trottoir de la *via* Veneto. La rigueur en matière de propreté des Américains se devait d'être démonstrative dans ce pays où le laisser-aller général hérissait plus d'un employé de l'oncle Sam. Plus tôt dans la nuit, un garde avait noté l'immatriculation de l'épave du livreur de tracts, parce que c'était le protocole dès qu'un événement suspect se déroulait autour du bâtiment. Comme c'était également le protocole, ils ont laissé pour mémoire deux ou trois tracts à des spécialistes du renseignement : c'est une règle de prudence. Leurs archives débordent de pamphlets agressifs du même acabit. Ils ont jeté le reste dans une poubelle, pas plus terrorisés que ça par l'ordre qui leur était donné de dégager du pays. Depuis l'aggravation du conflit au Viêt-nam, le monde entier leur en voulait : ce n'était pas trois malheureux exaltés italiens qui allaient bouleverser le nouvel ordre mondial déjà mis à mal par tout le bloc soviétique ! Et le chef de la sécurité avait suffisamment à faire avec les visites attendues des diplomates israéliens la matinée suivante pour ne pas aller l'agacer avec des détails du genre.

Les membres du gouvernement ont été très peu à trouver les enveloppes avec les tracts glissés sous leur porte d'entrée. Ils avaient tous qui une femme de ménage, qui une gouvernante, qui un homme à tout faire qui ramassait le courrier le matin en prenant son service. Les rares personnalités en possession du papier revendicatif s'en sont débarrassées comme on jette un prospectus publicitaire. Les lycéens, eux, étaient plus concernés par la sortie du nouvel album des Beatles à la couverture baroque et colorée que par la lutte contre l'oppresseur yankee. *Sgt Pepper's* arrivait chez les disquaires depuis le week-end précédent, et la vraie révolution en cours occupait les tourne-disques de la péninsule.

Pietrino a pris son service chez Amber&Abel à dix heures, comme tous les matins. Deux surprises de taille l'attendaient : des tracts avaient été collés en haut de la grande porte d'entrée sur la *via* Frattina. Un employé dévoué était parti à la recherche d'un escabeau pour arracher ces revendications collées tellement haut qu'elles en étaient illisibles. Mais Pietrino a reconnu le sigle communiste inversé au premier coup d'œil. Il n'a pas attendu la fin de l'opération de nettoyage pour rejoindre son poste de travail, un petit bureau installé sous un escalier face aux portes des deux principaux conseillers juridiques de l'agence, fondateurs de l'enseigne. Ses anciens camarades de lutte venaient le narguer jusqu'ici, mais il était bien décidé à faire profil bas, quel que soit le contenu du tract. Carla-Maria, la secrétaire du *signor* Amber, l'a accueilli comme chaque matin avec un sourire forcé et une pile de dossiers à vérifier. C'était là l'essentiel du travail de Pietrino Belonore, une routine inintéressante mais indispensable. Même si elle était plus particulièrement affectée au service de monsieur Amber, Carla-Maria était le cerbère de l'agence. Femme de fort caractère, elle s'était attribué le rôle de chien de garde des deux associés, même si son allure générale faisait plus penser à un caniche royal qu'à un dogue allemand. Ses tenues oscillaient entre le beige et le brun, comme son vocabulaire et sa vision des choses de la vie. L'austérité et l'allégeance à ses employeurs résumaient sa ligne de conduite, sa philosophie de vie. Ses lunettes en forme d'aile de papillon lui rendaient l'œil courroucé quelle que soit son humeur, ce qui importait peu. L'esprit des lieux n'était pas à la rigolade.

La deuxième surprise était dans les dossiers. Le nom d'Aaron Craven, le conseiller militaire de l'ambassade, apparaissait dans une note annexe confidentielle paraphée par l'ambassadeur lui-même. Un gros désaccord de point de vue entre les uns et les autres plombait le projet. Le dossier concernait l'achat d'un équipement très sophistiqué à un industriel allemand, destiné à la base aérienne d'Aviano, port d'attache essentiel pour l'US Air Force sur le territoire italien. Aaron Craven considérait cet investissement comme superflu, voire néfaste aux relations à venir avec le bloc soviétique. D'autres conseillers avaient un avis diamétralement opposé. L'affaire était suspendue à quelques réunions à venir avec l'état-major des Forces armées pour la Méditerranée. Un échange de courriers virulents entre l'ambassadeur et le conseiller militaire avait été joint au dossier, tamponné par les services américains d'une interdiction formelle de divulguer ces notes à qui que ce soit. Ces traces conflictuelles étaient restées agrafées dans le dossier fourni à Amber&Abel afin d'alerter le service juridique du cabinet. Chaque mot du contrat à venir devait être pesé, mesuré sans ambiguïté, sans équivoque, mais surtout dans le sens du point de vue de l'ambassade.

La journée a passé. Personne dans l'entourage professionnel direct de Pietrino n'est revenu sur l'affichage sauvage de la nuit précédente. Monsieur Amber a parlé de ses prochaines vacances d'hiver dans les Dolomites, monsieur Abel a discuté philatélie avec l'un des clients, passionné lui aussi par les timbres, le reste du personnel a vaqué à ses occupations monotones. Les clauses des différents contrats en cours de négociations ne posaient aucun problème juridique particulier, comme habituellement avec les alliés américains et avec leur fournisseur germanique. Le poste de Pietrino n'était vraiment utile que lorsqu'un des partenaires des affaires en cours était italien, ou pire français. Là, c'était du sport pour lui, comme pour tout le personnel de chez Amber&Abel. Les failles s'accumulaient tout au long des clauses, les erreurs et les approximations se révélaient souvent rédhibitoires. Ces dossiers prenaient des mois avant d'être conclus, d'où cette irrésistible envie pour l'administration américaine de collaborer plutôt avec des industriels d'outre-Rhin. Mais ils étaient sur le sol italien, et les retours d'ascenseurs vers l'économie locale étaient les bienvenus. Les Français n'avaient pas tenu la route plus de deux contrats et encore, c'était du superflu, à la marge.

Il était un peu plus de dix-huit heures lorsque Pietrino est sorti sur la *via* Frattina : une journée besogneuse se terminait. Il ne restait aucune trace des revendications de *Potere Rosso* sur le fronton, ni sur aucune des façades de la rue. Il avait pu se procurer un des tracts abandonnés sur le seuil et récupéré par Carla-Maria, la secrétaire de la direction. Sa lecture l'avait ébranlé. Son groupe se mettait donc en ordre de marche, et il en était exclu. Ce brûlot mal imprimé rajoutait à sa douleur d'avoir échoué lors de l'attentat contre le conseiller Craven. Pietrino enrageait depuis ce jour-là, mais cet acte de naissance de *Potere Rosso* le minait un peu plus. Il avait fait quelques pas vers la *piazza di* San Lorenzo in Lucina lorsqu'il s'est arrêté net. Il en était certain, quelqu'un le suivait. On l'observait, depuis sa sortie des bureaux d'Amber & Abel. Il avait cet étrange sentiment de tension, cette impression sourde d'être un gibier traqué par un chasseur à l'affût. Pietrino s'est retourné, inquiet. Deux yeux restaient braqués sur lui, deux yeux noisette qui le scrutaient depuis l'autre côté de la rue.

«*Signor* Pietrino Belonore, veuillez accepter mes plus plates et sincères excuses ! »

En trois pas légers, Béatrix s'est postée devant lui. Elle affichait sa frimousse avenante et son sourire malin. Et une mimique sincère : elle était vraiment désolée. Pietrino n'a pas su quoi répondre, comme à chaque fois. La jeune femme tenait sous le bras deux 45 tours en provenance directe de Buenos Aires, et en bandoulière une gibecière qui transportait ses chaussures de danse. Devant l'embarras de son interlocuteur, elle a pris les devants :

« Je te promets de ne plus jamais te parler du reste du monde ! Ni de ton rapport aux femmes, ni même aux gens. Je me contenterai de palabrer sur les prises de position du groupe 63, sur la qualité des presse-agrume des camelots de Campo di Fiori et sur les dissonances d'Astor Piazzolla.

— Pourquoi tu es là ?

— Pour m'excuser, Pietrino. Vraiment. Je t'ai fait de la peine, l'autre jour. Je l'ai bien vu, mais c'était trop tard. Tu étais déjà parti.

— Qu'est-ce que tu cherches ?

— Je ne cherche rien. J'avais juste trouvé un type plutôt sympa et plutôt futé avec qui discuter enfin de choses sérieuses, sans se vautrer dans la caricature comme avec le cortège d'exégètes excités que je croise depuis que je suis arrivée à Rome.

— Je n'ai plus grand-chose à te dire.

— Je suis certaine du contraire. Mais c'est comme tu veux, Belonore. Je trouve que tu es type bien, et je ne voudrais pas qu'on se quitte sur un malentendu. Je vais à mon cours de tango. Tu ferais quelques pas avec moi ?

— Quelques pas de tango ? »

Béatrix a été surprise par la repartie. Elle a éclaté d'un rire sincère :

« Et pourquoi pas ? »

Comme elle l'avait fait quelques jours avant, elle s'est accrochée au bras de Pietrino et l'a entraîné avec elle.

Au même moment, le conseiller Aaron Craven ouvrait la porte de son appartement de la traverse Sant'Aurea à un visiteur au teint pâle.

« Vous démarchez à domicile maintenant ?

— Je n'ai jamais trouvé votre humour pertinent, Aaron.

— Je sais. En même temps, on n'est pas là pour rigoler, ni vous ni moi. Et vous n'êtes pas salarié par notre gouvernement pour vous esclaffer dès qu'un interlocuteur vous contrarie. Votre fonction officielle ne vous limite pas à jouer les clowns tristes, et c'est heureux pour votre santé mentale et votre moral. Non ?

— Aaron, s'il vous plaît…

— Je vous ai contrarié ? C'est ça ?

— Pas moi personnellement, Aaron. Mais autour de moi, c'est un cauchemar, vous n'imaginez pas.

— J'imagine très bien. Je les connais trop. J'ai pratiqué tous ces rats de bureau pendant toute la guerre en Corée. J'étais sur le terrain à en chier avec nos hommes pendant que tous ces planqués faisaient les marioles sous les fenêtres de Truman, à grands coups de propagande du Conseil national de Sécurité.

— La menace communiste était déjà très forte. Y compris sur notre territoire, Aaron.

— La paranoïa est la pire des conseillères. Sur notre territoire, la menace communiste se résumait à quelques intellectuels poussiéreux planqués à Hollywood, quelques mondains de la côte Ouest en mal de notoriété et deux ou trois agitateurs allergiques aux fast-foods de Brooklyn. Et McCarthy a déclenché une chasse aux sorcières digne du temps de l'inquisition espagnole. C'était ridicule.

— C'était indispensable.

— Indispensable pour remuer les esprits du monde entier avec le scandale de la condamnation du couple Rosenberg, et surtout multiplier par dix nos dépenses en armement !

— Julius Rosenberg était un espion.

— Julius, oui. Mais Ethel ? Nous l'avons exécutée elle aussi, et c'est vraiment pas à notre gloire.

— On ne va pas refaire l'histoire, Aaron.

— Malheureusement.

— Et ces dépenses, à l'époque, ont fait un bien considérable à nos industriels.

— Ça a bien fait tourner notre industrie, je ne dis pas le contraire. Les patrons des aciéries de Pittsburgh étaient aux anges. Cette stratégie était tellement pertinente qu'on s'est fait massacrer à la bataille d'Osan, et que je me suis retrouvé coincé avec mes hommes dans les faubourgs de Daejeon. On n'avait juste pas le bon équipement au bon moment. Personne dans vos bureaux n'a voulu tenir compte de notre expertise de terrain ! Ou alors, trop tard ! C'est toujours la même histoire. Et c'est ce qui se passe en ce moment avec les Viêts.

— Le Viêt-nam, voilà ! Exactement ! C'est exactement notre problème, Aaron ! C'est exactement mon propos. La menace communiste est le problème majeur.

— Nous sommes en Europe. Et Staline est mort depuis quatorze ans.

— Ne dites pas n'importe quoi, Aaron Craven ! Les communistes sont pile derrière la frontière de l'Italie, et vous le savez très bien. Notre base d'Aviano est à une portée de crachat de la Yougoslavie.

— Qui crache sur qui ? Les arguments des services de renseignement n'arriveront pas à me convaincre. Si tous ces ânes nous avaient écoutés, nous autres militaires, l'état du monde serait bien différent aujourd'hui.

— L'état du monde aujourd'hui ! C'est bien de cela dont il est question, Aaron.

— Arrêtez, je vais pleurer. Vous voulez un café ?

— Ah non, merci. Pas dans mon état.

— Je vois que la cuisine italienne ne vous réussit toujours pas.

— Et pourtant !

— Même un café américain, comme à la maison ? 99 % d'eau chaude et 1 % de nostalgie ? Vous qui passez vos journées avec nos grandes oreilles, vous avez des nouvelles fraîches de Jérusalem ?

— Moshe Dayan est en train de gagner son pari. C'était insensé, et ils y arrivent.

— Ils y arrivent parce que j'ai raison sur toute la ligne. Le matériel russe est déjà obsolète à peine sorti de ses chaînes de fabrication. L'aviation égyptienne n'a pas été foutue de sauver un seul Mig. Cette guerre va durer quoi ? Huit jours ? Deux semaines ? Les Israéliens sont en train de balayer leurs ennemis.

— C'est dingue !

— Eh bien non, ça n'est pas "dingue" ! C'est juste ce que je m'acharne à vous expliquer, à vous et à votre entourage d'obsédés de l'apocalypse rouge : les Soviétiques ne sont plus à la hauteur. Et votre dépense insensée pour cette installation mégalomaniaque sur la base d'Aviano est ridicule. J'ai fait mes recommandations à l'administration, et c'est l'avis d'un ancien lieutenant général de l'US Air Force. Et manque de bol pour vos amis de la CIA, ils doivent s'y référer.

— Revenez sur votre rapport, Aaron. La situation n'est plus tenable.

— Mais quelle situation ? Plus tenable pour qui ? L'administration du président Johnson devrait être satisfaite : ma décision leur fait économiser combien de millions de dollars ?

— Ce n'est pas une question de “combien” de millions.

— Mais si ! Ce n'est que ça. Ou sinon une histoire de pot-de-vin. Je me trompe ? »

Le silence du visiteur est éloquent. Aaron Craven se sert un verre d'eau, en tend un à son alter ego.

« De l'eau tiède. Votre estomac la supporte ? Vous devriez vous hydrater. Parce que je sens que vous allez argumenter pendant des heures pour tenter de me convaincre.

— Lieutenant général Aaron Craven ! Je fais appel à votre patriotisme…

— Mon patriotisme ? Vous mettez en doute mon patriotisme ? Les Soviétiques sont à deux doigts d'adoucir leurs relations avec nous. Leurs spécialistes du Moyen-Orient et les nôtres ont discuté pour la première fois depuis des années, et vous savez quand ? C'était pile-poil la semaine dernière, parce qu'on sentait les Israéliens prêts à la bataille.

— Nous ne pouvons pas prendre le risque d'un désarmement.

— Qui vous parle de désarmement ? J'essaie de faire comprendre à une bande de ronds-de-cuir obtus de votre espèce qu'il est temps de calmer le jeu avec les Russes. Ils sont mûrs. Cette putain de guerre froide pourrait prendre fin et votre menace communiste pourrait disparaître, au moins ici, en Europe. Et si ça peut nous éviter de nous ruiner en dépenses imbéciles, par la même occasion… Et vous, vous faites appel à mon patriotisme ?

— Parfaitement.

— Vous savez quoi ? Je vous trouve insupportable, mais je vous laisse une chance. Nous allons attendre la fin de la récréation en Israël. Si Moshe Dayan ramasse les billes de tous ses copains de classe, ce que je pressens, vous pourrez toujours venir pleurer devant ma porte. Je ne vous ouvrirai pas. Maintenant, finissez votre verre d'eau. Et barrez-vous !

— Mais, Aaron…

— Vous m'avez fatigué. Et surtout, dites à l'ambassadeur, à ses affidés et à vos commerciaux, que pour leurs commissions, il leur faudra attendre au moins la sonnerie de la fin de la récré. »

Osvaldo

Leçon terminée. Embrassades. « *Ciao a tutti* », « *Ci vediamo* », « *A presto* », les élèves se sont dispersés. Le danseur-étalon s'est éclipsé. Il ne reste plus que Béatrix et lui.

Elle a proposé de lui montrer les rudiments du tango, juste après le cours. Amusé, il a accepté. Et le moment est venu. Béatrix trouve le centreur qu'elle fixe au milieu du plateau, puis place un de ses 45 tours sur le tourne-disque.

« La danse, c'est avant tout la musique qui va avec. D'accord ?

— Si tu le dis.

— Je vais te faire écouter un morceau. Tu es prêt ?

— À écouter un disque ? Je devrais y arriver.

— Ricane ! Tu vas simplement te contenter de marcher en rythme. Ce sera déjà énorme si tu y arrives.

— Seul ?

— Oui, seul. L'espace est à toi, tu peux aller où tu veux. Mais en rythme. Et sans personne pour te guider.

Un pas tous les deux temps. C'est une mesure à quatre temps. Et tu commences sur "un". »

Commencer sur « un » ! Le parquet de la salle de danse semble courir jusqu'à l'horizon. Le bois est usé des millions de coups de semelles dispersés par les habitués du lieu. Ajouter sa trace sur la piste. Danser ! Il ne s'en serait jamais imaginé capable. Illustrer la musique à l'aide de son propre corps, lui, l'introverti chronique. Pietrino se sent comme un nageur au milieu de l'océan, et pas une île en vue. Saura-t-il nager ? Sait-il seulement flotter ?

La verrière dispense une lumière douce, mais la chaleur est torride. L'odeur des transpirations est tenace. Pietrino pensait avoir compris quelques notions, quelques traits, quelques astuces, après avoir assisté, discret, dans son coin, à toutes les démonstrations savantes du professeur. Mais le cours de l'expert argentin s'est achevé sur une valse. Pietrino s'est retrouvé perdu par cette nouvelle danse qui a déclenché un tourbillon chez les élèves. Le professeur a voulu terminer son cours avec *A unos ojos*, un vieil enregistrement d'Anibal Troilo, afin de lâcher la pression après un long moment de concentration sur des figures de *Calesita* très complexes. Car pour rajouter à la difficulté de l'exercice, les Argentins ne dansent pas que le tango. Ils pratiquent aussi la *milonga* et la valse, deux autres univers chorégraphiques. Une valse a donc achevé le cours et ses élèves. Elle a fourvoyé l'apprenti-danseur. Il pensait avoir saisi au moins deux enchaînements de pas, les trois temps de cette valse finale l'ont déstabilisé. Se concentrer. Revenir aux fondamentaux du tango, faire les premiers pas. Se lancer, c'est le plus difficile. Le défi est dans le rythme.

Pietrino ôte sa veste, défait sa cravate, déboutonne sa chemise. La chaleur dans cet atelier exposé au soleil couchant est étouffante. Mais Pietrino s'est pris au jeu. Et c'est à lui. Maintenant. Les yeux noisette ne le lâchent plus. Béatrix s'enthousiasme pour l'expérience. Les accords de l'introduction de *La Yumba* d'Osvaldo Pugliese partent rebondir contre les murs. Les premières saccades surprennent Pietrino. Béa a tourné la molette de l'amplificateur. Son élève doit être immergé dans la musique. C'est un ordre. Il doit s'y noyer, avant de s'agiter pour arriver à flotter au-dessus des notes. Les bandonéons ont attaqué avec fougue, en cadence, agressifs. Pietrino se concentre.

Quelques images d'un passé pas si lointain resurgissent. Pietrino Belonore est dans le petit appartement de Marzio, à Bergame. Il est installé au milieu du salon, entouré de partitions et de souvenirs anecdotiques réunis par le concertiste au cours de ses tournées, du temps de sa gloire. Un violon trône sur un piano droit, à proximité d'un métronome. L'archet est dégainé, prêt à toutes les démonstrations. Le virtuose Marzio Belonore vieillissant s'est acheté un meuble tourne-disque. Le microsillon est une révolution, la stéréophonie, un miracle. Il avait déjà parlé de Stravinsky à son petit-fils pendant des heures :

comment il l'a rencontré à Paris, comment il a essayé de jouer ses œuvres, comment cette musique a révolutionné la composition, à quel point Stravinsky, compositeur génial, était un chef d'orchestre très moyen. Maintenant, il peut en faire la démonstration. Les accents du *Sacre du printemps* sortent, violents, du haut-parleur inséré dans le meuble au bois verni, dissimulé derrière un tissu beige ajouré, décoré d'un blason en forme de clef de sol. La version dirigée par Leonard Bernstein avec le *New York Philharmonic* est ébouriffante. Marzio le violoniste aurait aimé que l'enfant de sa fille apprenne la musique ; hélas, Pietrino n'a jamais été assez réceptif. Peut-être n'était-il simplement pas musicien. Mais la complicité entre Marzio et Pietrino, entre l'ancienne gloire de la famille et le fils de Vittoria, n'en a jamais été entachée.

Marzio le virtuose obstiné a été un palliatif à l'absence du père, à l'abandon de Charles Cèseran. Pietrino a passé des heures, des journées avec le musicien. Il est resté un Belonore, a gommé le patronyme du photographe déserteur, son père. La dynamique des bandonéons de *La Yumba* lui rappelle ce choc à l'écoute du *Sacre* sur le phonographe de son grand-père, sept ans plus tôt, dans le salon encombré. Le vieux prof de musique lombard était encore passionné, toujours pédagogue. Il l'est resté, même si les exercices de Paganini sont devenus trop ardus pour son arthrite grimpante.

Pietrino chasse les images familiales pour se concentrer sur le rythme à soutenir. Il se lance. Un pas tous les deux temps. C'est la règle du jeu, pour le premier jeu. Pietrino ferme les yeux, il est dans la musique.

Et déjà au bout de la pièce. Les lattes du parquet craquent, il ne les entend pas. Ses semelles crissent, rajoutant aux dissonances de l'arrangement. Il tourne sur un pied, comme il a vu faire le professeur. Sans frimer, sans vaciller, un simple demi-tour. Il place la main droite sur son ventre, mime une prise de main d'une cavalière imaginaire avec la main gauche dressée au niveau de sa poitrine. Son coude gauche se plie légèrement, ses hanches ondulent. La voix fantasmée de Marzio Belonore persiste à lui donner des conseils. Ce moment-là revient souvent à sa mémoire, même dans d'autres situations, face à d'autres épreuves.

« Le tempo, Pietrino ! Concentre toute ta rigueur sur le tempo. Les morceaux de musique qui bouleversent sont ceux qui ont su capturer le tempo adéquat. Ni trop vite, ni trop lent. Dans tout ce que tu feras dans ta vie, il faudra que tu trouves le bon tempo. Et que tu le gardes, sans faiblir. Sans accélérer non plus. Un métronome divin règle ta vie, fie-toi à sa métrique, colle aux battements de son balancier. Le tempo, Pietrino… »

Pietrino danse. Il se tient au centre de la pièce. Un sourire se dessine sur son visage, il est dans le tempo. Il l'a trouvé. Il ne le lâchera plus. Béatrix laisse courir la musique, fascinée. Pietrino glisse, saccade ses pas sur les ruptures de la partition. La main droite est montée sur son cœur, son poing appuie fort sur sa poitrine, comme pour maintenir sa stabilité sur le plancher de la salle de danse. Le bras gauche est à l'horizontale, souple, en balancier. Son poing gauche reste fermé, crispé. La rage de Pietrino ne s'est pas adoucie. Elle exulte avec ce rituel dans lequel il s'est immergé. Le *Pizzicatto* des violons accentuent les dernières hésitations du danseur. Puis l'envolée lyrique du piano de Pugliese libère les tensions. Pietrino tourne, vibre, vole. Les yeux fermés, d'autres images surgissent… San Catello, le village perdu dans la montagne, le fief des Belonore, flotte comme un mirage sur le lac du barrage éphémère. Addolorata, sa préceptrice, lui sourit. Le vieux Volturno éclate d'un rire joyeux. Le désespoir de Charles Cèseran, le soir de sa fuite, vient bousculer l'harmonie retrouvée. Le visage grave de son père apparaît, souligné par la fantastique nostalgie en mineur de la fin du morceau. Le court solo du violon qui pleure au bord de la conclusion l'enivre, comme si Marzio Belonore était venu l'aider à rester debout. Le tempo ralenti, quatre pulsations en décomposition terminent le tango. Le silence retombe sur la pièce. Des yeux clairs le regardent. Le visage de sa mère Vittoria se confond avec celui d'Antonella, la madone du lycée. Il n'arrive plus à distinguer l'une de l'autre. Les regards sont les mêmes, ils portent la même fragilité. Il ne se remémore précisément ni l'une ni l'autre. Cette extrême confusion le trouble. Son poing droit s'est crispé sur sa poitrine. Le poing gauche est toujours fermé, la tension du bras s'apaise.

Le danseur est debout, droit comme un *i* au milieu de la salle, les yeux fermés. Il devrait sortir de ses chimères, il n'y arrive pas. Un déluge d'applaudissements l'extrait de son isolement. Pietrino décrispe ses paupières, une larme coule sur sa joue. Son regard balaie la grande salle, Béatrix est face à lui. Les yeux noisette ont plongé dans les siens.

« Formidable ! Vraiment formidable. »

Pietrino reste muet. L'effort a été surhumain, son état proche de la transe. Il sourit d'un rictus modeste. Elle s'approche.

« Maintenant, je vais te montrer l'essentiel.

— L'essentiel ? Les pas de base ?

— Non. *L'abrazo* ! La manière de maintenir sa cavalière, le moyen de tout lui raconter d'une simple pression de ton poignet contre son dos. Mais pour ça, il va falloir nous toucher, Pietrino Belonore. Tu es prêt ? »

Béatrix a relancé *La Yumba* sur la platine. Les accords saccadés de Pugliese ont de nouveau envahi la salle de danse. Elle s'est approchée, a passé sa main dans le dos de Pietrino. Elle a placé les doigts juste sous ses omoplates. Dans sa démonstration, elle est le cavalier, celui qui mène la danse. Il doit se laisser faire. Chacun des mouvements de la pédagogue aux yeux noisette s'exprime en rythme avec la musique. Sur un et sur trois. Dans des mesures à quatre temps, bien entendu. Béa a pris la main droite de son partenaire qu'elle a levée haut. Sur un. Puis d'une pression ferme de son poignet droit, elle a attiré le jeune Belonore contre sa poitrine. Sur trois. L'étreinte était singulière, mais autant de douceur dans un geste aussi ferme a surpris l'apprenti *tanguero*. Les seins de Béatrix sont calés contre sa poitrine. Il aurait pu défaillir, il a fermé les yeux. Un frisson l'a parcouru, une douce émotion, une sensation inconnue. Béatrix ne lui a pas laissé le temps de profiter de ce moment de grâce, elle a aussitôt inversé les rôles :

« Tu as compris ? Pour ta main droite ? Plaque-la dans mon dos et attire-moi contre toi. Il nous faut trouver la conscience de nos corps, éprouver la sensation du buste de l'autre. »

Pietrino plaçait sa main trop haut, Béatrix l'a guidé jusqu'à la bonne position avant de se plaquer à nouveau contre lui, sur le premier temps d'une mesure, rectifiant légèrement sa pression sur le troisième temps. Pietrino ne savait plus comment poursuivre. Bouger en rythme ? Retrouver la dynamique de la marche ? Leurs visages étaient si proches. Elle lui a souri. Il était confiant. Le regard de Béatrix pétillait. Elle a avancé ses lèvres, posé un très doux baiser sur la bouche de son cavalier, puis un autre. Puis un autre, plus dense. Pietrino s'est laissé aller à cette formidable sensation, unique. Nouvelle. Il a fermé les yeux, c'était la première fois. La carapace de Pietrino l'introverti se craquelait, pour le plus grand plaisir des deux danseurs. Béatrix a vite oublié la posture imposée par les règles du tango argentin. Elle a passé ses bras autour du cou de son cavalier. Leur baiser a duré le temps de la composition d'Osvaldo Pugliese.

Le trajet de retour vers sa chambre du quartier Flaminio a pris une vingtaine de minutes. Pietrino a revécu chaque instant, chaque geste du moment précieux que Béa lui a offert dans la salle de danse.

Le jeune Belonore est bouleversé. Heureux, bien sûr. Mais bousculé par ses émotions, déséquilibré par des ressentis contradictoires. Le court moment de danse, la leçon d'*Abrazo*, le premier baiser. Les suivants, et cette chaleur intense. Le soleil couchant sur la verrière n'y était pas pour grand-chose. Le lent glissement des corps vers le bois poli du parquet, l'étreinte, ses mains maladroites, les gestes plus experts de sa partenaire. Les doigts de Béa qui courent sur sa chemise, ce bouton impossible à défaire, le tissu qui craque, les mots d'excuse murmurés à son oreille pour commenter l'incident. Leurs rires retenus, les lèvres de Béatrix qui remontent de sa joue vers son front. Ce curieux mélange du goût salé de ses baisers et de l'odeur sucrée de sa peau. Cette impression de frôler de la soie lorsque le pouce de Pietrino a découvert l'épaule de Béatrix. Puis les bouches qui se retrouvent. La main de Béatrix qui trousse la chemise de Pietrino, son index qui explore les poils denses de sa poitrine.

Pietrino garde en mémoire chaque instant, chaque sensation. Béatrix qui s'allonge à côté de lui, Béatrix qui se saisit de sa main pour la diriger vers des zones plus sensibles. Sa réticence, le plaisir de l'approche, la douceur des épaules. Puis le lent effeuillage, les gestes tendres, le bustier de Béatrix qui échoue sur le parquet, découvrant deux petits seins offerts avec un sourire désarmant. Puis son trouble, son malaise. La main de Béatrix qui dirige la paume de Pietrino vers sa poitrine, l'émotion extrême au contact de la pointe dure de ses mamelons. Puis ce malaise. Un vrai malaise. Cette chaleur insupportable qui monte au crâne de l'apprenti amoureux, et aussi ses propres mots, comme une ritournelle répétée à l'infini, sur un ton monocorde.

« Excuse-moi… Excuse-moi… Excuse-moi… »

Ses larmes, son angoisse. Et cette image qui revient, toujours la même. Sa mère, abusée par les trois brutes en uniforme kaki, plaquée sur le sol de la boutique. Le désarroi de Béatrix, ses mots rassurants. Puis ce geste maternel, comme on console le chagrin d'un gamin effrayé. Pietrino et Béa ont passé un long moment enlacés, immobiles, silencieux.

Comme d'habitude, la porte donnant sur la *via* Cesare Beccaria était fermée à grands coups de paranoïa, et la porte palière de Foscarina ouverte à tous les vents. Fosca' s'était plongée dans une pile de courriers officiels, concentrée sur la gestion de son patrimoine. L'allure chiffonnée de son locataire l'a surprise, son regard distrait l'a rassurée.

« Bonsoir, Bello' ! La journée a été riche en émotions ? Oui, pour sûr. »

Pietrino n'a pas répondu, toujours enfermé dans son rêve éveillé, plongé dans les souvenirs de ce moment inoubliable vécu sous la verrière de la grande salle de danse. Foscarina s'est levée pour venir expertiser l'état de la chemise de son hôte. Elle a eu une grimace éloquente :

« Bello', je n'ai jamais trop osé vous en parler, mais vos tenues de ville ne sont pas celles d'un jeune Romain moderne. Vous devez paraître à vos pairs comme un paysan descendu à la ville pour la première fois, même s'ils n'ont jamais dû oser vous en faire la remarque. Et l'accroc sur votre chemise va être difficilement réparable. Vous avez rencontré un lion dans la rue ? »

Pietrino n'a rien répondu, s'est contenté d'un sourire amusé. Il a haussé les épaules. Foscarina a enchaîné :

« Ah, je vois. C'était plutôt une panthère. Bel animal, la panthère. Dangereux, violent, mais tellement séduisant. Demain, vous essaierez une chemise d'été de mon pauvre mari. Même s'il est décédé depuis déjà trois ans, ses habits sembleront plus à la mode que vos tenues étriquées aux cols désuets. Et vous avez à peu de chose près la même corpulence que lui. Vous dînerez avec moi, Bello' ?

— Avec plaisir, Fosca' ! Avec plaisir. »

Pietrino est passé devant l'échiquier qu'il a toisé avec une grimace. Il s'est tourné vers sa logeuse, l'air ennuyé :

« Fosca' ? J'aimerais beaucoup recommencer la partie en cours. Vous pensez que c'est possible ? »

Foscarina a eu un sourire d'une bienveillance extraordinaire. Pietrino a regagné sa chambre, des images plein la tête. Le regard noisette de son professeur de danse s'est vite confondu avec celui des quelques femmes qui ont balisé sa vie : les yeux verts de sa mère, le regard sombre d'Addolorata, la pétulance de sa logeuse. Les traits de la belle inconnue du lycée Virgilio ont réapparu aussi, accompagnés du son obstinant des bandonéons du tango d'Osvaldo Pugliese.

Carlo

L'escalier de secours bégaie. Sa descente rouillée ressemble à la mâchoire d'un vieillard qui aurait égaré son dentier. On distingue toutes les lézardes de la façade entre les rares marches encore en place sur cette dégringolade de ferrailles. L'immeuble d'à côté ne se pose plus la question, il s'est écroulé. La conversation au pied de la rampe est difficile : le bébé accroché au sein de sa mère n'arrête pas de pleurer, le gamin accroché à la robe de sa mère n'arrête pas de hurler.

« Non, je ne suis pas envoyé par les services sociaux ! »

Charles Cèseran tente de rassurer la mère des gamins. La réponse du photographe est aussi anachronique que la question posée par son interlocutrice : plus aucun service social n'a envoyé d'agent dans ce bout du Bronx depuis des années. Un soleil de plomb frappe les crânes. Trois épaves à la démarche mal assurée traversent Lafayette Avenue pour tenter de trouver de l'ombre contre la palissade de l'entrepôt d'en face.

Leur vitesse de déplacement est tellement lente qu'ils risquent bien de griller avant d'avoir atteint le caniveau opposé. Quelques voitures en aussi mauvais état que les autochtones se traînent sur le bitume. Le photographe est planté devant la porte du vieil immeuble en briques, son bout de nappe en papier à la main en guise de laissez-passer.

« Je cherche Bennet William. »

Entre deux hurlements de ses gamins à la peau acajou, la mère débordée parvient à formuler une réponse à peu près audible.

« Bennet William ?

— Un photographe. Pas très grand, et du genre "pas en très bonne santé".

— Un Blanc ?

— Oui.

— Ah oui, Bennet… C'est au troisième étage. Mais il n'est pas là. Il est parti.

— Vous savez où ?

— Aucune idée. Le propriétaire est venu pour l'expulser hier mais il n'était plus là. »

La conversation s'arrête aussi net. Un homme en tricot de corps vient de beugler, accoudé à une fenêtre du premier étage. Sa femme obéit au quart de tour, elle stoppe là toute tentative de palabre avec cet étranger à la peau trop pâle pour être fréquentable. Charles profite de la désertion de son interlocutrice et de la porte ouverte pour pénétrer dans l'immeuble.

La cage d'escalier est aussi vétuste que la rampe extérieure, dans le même état que les occupants des lieux. L'odeur est intenable, indéfinissable. Monter les marches tient de l'expédition nocturne en milieu hostile. Charles grimpe jusqu'au long couloir qui traverse le troisième niveau. La coursive répand ses traces de vie d'un bout à l'autre de l'immeuble. On s'invective, on s'engueule d'un taudis à l'autre, on crache ses poumons, on coud à la machine, on tire la chasse, on écoute *Papa's got a brand new bag* à plein volume, on prépare des beignets dans de l'huile rance, on plante un clou dans la cloison fragile, on répond à la déferlante James Brown par une salve de Tammi Terrel, on demande à Dieu de faire quelque chose ou d'aller se faire mettre parce que le disque est rayé, Tammi Terrel rabâche les mêmes deux mots sur quatre notes à une cadence attendue de quarante-cinq fois par minute, on casse une assiette, on jure, on se fait excommunier par le chef de famille, on perd sa monnaie sur le carrelage, on rigole comme on agoniserait, on ouvre les portes, on claque les portes, on crie, on étouffe, on baise, on suffoque, on survit. Les cinq étages de l'immeuble regorgent de vies abîmées, de destins en équilibre précaire, d'avenirs en berne. La teinte verdâtre des murs de la coursive boit toute la lumière distribuée par un hublot percé sur la façade. Ce n'est ni la pénombre, ni l'obscurité. La minuterie marcherait bien, mais plus aucune ampoule n'est là pour garnir les douilles.

Charles tente de décrypter les noms. L'exercice s'avère vite inutile. Une des portes de ce long corridor homérique est constellée d'autocollants de toutes les marques possibles et imaginables d'appareils photos, des plus cotés de l'industrie japonaise aux plus obscures tentatives soviétiques en passant par les grands classiques des fabricants germaniques. Une étiquette décollée annonce BENNET WILLIAM, écrit à la main au dos d'un carton d'emballage Kodak. Charles tente d'appuyer sur le battant, il s'ouvre dans un craquement. La porte n'était pas fermée.

L'appartement est conforme aux attentes. La pièce à vivre pourrait servir d'illustration documentée à un cours théorique sur la pagaille. Des bouteilles vides, deux cendriers pleins, des vieux chiffons figés sur le dossier d'une chaise, une jolie collection d'assiettes sales oubliées dans l'évier, quelques piles usagées, un poste à transistor : les traces de la vie monotone d'un solitaire à tendance misanthrope sont disséminées dans le décor. L'odeur n'est pas pire. Les fragrances des produits photographiques ont simplement pris le pas sur l'odeur de graillon persistante dans le reste de l'immeuble. Un flacon de révélateur est sans doute entré en collision avec un bain de fixateur : ça pue le soufre et l'ammoniac.

Un détail saute aux yeux de Charles Cèseran, il en reste bête. Fasciné. Trois tirages en noir et blanc sont scotchés sur un mur, face à la fenêtre crasseuse, trois chefs-d'œuvre de composition, trois chocs visuels. Tous les bruits parasites qui occultaient son attention s'évanouissent lorsqu'il découvre ces photos. Bennet William est un immense photographe, un seul de ses clichés aurait suffi à le prouver. Au nombre de déchirures qui parcourent le papier peint, une quantité d'autres photos ont été arrachées et sans doute emportées. Pas une seule ne traîne sur le sol. Charles pénètre dans la salle d'eau. Comme il l'imaginait, le labo photo occupe tout l'espace. Un agrandisseur Spiraltone perché sur un support tordu s'appuie au mur, bousculé par un visiteur qui a eu la main lourde. L'optique a roulé contre le bac de douche, les filtres ne pourront plus filtrer grand-chose. Les cuves sont retournées, deux flacons brisés au sol. Le matériel est éparpillé, des taches acides rongent le tapis de bain. Deux boîtes de papier Ilford vierge ont été ouvertes, leur contenu dispersé. Bennet William est un connaisseur, ou un maniaque, pour se fournir en papier de tirage outre-Atlantique.

Charles revient dans la pièce principale, toujours aussi impressionné par le travail du correspondant de guerre. La guerre en est loin. Le premier cliché est un paysage, une succession de gris dans la brume, quelques collines douces, un plan d'eau limpide ; une barque semble vouloir émerger de l'eau, elle n'a fait que sombrer. Les deux autres sont des scènes de rue, à New York. Les visages se répondent, les immeubles menacent. La vision du monde de Bennet William n'est pas la plus optimiste. Mais ces photos-là sont sans conséquences. Quels étaient les sujets des tirages arrachés sur les murs de sa tanière ? Des instantanés du Viêt-nam ? Des soldats en déroute ?

Les déchirures humaines, conséquences de la politique désastreuse de l'administration Johnson ? Charles ouvre deux tiroirs, puis les portes d'une commode bancale. Il n'y a plus un seul négatif dans l'appartement, plus une seule image mis à part les trois photos murales. Tout a été emporté. Il retourne fouiller dans la salle de bains lorsqu'une voix l'interrompt :

« Vous êtes Charles Cèseran ? »

L'homme est planté dans le corridor d'entrée de la studette. Son apparition est saugrenue. Rouquin, ses cheveux sont taillés genre coupe militaire, sa chemise blanche est affublée d'une cravate noire et recouverte d'un blouson d'été d'un turquoise de mauvais goût. Son léger embonpoint laisse déborder son estomac sur la ceinture de son pantalon. L'inconnu est transpirant. Et essoufflé. Trois étages d'ascension à slalomer entre les cas sociaux l'ont épuisé. Mais il fait bonne figure. Charles n'en revient pas :

« Comment le savez-vous ?

— Quoi donc ?

— Pour mon nom ?

— Votre identité ? Pour nous, ce n'est pas très compliqué. Vous êtes le propriétaire d'une superbe Corvette Chevrolet de couleur vert métallisé avec capote blanche garée sur Lafayette. C'est le seul véhicule de moins de vingt ans d'âge entre Whittier Street et Port Morris, et nous avons accès à toutes les immatriculations du pays. Un coup de radio avec notre QG et on a l'information. Quand bien même, nous vous avons repéré depuis que vous êtes descendu de votre décapotable. Vous êtes un téméraire, Charles Cèseran. Parce que débarquer dans ce quartier de la Grosse Pomme avec une bagnole et une dégaine pareilles, c'est un peu comme tenter un suicide à l'arme nucléaire. Y a peu de chance d'échec.

— J'ai connu des situations plus tendues.

— En Italie ? »

Charles en reste bouche bée. Le rouquin enchaîne :

« Ça aussi, on sait. Le patronyme avec lequel vous êtes entré sur le territoire américain il y a plus de vingt ans, c'est Carlo Ceserano, et vous arriviez d'Italie. Avant d'acquérir la nationalité américaine, vous étiez italien. C'est tout ce qu'on a trouvé sur vous pour l'instant, mais on peut fouiller beaucoup plus loin dans votre vie. Vous devez me trouver bavard, et c'est très curieux, parce qu'en principe je suis peu disert. En fait, Carlo Ceserano, j'ai juste deux mots à vous dire…

— Vous avez droit à plus, si ça vous aide.

— Non, deux suffiront : laissez tomber ! »

Le rouquin n'a pas souri une seule fois depuis son entrée en scène. Il ne plaisante pas. Du tout. Il montre la porte derrière lui. Charles sort du petit appartement, se retrouve dans la coursive. Le rouquin ferme la porte palière et amorce un mouvement vers la cage d'escalier.

« Laissez tomber ! Et trois mots de plus : oubliez tout ça. Je ne sais pas qui vous êtes, mais vous n'avez pas les épaules pour cette affaire. Et de toutes les manières, Bennet William est mort.

— Mort ?

— C'est une métaphore, pour l'instant. Mais dès qu'on mettra la main sur lui, on le fera disparaître des écrans radar.

— Vous pouvez le tuer ?

— Physiquement, oui. Ça ne nous poserait aucun problème. Mais nous avons d'autres moyens, moins brutaux, pour faire disparaître les gêneurs. Rentrez chez vous, dans les quartiers chic, et passez à autre chose.

— Pour un type peu disert, je vous trouve très bavard.

— Vous pensez que je vous en ai trop dit ? Ça ne me pose pas de problème, Carlo Ceserano. À partir de maintenant, avec tout ce que vous savez, c'est vous qui êtes sur une corde raide. Et elle est très raide. À vous de voir. Un coup de ciseaux, c'est pas compliqué à donner. Ça ne nous posera aucun problème non plus de vous faire tomber. »

Charles se retrouve sur le trottoir. Le soleil grille, le bitume transpire. Les rumeurs de l'immeuble s'estompent lorsque le rouquin tire la porte donnant sur la rue : grincement de gonds, claquement de serrure, fin de la parenthèse sonore en milieu défavorisé. Le rouquin bedonnant chausse ses lunettes de soleil et rejoint une Buick Electra noire cabossée, stationnée à l'ombre, en face. La berline est déjà occupée par un conducteur à l'allure aussi avenante que son coéquipier. Coupe militaire, chemise sobre, petite cravate discrète, oreilles décollées, sourire de cul et mâchoire de lutteur de foire.

À quel niveau doit se situer la paranoïa actuelle du gouvernement pour que ses services secrets s'en prennent à Bennet William, malheureux photographe de terrain en perte de repères ?

Charles s'éclipse, pensif. Un groupe d'adolescents noirs turbulents le bousculent. Ils se disputent un ballon de basket, la rue est leur terrain d'entraînement. Les dribbles percutent le goudron. Le rythme soutenu du caoutchouc cogne le trottoir et part résonner contre les murs des entrepôts. Leur battement est régulier, le tempo du basket est ternaire, Jo Jones ne fait pas mieux sur ses peaux. Les gamins s'arrêtent à côté de la Corvette vert métallisé, l'entourent, utilisent le véhicule de Charles comme un obstacle à franchir. La balle passe de main en main, survole la capote blanche, frôle l'antenne, heurte la pointe d'une aile, effleure un phare. Les ados ricanent. Charles s'arrête à quelques mètres de sa voiture, tourne la tête, aperçoit le visage hilare du rouquin appuyé contre sa Buick. Le bedonnant a coincé ses Ray-Ban sur son front pour mieux profiter du spectacle à venir. Il esquisse son premier sourire, un rictus acide empreint d'un dédain affiché :

« Qu'est-ce que je vous disais, Carlo Ceserano ? Bon courage pour la suite ! Ou bonne chance, plutôt. »

La portière claque. Le rouquin s'est assis à côté de son acolyte, il amorce son compte rendu. Le sort de cet immigré italien lui importe peu. Il faut être inconscient pour flâner dans ce coin du Bronx avec des signes extérieurs de richesse aussi flagrants qu'une décapotable neuve et de prix. Ou bien ce Charles Cèseran, ex Carlo Ceserano, est un membre influent d'un des clans maffieux qui gèrent New York ? Mais ici ? Dans cette jungle en décrépitude ? Les trafics sont à l'équilibre et les comptes avec la pègre noire sont à zéro. Les truands afro-américains ont déjà du grain à moudre à gérer les révoltes raciales grandissantes dans leur communauté. Alors, ce Rital de luxe, ici ? La cohabitation entre la Pieuvre et les Noirs est exceptionnelle, et ce quinquagénaire fringant qui a francisé son patronyme ne présente aucun des éternels clichés des truands de la Cosa Nostra, à commencer par son costume à la mode et sa coiffure branchée côte Ouest. Bien sûr, il poursuivra ses investigations sur ce visiteur décalé qu'il imagine mal être un intime de Bennet William. Parce que le sujet du moment, c'est Bennet William, pas ses relations. Enfin, pas dans l'immédiat. Le rouquin prend quelques notes sur un petit carnet, par acquit de conscience. Il aura bien le temps d'enquêter sur ce kamikaze si cet inconscient ne se fait pas démonter à mort par les voyous du quartier dans les cinq minutes.

Charles s'avance, les gamins l'ignorent. Un d'entre eux dribble, passe deux adversaires, aperçoit Charles, lui lance le ballon. Charles le rattrape in extremis, d'un geste maladroit. Tous se figent, les mines sont hostiles.

« Désolé, les gars ! Je ne sais pas jouer. »

Il s'approche du premier adolescent à sa droite, lui remet le ballon dans les mains, marche vers sa portière. Les gamins s'échangent le ballon en trois passes adroites et le renvoient vers Charles qui le rattrape encore, à deux doigts de le laisser s'échapper.

« Tu veux apprendre ?

— Bah… Pas aujourd'hui, merci. »

Charles place le ballon dans les mains de son interlocuteur qui le relance aussitôt. Le geste est violent. Le ballon frappe la poitrine du photographe avant de partir se perdre dans le caniveau, sous la Corvette.

« Ramasse ! »

Charles a une hésitation. Le plus jeune de la bande sort un couteau dont la lame jaillit avec un bruit sec.

« Ramasse ou on te plante. »

Charles dévisage ses agresseurs. Quelque chose cloche dans leur regard, dans leur provocation. Il fixe un long moment le plus âgé du groupe. D'un clignement de paupières, le basketteur en chef signifie à Charles de s'exécuter. Charles s'agenouille, accompagné dans son mouvement par le plus jeune des garçons. Une fois accroupis derrière la carrosserie, le gamin plonge la main dans son blouson, en sort une enveloppe kraft tachée de gras, rafistolée au papier collant. Le contenu est volumineux. Les formes à l'intérieur évoquent des rouleaux de pellicule dans leurs étuis d'aluminium. Le gamin murmure à l'oreille de Charles :

« Maintenant tu te casses. On ne veut plus te voir ici. Compris ? »

Charles se redresse avec précaution, le gamin exhibe haut son ballon avec une mimique triomphante.

Les jeunes s'écartent de la carrosserie et s'éloignent en dribblant et, comme si rien ne s'était passé, ils laissent le photographe en plan, désarçonné. Charles jette un rapide regard sur l'enveloppe : quelques mots y ont été griffonnés à la hâte. C'est la même écriture maladroite que sur son bout de nappe en papier, la graphie hésitante de Bennet William. Il ne prend pas le temps de déchiffrer, monte dans sa décapotable et file.

Mose

Ponctuel ! Mose Leon Page a toujours été d'une ponctualité exemplaire. Toute sa vie.

Ponctuel à l'école de Leeton, Missouri, lorsqu'il était gamin. Ponctuel à la messe du dimanche de Concordia, Missouri, où il chantait à la chorale. Ponctuel au collège de Sedalia, Missouri. Ponctuel à la bibliothèque de l'université centrale du Missouri de Warrensburg où il gagnait de quoi payer ses études. Ponctuel à l'école militaire, ponctuel au mess des officiers de l'Air Force Base de Whiteman, Missouri, où il occupait le poste de barman. Ponctuel au ramassage des officiers saouls comme des barriques dans les bouges installés pour l'US Air Force autour de la base d'Aviano, dans le nord de l'Italie, loin du Missouri mais au plus près des préoccupations de la troupe. Cette rigueur sans faille lui a valu le poste de chauffeur à l'ambassade des États-Unis à Rome. Les consignes indiquaient neuf heures vingt-sept, il était neuf heures vingt-sept. Mose Leon Page a garé la Pontiac à l'angle de la *via* Giulia et de la *via di* Sant'Aurea à neuf heures vingt-sept, comme tous les matins. Ponctuel.

Le conseiller Aaron Craven était lui aussi d'une ponctualité métronomique. Tous les matins, il sortait de l'appartement de fonction mis à sa disposition dans les dépendances du *palazzo* Ricci à neuf heures trente et une pour rejoindre Mose Leon, son chauffeur. Le duo s'éclipsait à neuf heures trente-trois pour rejoindre la *via* Vittorio Veneto et les services consulaires. Aussi, Mose Leon Page a commencé à se poser des questions lorsque sa montre a affiché neuf heures trente-huit. Il y avait un problème. Sans doute. Mais les consignes étaient strictes, il devait attendre. Lorsque le clocher de l'église Santa Maria del Suffragio a sonné dix heures, Mose s'est vraiment inquiété. Il a pris sur lui de quitter son poste, fermer les portes de la berline à clef, partir cogner à la porte de l'officier. Aucune réponse. Mose Leon Page a de nouveau pris sur lui, il est entré dans l'appartement en rez-de-jardin. La porte était ouverte. La vraie surprise se trouvait dans le salon du petit appartement. Une mosaïque de tracts du groupe *Potere Rosso* était harmonieusement disposée autour d'un tapis en poil de lynx ramené de Corée par Aaron Craven, un trophée qui le suivait dans toutes ses affectations. Sur le tapis en poil de lynx, le cadavre du lieutenant-colonel Craven attendait qu'une âme charitable alerte les services diplomatiques et convoque un médecin légiste et son convoi de spécialistes en balistique. Une balle avait traversé le crâne du conseiller militaire, et il devait être important de savoir dans quel sens.

Alberto

Carmine a commandé des artichauts farcis à la romaine. Fabio est toujours plongé dans le menu. Le maître d'hôtel est tétanisé, au garde-à-vous à côté de la table. Fabio n'arrive pas à se décider. Carmine s'impatiente mais cette fois, c'est contre son acolyte :

« Fabio !

— Quoi ?

— Commande n'importe quoi, mais commande.

— C'est que je suis surpris.

— Surpris ?

— Habituellement, tu n'aimes pas les artichauts.

— On s'en fout, Fabio ! Sérieux ! Je m'en branle, des artichauts ! »

Carmine n'a pas hurlé. Il s'est retenu juste à temps, à deux millimètres d'une glissade inexorable vers le psychodrame définitif. Et ce n'est vraiment pas le moment de perdre la main sur ses émotions. Son regard est assassin, il trépigne, il en a postillonné. Fabio ne l'a jamais connu aussi tendu. Excédé, Carmine Bartolomeo prend le menu des mains de son confrère. Il le ferme d'un geste brutal et le jette au maître d'hôtel. Le responsable du restaurant est livide depuis que les deux juges ont franchi le seuil de sa terrasse panoramique. Il redoutait cet instant. Et ça y est, l'enfer commence !

« Tu es surpris par des artichauts, Fabio ? Attends, tu n'es pas au bout de tes surprises. »

Le juge Bartolomeo se tourne vers le maître d'hôtel et articule d'un ton curieusement calme :

« Deux artichauts farcis. Et de l'eau. Plate. Fraîche. Dites-moi, vous vous appelez comment ? Depuis le temps qu'on vient ici !

— Alberto, *signore !* À votre service.

— Alors, Alberto, foutez-nous la paix pendant dix minutes. C'est dans vos cordes ? »

Le maître d'hôtel se fait obséquieux.

« Bien sûr, monsieur. »

Ses deux menus serrés contre la poitrine, Alberto regagne la salle couverte en reculant, trop content d'avoir gagné au moins dix minutes de répit face à ces deux caractériels.

Les deux visiteurs sont arrivés à la fin du service, le belvédère de l'hôtel Forum est désert. Des moineaux s'en donnent à cœur joie avec quelques miettes lâchées par les derniers clients qui viennent de régler leur addition et partir. La circulation est intense sous le balcon, la saison touristique n'est pas encore à son apogée mais le beau temps remplit Rome d'amateurs de moments précieux et de belles choses. Carmine aimerait parler plus bas mais la rumeur de la ville envahit sa conversation. Tant pis, la situation est trop urgente. Carmine Bartolomeo sort une chemise à élastique de son cartable en cuir. Il l'ouvre sous le nez de Fabio La Rocca qui met un temps à comprendre. Une photo trône sur le dessus du dossier. Un macchabée est écroulé sur un tapis en fourrure, entouré d'une ribambelle de tracts de *Potere Rosso*. Plusieurs clichés ont été pris. La plaie à droite de la tête est à peine visible, une tache de sang a noirci tout le côté gauche. L'homme a les yeux grands ouverts, comme surpris par sa propre mort.

« Tu vois qui c'est ? »

Fabio se décompose, son visage vire au gris. Le décryptage de la photo le mine :

« Je vois surtout les tracts étalés autour de lui. Ce sont nos tracts ! Je me trompe ?

— Quelle belle signature, en effet ! C'est imparable. Vous vouliez vous faire un peu de publicité, c'est ça ?

— Je ne comprends pas, Carmine.

— Tes gars sont des incapables, Fabio ! Une belle bande de nazes. Je vous ai demandé de rester discrets, et tout ce que ton groupe a trouvé à faire, c'est aller s'afficher sur tous les murs de la ville avant de partir dégommer un diplomate américain !

— Un diplomate ?

— Tu ne reconnais pas le lieutenant-colonel Craven ?

— Craven ?

— Oui, Craven ! Le rescapé de notre dernière déroute. Et lui, tu le reconnais ? »

Carmine exhibe trois photos prises dans la rue, au téléobjectif. On y reconnaît la porte cochère qui donne vers les dépendances du *palazzo* Ricci. Un jeune homme brun, chemise blanche et cravate en sort, aux aguets. Dans la photo suivante, on le voit beaucoup mieux. Fabio pâlit de deux nuances de gris supplémentaires :

« Le salopard !

— Et tu m'as dit qu'il était fiable ? C'est ça ? C'est une catastrophe, Fabio. La police le cherche. Les services secrets américains aussi, sans doute, à l'heure qu'il est. Tu te rends compte ?

— Comment as-tu eu ces photos ?

— Le domicile de Craven était sous surveillance.

— Par la police italienne ?

— Non, pas exactement la police.

— D'où tu sors ces photos, Carmine ?

— Nous sommes en pleine guerre froide, Fabio. Nos services secrets sont en alerte maximale depuis que Moshe Dayan règle ses comptes avec ses voisins de cantine. Tu crois quoi ? Que le renseignement italien passe son temps à espionner l'ambassade chinoise pour récupérer des recettes de pâtes inédites ?

— Ton humour est désastreux, Carmine. D'où tu les sors, ces photos, *porca puttana* ?

— Le réseau.

— Quel réseau ?

— Mon réseau. Si nous autres, juges, n'avons pas nos relais discrets dans les coulisses judiciaires de ce pays, qui en aura ? Tu as tes informateurs, toi aussi, non ?

— Oui, bien sûr.

— J'ai récupéré cette copie du dossier auprès des enquêteurs il y a une heure. Pour l'instant, personne ne sait. L'enquête est classée top secret, notre police a reçu des ordres stricts. Et les Américains ne vont pas fanfaronner sur un cadavre à eux, surtout sur un gradé en poste assassiné dans son appartement de fonction ! Ils auraient l'air de quoi ? Les têtes pensantes de l'Amérique protectrice tirées aussi facilement que des pigeons d'élevage ? Nous sommes dans le domaine de la diplomatie, pas dans celui d'un meurtre habituel. La presse n'en dira rien. Pour l'instant. »

Carmine place la dernière photo du dossier sous le nez de Fabio. Un jeune homme brun à la tignasse drue s'éloigne du *palazzo* Ricci. Carmine pointe un index sur la silhouette :

« Mais le vrai problème, c'est lui ! S'ils le trouvent, ils peuvent remonter jusqu'à nous. »

Un gouffre s'ouvre sous les pieds de Fabio La Rocca.

« Remonter jusqu'à nous ?

— Au moins, remonter jusqu'à toi. C'est toi qui as formé le groupe *Potere Rosso.* Ta bande de révolutionnaires au rabais ne sait pas que j'existe. Ou alors, c'est pire que tout. Fabio ?

— Quoi ?

— C'était notre pacte. Notre stratégie de lutte ! Mon invisibilité dans notre organisation en échange de mes appuis politiques. Ne me dis pas qu'ils savent qui je suis. Fabio ?

— Pas du tout, Carmine. Ils ne savent rien sur toi. Pour eux je suis le seul responsable du mouvement. »

Le juge Fabio La Rocca a bloqué sur les clichés en noir et blanc. On y voit très clairement Pietrino Belonore qui sort du *palazzo* Ricci, inquiet, sur la défensive.

« Mais qu'est-ce qui lui a pris, à ce petit con ? »

Carmine lui reprend les photos des mains et range le dossier dans son cartable.

« Simple ! Il a voulu aller jusqu'au bout de sa mission, te prouver qu'il en était capable.

— Après son premier échec ?

— Sans doute. C'est une catastrophe, Fabio. La fin de *Potere Rosso* ! »

Le juge Carmine Bartolomeo fait un signe au maître d'hôtel.

« Alberto ?

— *Si ?*

— *Acqua minerale !*

— *Si. Certo !* »

Une bouteille d'eau fraîche arrive dans les trois secondes. Carmine regarde l'étiquette, grimace :

« Fonte Tavina ? Vous n'avez plus de Santa Clara ?

— Ah non, désolé.

— Vous êtes nul, Alberto. Vous savez d'où elle vient, cette eau ?

— Euh… non, monsieur.

— C'est pourtant écrit sur l'étiquette : Salò ! Ce pays de fascistes décomplexés ! Et vous savez qui nous sommes, quand même ?

— Bien sûr, monsieur. Je suis désolé.

— Mon ami a soif. Servez-le et barrez-vous. »

Fabio a perdu le peu de couleur qui restait accrochée à son teint. Il descend cul sec un verre d'eau glacée avant de reprendre :

« Aucun des gamins du groupe ne connaît les bases de notre organisation, Carmine. Et aucun d'entre eux ne t'a repéré. J'en suis certain. Et je vois mal comment la police pourrait remonter jusqu'à nous à cause de Belonore. Nous avons rompu les ponts depuis l'attentat raté.

— Et alors ? Tu plaisantes, là ? Tu connais leurs méthodes, non ? La moitié des flics expérimentés des services secrets ont été formés sous Mussolini. La torture ne les gêne pas. Certains sont même des spécialistes. Ils seront trop heureux de montrer leur savoir-faire. Tu dois remettre la main sur ce Belonore très rapidement, avant tout le monde. Retrouve-le, Fabio. Vite. Et fais-le disparaître définitivement de notre horizon. Les plus jeunes de ton groupe veulent toujours sa tête depuis qu'il a foiré l'attentat ?

— Ils sont toujours aussi remontés contre lui. S'ils le retrouvent, ils le massacrent.

— Si tu te débrouilles bien, tu peux même en faire un martyre de ta cause !

— J'y ai pensé après l'attentat raté, Carmine. Un des membres de *Potere Rosso* victime de la barbarie yankee, ça aurait eu de la gueule. Mais c'était trop compliqué à mettre en œuvre.

— Ce n'est pas le moment d'improviser. Contentez-vous de l'éliminer. Tu crois qu'on peut confier cette tâche à tes gars, Fabio ? Tu en es certain ? Ou bien tes clowns vont encore rater leur coup ?

— Cette fois, je m'en occupe personnellement. Et tout de suite. »

Fabio La Rocca se ressert un verre d'eau qu'il avale cul sec et quitte la terrasse d'un pas rapide. Le maître d'hôtel était planqué à l'ombre, prêt à bondir. Il se contente d'une politesse de circonstance :

« Vous nous quittez, monsieur ? Et pour les artichauts farcis ? J'annule la commande ?

— Non. Je n'ai pas compris pourquoi mon collègue a commandé ça. Habituellement, il déteste les artichauts. Apportez-lui les deux plats, Alberto. Ça lui donnera deux raisons de vous les balancer dans la gueule. »

Maurizio

« Maurizio ? Que me vaut l'honneur de votre visite ?
— *Buongiorno, Donna* Maratea. Comment allez-vous ? »

Foscarina Maratea ne s'attendait pas à l'irruption de ce commissaire qu'elle n'a plus vu depuis des années. L'homme se tient sur le seuil de l'appartement, il n'ose pas entrer. Derrière lui, deux fonctionnaires à la mine austère attendent la fin des civilités. Ils ne sont pas de la même école, ni de la même génération. Foscarina s'inquiète :

« J'ai un problème, Maurizio ? Non, je n'ai aucun problème. Mais, à voir votre mine empruntée, c'est vous qui devez en avoir un sérieux.

— Pouvons-nous entrer, Foscarina ?

— Ma porte est toujours ouverte. À qui ai-je l'honneur ? »

Maurizio s'empresse de faire les présentations. Les noms et prénoms des deux sinistres inconnus sont d'une banalité atterrante, vite articulés, vite oubliés. Trop lisses pour être leurs vrais patronymes : aucun parent au monde ne ferait preuve d'aussi peu d'imagination pour nommer sa progéniture. Les deux figures de Christ n'accordent pas un sourire à la maîtresse des lieux. Ils se contentent de se figer dans le hall d'entrée, tout en scrutant l'intérieur de l'appartement.

« Ces messieurs travaillent avec nous sur les enquêtes… comment dire… hors normes. Et je pense que celle qui m'amène chez vous est assez particulière.

— Particulière, Maurizio ? Vous m'avez l'air essoufflé. Ne restez donc pas debout. Un *limoncello* ? Messieurs ? »

Les deux inconnus refusent d'un geste sec. Maurizio aurait bien accepté, mais en présence de ses deux acolytes du jour, l'austérité et la retenue sont de mise. Il bafouille :

« Un verre d'eau peut-être ?

— Je vous ai connu plus jovial, Maurizio. Du temps de feu mon mari, vous aviez un tempérament plus démonstratif. Et un goût beaucoup plus prononcé pour les boissons alcoolisées. Asseyez-vous. Je ne vous propose qu'un seul fauteuil. Je présume que vos accompagnateurs vont rester debout, en alerte, comme deux setters gordon à l'arrêt devant un faisan. Messieurs ? Un verre d'eau ? »

Les deux inconnus refusent d'un geste sec, encore. Foscarina aurait pu éclater de rire mais ç'aurait été mettre ce pauvre commissaire dans l'embarras. Maurizio extirpe deux photos d'une pochette.

« Je suppose que vous connaissez ce jeune homme ?

— Absolument. Quel est le problème ?

— Il a… enfin… Nous le soupçonnons d'un fait très grave. Il loge chez vous depuis longtemps ?

— Quelques mois, Maurizio. Il s'appelle Pietrino Belonore, et c'est un vague parent du concertiste Belonore. Vous vous souvenez de Marzio Belonore, le violoniste ?

— La musique n'a jamais été mon domaine de prédilection.

— Je sais bien. Au nombre de couacs qui ont émaillé votre carrière dans la police, j'aurais pu m'en douter. Et puis, l'époque Belonore, c'était il y a longtemps, un temps révolu. Plutôt la belle époque pour vous, Maurizio, je me trompe ?

— Vous me taquinez, Foscarina.

— J'ai le souvenir de quelques conversations houleuses entre mon mari et vous. C'est bien cette ordure de Tullio Tamburini qui vous a fait entrer dans la police ? Vous auriez dû le suivre en Argentine, lorsqu'il s'y est enfui. Mais peu importe. Vous êtes bien installé, maintenant, à Rome. Je me trompe ?

— Revenons au jeune Belonore, s'il vous plaît, Foscarina.

— C'est un garçon très réservé, mais charmant. Vous lui voulez quoi ?

— C'est délicat. Puis-je vous demander la plus grande discrétion ?

— N'oubliez pas que je suis une femme, Maurizio.

— C'est une affaire très sérieuse. Nous sommes sur un cas qui nous plonge dans les méandres de la diplomatie internationale, et il nous serait confortable que rien ne transpire de notre visite chez vous. Vous me comprenez ?

— Mon pauvre Maurizio, si je vous comprends ? Mais bien entendu. La guerre froide fait rage. Les rouges sont à nos portes. Du coup, ça vous obsède, ça vous ronge, ça vous mine. Si je peux vous éviter un conflit nucléaire, c'est avec plaisir. Je resterai muette comme une carpe, même sous la torture. »

Foscarina se tourne vers les deux sbires :

« Vous qui m'avez l'air experts, vous avez déjà essayé la torture sur les carpes ? »

Les deux anonymes n'ont aucune réaction ; Foscarina tend un verre d'eau au commissaire. Maurizio poursuit, agacé :

« Nous soupçonnons le jeune homme d'avoir assassiné un diplomate américain. Nous cherchons des témoignages, ou des preuves. Me donnez-vous l'autorisation de regarder dans la chambre que vous lui louez ?

— Faites comme chez vous. Ce sont les deux brutes qui vont fouiller ? Si vous pouviez ne rien casser, ce serait formidable. C'est la pièce au fond du couloir, juste après l'échiquier. Faites attention, une partie est en cours. Et le jeune Belonore est en train de la gagner. Je ne voudrais pas être accusée de tricherie opportune. »

Les deux agents s'éclipsent, sans un mot. Foscarina perd son sourire de circonstance, devient cassante. Presque agressive :

« C'est quoi cette histoire, Maurizio ? Vous connaissez mes relations. La famille de mon regretté mari a servi de bailleur de fonds à la bande d'Aldo Moro, et ils ont encore quelques prérogatives dans ce pays. Si vous êtes venu m'importuner pour rien, je vous fais muter à Brancaleone. Vous voyez où c'est ? Au trou du cul de la Calabre profonde. Avec vue sur mer. Par temps clair, on voit l'Abyssinie, en face. Ça devrait vous plaire.

— Foscarina ? Vous m'emmerdez. »

Le commissaire exhibe une autre photo : le lieutenant-colonel Craven gît sur son tapis en poils de lynx, raide. Le tireur a été précis. La tempe, pile-poil, une mort immédiate. Foscarina observe les photos de près. Maurizio affiche une grimace qui en dit long sur son agacement :

« Un officier supérieur de l'armée américaine vous suffit ? Vous auriez préféré un général ? Ou l'ambassadeur ? C'est très grave, Foscarina. Et votre protégé a été trahi par les photos de nos services de renseignement. »

Maurizio lui montre à nouveau les clichés sur lesquels Pietrino sort du *palazzo* Ricci, l'air anxieux. Il tient un cartable à bout de bras, on le devine vigilant.

« Ces photos ont été prises hier par les gars du Service d'information de la défense.

— Hier ?

— Hier soir, oui. Pietrino Belonore a dormi ici, hier soir ?

— Il est rentré comme tous les soirs après son travail. Vers vingt heures.

— Le S.I.D. situe les prises de vue vers dix-neuf heures. Ça reste cohérent avec l'emploi du temps de Belonore et avec le meurtre du conseiller Craven. »

Les deux agents reviennent de la chambre, satisfaits. L'expression de la félicité n'est pas flagrante chez eux, mais ils ont lâché leur faciès de déterré. Ils exhibent un revolver de petit calibre qu'ils tiennent à l'aide d'un chiffon par le canon.

« C'était dans l'armoire, sous une pile de chemises. »

Maurizio ricane, Foscarina n'en revient pas. Elle en reste muette. Le commissaire profite de son trouble pour l'attaquer :

« Ma chère Foscarina, votre protégé va avoir du mal à s'en tirer par une pirouette. Vous aussi, d'ailleurs. Pour votre bonheur, vous avez des relations, comme vous me l'avez fait grossièrement remarquer. Nous ne vous ennuierons plus avec cette affaire. Considérez ce Belonore comme sorti de votre quotidien à partir de maintenant. Si votre amnésie est persistante, nous oublierons même que ce dangereux terroriste aura logé chez vous quelque temps. Nous allons l'attendre en bas. Il est seize heures. Avec un peu de chance, nous n'aurons pas à traîner trop longtemps. »

Le trio part sans un mot de plus, le petit Smith & Wesson modèle 34 glissé dans une enveloppe, et l'enveloppe dans le porte-documents de Maurizio. La porte claque, le silence revient. Foscarina est sonnée. Un détail insignifiant sur les photos de Pietrino après le meurtre la chiffonne. Elle part dans la chambre de Belonore, ouvre l'armoire. La fouille n'a pas été le grand chambardement qu'elle attendait. Les deux grands guignols du renseignement sont restés raisonnables. Quelques objets ont été déplacés, deux tiroirs vidés. La porte de l'armoire est restée ouverte, les trois chemises de Pietrino ont été bousculées. C'est donc là qu'ils ont trouvé l'arme. Foscarina ressort de la chambre, se plante devant l'échiquier, gamberge. Hors de question d'utiliser son téléphone, les spécialistes du S.I.D. ne doivent pas se gêner pour écouter toutes ses conversations depuis le matin. Foscarina prend un bloc de papier à lettres, deux enveloppes, se pose sur la grande table de la salle à manger pour écrire quelques lignes. Les deux missives pliées et cachetées, elle passe une veste légère, remet un peu de rouge à lèvres discret, récupère un calepin. Elle sort sur le palier, va frapper à la porte d'en face. Un vieux monsieur entrouvre le battant, surpris.

« *Donna* Maratea ? Que me vaut le plaisir ?

— *Signor* Malafato ! Bonjour. Désolée de vous mettre à contribution mais mon téléphone ne marche plus. Je peux emprunter le vôtre ?

— Faites comme chez vous, *Donna* Maratea. Faites comme chez vous.

— Mon cher Laerte ! Je ne ferai pas de mauvais esprit en vous rappelant que vous êtes mon locataire depuis quelques années. Et que cette maison m'appartient des combles au trottoir. Et que donc, je suis effectivement chez moi. Mais je vous remercie, Laerte. J'ai juste deux coups de fil urgents à passer.

— Je vous en prie.

— Et vous allez peut-être pouvoir me rendre un autre petit service, *Signor* Laerte Malafato.

— Ne m'en demandez pas trop. Vous connaissez mon état de santé.

— Deux mois de loyer offerts vous feraient-ils retrouver quelques ressources cachées ?

— *Donna* Maratea ! Pour deux mois de loyer, Laerte Malafato retrouverait même la forme de ses vingt ans. »

Mirone

À dix-sept heures quarante-cinq, la Mini 90 Innocenti cabossée s'est garée à l'angle de la *via* Frattina et de la *via del* Corso.

Mirone, surnommé *Polpete Doppie* par sa congrégation et le reste du monde, ne voulait pas rater l'heure de la sortie des bureaux. Il ne voulait surtout pas louper Pietrino Belonore, cible désignée par Fabio La Rocca. Mirone se faisait une joie de l'exécuter. Il en avait fait le serment, face à ses camarades de lutte le soir de leur dernière réunion. Et il venait d'avoir l'aval du chef. Le traître à la cause sortait de chez Amber & Abel à dix-huit heures. Mirone était prêt. Sa Lupara, fusil de chasse au canon scié ras, était chargée de deux cartouches de chevrotine. Et Mirone portait sur lui un petit Beretta, au cas où quelques cartouches supplémentaires seraient nécessaires à la bonne marche de ce massacre programmé.

À dix-sept heures quarante-six, Mirone a coupé le moteur de sa petite voiture dont le fracas couvrait toutes les conversations dans la rue. Il s'est même excusé auprès d'un clochard qui faisait la manche, assis sur un cageot, un violon à bout de bras. Le clochard n'était pas un virtuose, mais les crissements de l'archet se mélangeaient mal avec le cliquetis des soupapes et les flatulences du pot d'échappement. Et Mirone était là pour éliminer un traître, pas pour gazer les mendiants, même s'ils jouaient très mal du violon.

À dix-sept heures quarante-sept, les deux agents discrets en faction devant le siège d'Amber & Abel ont relevé l'immatriculation de l'Innocenti sans se faire remarquer. Personne ne pouvait imaginer quelle panique régnait dans les différents services de renseignement américains et italiens depuis la découverte du cadavre de l'officier Craven, le matin même. La situation était tendue, chaque mouvement pouvait paraître suspect. Les principaux partenaires de l'ambassade américaine étaient sous surveillance rapprochée depuis la mi-journée, le cabinet Amber & Abel était l'un d'eux. Mais Mirone ne connaissait pas ce détail.

À dix-sept heures quarante-huit, le coursier d'un fleuriste est entré chez Amber & Abel, un petit bouquet de fleurs à la main. Mirone s'est énervé contre cette société qui se vautre dans l'autocélébration et la futilité extrême de s'offrir des fleurs pour glorifier la réussite du grand capital ou quelque célébration à caractère religieux, pendant que le *Lumpenproletariat* s'échine au fond des cales des destroyers des envahisseurs impérialistes en réparation dans les chantiers navals de Muggiano. Le père de

Mirone était chef chaudronnier à Muggiano, dans les ateliers Fincantieri. Une grande partie de la révolte de *Polpete Doppie* découlait de ses désaccords profonds avec son père. Il avait toujours focalisé sur la misère des prolétaires de fond de cale, exploités par les contremaîtres au service du patronat. Son père était contremaître. Mais Mirone était là pour tuer Pietrino Belonore, pas pour tuer le père. Sa révolte sourde n'a duré que le temps que le coursier du fleuriste se fasse ouvrir la porte de chez Amber & Abel.

À dix-sept heures quarante-neuf, le service sécurité de la CIA en Italie a fait le rapprochement avec l'immatriculation du véhicule qui avait lâché les tracts devant l'ambassade quelques jours plus tôt. L'Innocenti n'était pas le véhicule le plus discret, l'identification de l'immatriculation aurait presque pu sembler superflue, mais les Américains vont toujours jusqu'au bout du professionnalisme.

À dix-sept heures cinquante, les deux agents discrets en planque devant la façade d'Amber & Abel ont eu la réponse à leur demande de renseignement. C'était bien un véhicule suspect.

À dix-sept heures cinquante-deux, le coursier du fleuriste est ressorti sans son bouquet de fleurs, a repris son vélo. Mirone a eu une pensée pour ce pauvre travailleur exploité par un patron sans vergogne.

À dix-sept heures cinquante-trois, la secrétaire qui assurait le standard chez Amber & Abel recevait un appel d'un des responsables de l'ambassade qui enjoignait le personnel du cabinet d'avocats de ne pas sortir tout de suite de leur bureau. L'ambassade leur donnerait le feu vert. Là aussi, les consignes étaient formelles.

À dix-sept heures cinquante-six, Mirone s'est dit qu'il devrait peut-être remettre en route son moteur. Pour fuir rapidement le lieu de l'exécution, il devrait repartir dans son véhicule pied au plancher. Il a commencé à jouer du démarreur.

À dix-sept heures cinquante-huit, le moteur a toussé.

À dix-sept heures cinquante-neuf, le moteur s'est mis en route. Le nuage de fuel s'est répandu autour de la voiture, le clochard violoniste s'est mis à hurler. Il baignait dans un brouillard toxique qui ramenait sa visibilité à quelques centimètres. Mirone s'est retrouvé bête, lui qui espérait une relative discrétion. Il a arrêté le moteur aussitôt. Il était à quelques secondes de dix-huit heures, et il ne fallait pas se déconcentrer.

À dix-huit heures, il ne s'est rien passé.

À dix-huit heures une, non plus.

À dix-huit heures deux, deux véhicules sont arrivés de chaque bout de la *via del* Corso. Une Chevrolet noire bardée de quatre molosses à lunettes noires est venue se plaquer contre la calandre de l'Innocenti. Au même moment, une Jeep occupée par deux soldats de l'infanterie de marine américaine coinçait *Polpete Doppie* par l'arrière. Les passants se sont figés. Le clochard a stoppé net sa sérénade. Mirone ne comprenait pas, ça allait trop vite pour lui. Les hommes en noir sont sortis de la Chevrolet en un rien de temps. Ils entouraient déjà la petite voiture, leurs pistolets à bout de bras. Les soldats sont restés dans leur Jeep, leurs fusils prêts à l'emploi.

Mirone a ouvert sa porte, très lentement. Le grincement était incongru, dans le silence pesant qui venait de tomber sur la rue. Mirone n'osait pas s'extirper de son siège. Il était un peu ridicule avec son long imperméable qui lui tombait jusqu'aux mollets. Le soleil avait cogné toute la journée, et il faisait une température à faire frire des œufs sur les carrosseries. Mais il lui fallait bien une tenue aussi ample pour cacher le fusil à canon scié qu'il tenait à travers une poche trouée de son vêtement de pluie. Mirone a commencé à suer à grande eau. L'imperméable n'était pas la seule cause de cette sudation abondante. Que faire ?

À dix-huit heures trois, Mirone réfléchissait. C'était trop stupide d'être arrivé jusque-là pour abandonner sa mission. Et il devait tuer Pietrino, il l'avait promis à ses camarades de lutte. Les hommes en noir se sont approchés d'un pas. Un seul. Sans un mot. Les types étaient grands, blonds, les cheveux coupés court. Ils n'avaient rien du Romain traditionnel, mais tenaient plutôt du barbouze yankee traditionnel. Mourir en martyr ? Aucun témoin ne viendrait témoigner en ce sens. Prendre sa voiture et foncer dans les rues de Rome pour semer les chiens de garde du grand capital ? Encore fallait-il démarrer le moteur. L'expérience récente prouvait que cette manipulation était vouée à l'échec. Se rendre ? Il n'avait aucune raison, il n'avait rien fait. Fuir ? Comme un traître à la cause ? Hors de question. Il a pensé à ce film vu l'année précédente, *Django*. Il l'avait vu en cachette, un peu honteux. En même temps, Sergio Corbucci, le réalisateur, était un Romain qui avait travaillé avec Rossellini, et c'était une caution intellectuelle suffisante. Et le message du film était clair, l'opprimé finissait vainqueur. À la fin de ce western-là, le héros, coincé dans un cimetière et dans un état lamentable, réussissait à dégommer six ennemis postés à vingt mètres. Et sans viser, ou si peu. C'était un film, soit. Mais l'exploit ne paraissait pas impossible. Là, l'ennemi était à trois mètres. Il savait que ce serait délicat, mais réalisable. Il a pensé à viser le premier homme en noir sur sa gauche. Le plan était simple. Pendant qu'il abattait cet assaillant-là, il sortait le petit Beretta de sa poche droite et tirait sur les deux autres postés à l'avant de sa voiture. S'il était véloce, il ne ferait qu'une bouchée des deux soldats figés dans leur Jeep. Mirone est sorti de sa voiture, décidé.

À dix-huit heures quatre, Mirone était mort.

Carla-Maria

À l'heure où Mose Leon Page découvrait le cadavre d'Aaron Craven, ce matin-là, Carla-Maria accueillait Pietrino avec les dossiers à vérifier. Comme chaque matin. La journée débutait avec sa banalité coutumière. La secrétaire de direction portait une tenue grège rehaussée par le gris verdâtre de son gilet en fil tricoté main. Sa mise en plis gonflait sa chevelure, à l'image de son caractère sur les employés de l'agence. Un détail, cependant, bousculait la routine. Derrière ses lunettes aux montures papillon, l'austère secrétaire de direction de monsieur Amber affichait une esquisse de sourire. Pietrino a tiqué. Toujours sur le qui-vive, il restait vigilant au moindre changement dans son environnement immédiat. La décontraction passagère de Carla-Maria n'était due qu'à l'absence du patron, en rendez-vous à l'ambassade de la République fédérale d'Allemagne pour la matinée. Il fallait brosser les clients dans le sens du poil, et monsieur Amber était plutôt doué pour ça.

Pietrino s'est calé derrière son petit bureau avec sa discrétion habituelle, sous son escalier, face aux bureaux de la direction. Il avait à éplucher une dernière fois les annexes du dossier de la base d'Aviano pour en affiner les clauses, au cas où cette affaire déboucherait. Rien n'était moins sûr. L'administration américaine attendait le feu vert du conseiller Craven, qui n'arrivait pas. Le dossier traînait. Pietrino a relu l'échange assassin entre les cadres de l'ambassade et Aaron Craven. Le dialogue était d'une brutalité inouïe, un vrai combat de chiens enragés. Il y avait même une lettre personnelle de l'ambassadeur, un appel à la raison manuscrit. L'échange d'amabilités entre le haut gradé et l'ambassade avait été joint au dossier, sept lettres classées ultra-confidentielles, pour le cas où le contrat ne serait pas signé. Il faudrait étayer les raisons du refus face à l'industriel allemand qui se faisait pressant.

Pietrino a relu les lignes manuscrites d'Aaron Craven avec appréhension. Le lieutenant-colonel Aaron Craven, soldat de l'armée américaine, l'ennemi, son ennemi ! Le traumatisme était profond. Tout ce qui touchait de près ou de loin à ce sujet l'ulcérait. L'écriture était posée, les termes employés, d'une concision et d'une précision remarquables. La réflexion du conseiller militaire portait sur le long terme, et laissait émerger un réel humanisme, une vraie intelligence tactique. Son discours n'était pas prosoviétique, mais présentait l'intérêt de vouloir calmer le jeu avec les Russes. Finalement, peut-être que ce gradé américain était quelqu'un de bien. Forcément, il y avait chez les *GI's* ou chez les pilotes de l'US Air Force des types très fréquentables. Mais aucun raisonnement ne pouvait altérer la haine de Pietrino, ancrée au plus profond de sa chair. Il a parcouru les réponses typographiées des différentes administrations et des responsables consulaires. Le langage était plus protocolaire. Une note manuscrite en bas de la dernière lettre jointe au dossier était franchement menaçante, sans doute rajoutée par un cadre de l'ambassade excédé du refus de Craven. Pietrino a rangé les lettres, avec une pensée pour le conseiller Craven et cette bataille en cours. Il s'est concentré sur les notes de bas de page des annexes.

Un premier signe de tension est apparu quelques minutes avant midi. Carla-Maria est sortie de son bureau après une brève conversation téléphonique. Son sourire éphémère avait disparu : il n'y avait plus de place pour la légèreté. La contrariété se lisait sur son visage. Monsieur Abel l'a rejointe, ils se sont enfermés dans un bureau. Il y avait un problème, c'était certain. Monsieur Amber est revenu de l'ambassade d'Allemagne peu après, essoufflé, contrarié. Leur réunion directoriale n'a pas été longue, rien n'a filtré. Paradoxalement, au débouché du conciliabule, monsieur Amber avait presque l'air plus détendu que d'habitude. Tous les sens de Pietrino étaient en alerte, mais il semblait être devenu transparent aux yeux de son entourage proche. Pas un regard, pas une réflexion. Appliqué derrière son poste de travail, il n'intéressait personne. Cette situation l'a inquiété un moment, sa paranoïa habituelle mise à l'œuvre. Autant d'indifférence pouvait masquer une manœuvre en cours. Mais rien ! La direction d'Amber&Abel est partie manger, les quelques employés ont pris leur pause. Carla-Maria s'est posée dans son bureau pour lire le dernier exemplaire de *Sogno*. Le roman-photo était sa seule distraction connue. L'évasion de son quotidien morose persistait dans le noir et blanc.

L'après-midi s'est engagée brouillonne, mais Pietrino n'arrivait pas à analyser pourquoi. Le nombre inhabituel de coups de fil ? Les réponses sèches de Carla-Maria à tout le personnel, et même à l'expert-comptable venu pour une simple visite de courtoisie ? L'énergie inhabituelle d'Amber pour rejoindre le bureau d'Abel, la célérité d'Abel pour retrouver Amber ? Il y a eu quelques palabres, un ou deux éclats de voix aussi. L'atmosphère semblait chargée, comme un jour d'orage. Deux inconnus en costumes ternes, un vieux et un jeune, ont débarqué vers quinze heures. Carla-Maria ne leur a même pas demandé d'attendre dans l'antichambre comme c'était l'usage, y compris pour les cas urgents. La secrétaire les a aussitôt invités dans le bureau de monsieur Amber. Abel les a rejoints. Ils sont repartis peu après. Le plus âgé des deux visiteurs a juste salué d'un geste Pietrino avant de refermer la porte palière. Leurs regards s'étaient croisés, c'était le minimum de politesse entre deux individus a priori civilisés. Rien d'autre ! Vers seize heures, Carla-Maria a abordé Pietrino, immergé dans les annexes concernant les taux de change des différents pays concernés par le projet de contrat. Elle apportait un autre gros dossier dans ses bras, qu'elle a posé sur le bureau encombré.

« Monsieur Belonore ? Pouvez-vous vous atteler à ce dossier-là ? Nous allons devoir mettre le contrat pour la base d'Aviano en suspens.

— Un problème ?

— Pas exactement un problème. Un incident de parcours, plutôt. Monsieur Amber vous remercie pour tout le travail que vous avez effectué sur ce cas, ce n'est pas perdu. Juste reporté. Voilà de quoi vous occuper pour quelque temps. »

Carla-Maria a repris le carton du dossier Aviano qu'elle a rangé dans le grand placard du long couloir de l'agence, avec les autres dossiers. Vers dix-sept heures, une bribe de conversation téléphonique est parvenue par la porte entrebâillée du bureau de Carla-Maria. Le nom d'Aaron Craven a été prononcé deux fois, précédé des deux mots « ce pauvre », ce qui augurait d'un état préoccupant pour le lieutenant-colonel. Mais rien de plus. Puis il y a eu cet autre coup de fil peu de temps après. Carla-Maria est apparue, comme un coucou à ressorts jaillit de son horloge murale :

« Pietrino Belonore ? Un appel pour vous.

— Pour moi ?

— Une dame. »

Pietrino a pris le combiné sur le bureau de la secrétaire : sa main tremblait. Personne ne l'avait jamais appelé ici, dans les locaux de l'agence. Sa mère ? Ils ne s'appelaient qu'une fois par mois, lors d'un rendez-vous programmé. Addolorata, pour annoncer une mauvaise nouvelle ? Addolorata ne téléphonait pas. Et puis, il fallait savoir retrouver le numéro de la ligne chez Amber&Abel. Un drame pointait. Pietrino a à peine osé parler :

« *Si ? Pronto ?* »

Surprise ! Foscarina était à l'autre bout du fil. Sa voix était enjouée :

« *Pronto… ?* Allô ? Bello' ? Juste pour vous rappeler de passer à la petite boutique des jeux de société sur la *piazza* Navona. Notre nouveau jeu d'échecs est arrivé. L'échiquier est superbe, vous verrez. Les pièces sont un peu étonnantes, surtout les fous. Mais avec les fous, on ne sait jamais à quoi s'en tenir, ils marchent tous de travers, les fourbes ! La forme des tours est surprenante, aussi. On a du mal à croire à ces éléments-là pour faire office de rempart de circonstance. Vous qui vouliez commencer une autre partie, c'est le moment ou jamais. J'ai remisé l'ancien jeu, et c'est à vous de jouer. Ah… Et puis, bon anniversaire, Pietrino. »

Foscarina a raccroché. L'étrange monologue de sa logeuse n'avait aucun sens, Pietrino en est resté sidéré. Carla-Maria le dévisageait, sans malice.

« Un souci, Belonore ?

— Pas du tout, au contraire. Je suis désolé pour le dérangement.

— Bah… Aujourd'hui, nous avons d'autres raisons de nous inquiéter, vous savez.

— C'est-à-dire ?

— Non, rien. Ne vous affolez pas. C'est juste une contrariété dans le dossier d'Aviano. Monsieur Amber reste très optimiste. Bon travail, Belonore. »

Pas un mot sur Aaron Craven qui semblait pourtant au centre de toute cette affaire. L'agitation est retombée sous les lambris d'Amber&Abel. L'heure de plier boutique était proche lorsqu'un coursier a déboulé dans le hall d'entrée, accueilli par Carla-Maria. La secrétaire était émoustillée à la vue d'un joli petit bouquet. Deux iris, du millepertuis, une branche de laurier-rose entouré d'une glycine. Si Carla-Maria s'y était entendue en langage des fleurs, elle aurait pu avoir un moment de perplexité. Le coursier a tendu le bouquet dont la composition était synonyme d'incertitude, d'animosité, comme un message d'alerte pour inciter à la prudence de la part d'un ami fidèle. La secrétaire aux lunettes en papillon ne savait même pas qu'un assemblage de fleurs pouvait raconter une histoire. Carla-Maria a perdu sa bonne humeur lorsqu'elle a lu sur la petite enveloppe que c'était l'anniversaire de Pietrino Belonore : le bouquet et le mot qui allait avec étaient destinés au jeune gratte-papier.

« Tenez, Belonore. C'est donc votre anniversaire aujourd'hui, je ne savais pas. »

Pietrino a eu le bon réflexe, il a souri.

« C'était pour ça, l'appel téléphonique, tout à l'heure. Merci beaucoup, Carla-Maria. »

Pietrino n'y comprenait rien en langage des fleurs, lui non plus. Il ne comprenait rien à la situation. Mais son instinct lui dictait de rester vigilant au moindre détail et de la jouer perspicace. Il a pris l'enveloppe sur laquelle était écrit en rouge : *Buon Compleanno, Pietrino Belonore.* Il a reconnu l'écriture régulière de Foscarina Maratea. L'enveloppe était cachetée. Il gardait en tête chaque mot de cette conversation téléphonique étrange avec sa logeuse qui maintenant lui envoyait des fleurs. Si les tours protectrices n'étaient plus fiables et si les fous prenaient le pouvoir, il avait du tracas à se faire. Reprenant ses stratégies habituelles de joueur d'échecs, ces données nouvelles représentaient un grand danger pour son avenir immédiat. Tous les téléphones de l'agence se sont mis à sonner. Carla-Maria est repartie en courant vers son antre pour décrocher. Pietrino s'est assis pour déchiffrer le message. Les quelques mots écrits par Foscarina s'alignaient sagement, sans bousculade, sur une feuille de papier vélin :

Bello', la police italienne vous cherche, appuyée par les services secrets. Ils sont venus chez moi, ils vous y attendent. Ne rentrez surtout pas à l'appartement de la via Cesare Beccaria ce soir. Et soyez très vigilant car je suppose qu'ils vous attendent à la sortie de votre travail. Le conseiller Craven est mort.

Et ils vous tiennent pour responsable de l'assassinat. Ils détiennent des preuves. Je suppose que les Américains doivent être sur votre trace eux aussi, mais l'affaire paraît très délicate, même pour eux. Soyez très prudent, Bello'. Courage pour les moments à venir. Ça ne va pas être facile. Et si vous arrivez à vous sortir du piège qui doit se refermer actuellement autour de l'adresse de votre employeur, passez prendre le nouvel échiquier. Et détruisez cette lettre, Bello'. Affectueusement. Fosca'.

Carla-Maria, affolée, a accouru vers Pietrino qui a tout juste eu le temps de ranger sa lettre dans une poche.

« L'ambassade des États-Unis nous donne l'ordre de ne pas sortir de l'immeuble. Jusqu'à nouvel ordre. Nous sommes confinés.

— Pourquoi ?

— Je ne sais pas. »

Carla-Maria est repartie aussi vite vers le bureau directorial où Amber et Abel venaient de recevoir les mêmes consignes strictes. Pietrino s'est dirigé vers une fenêtre. Le calme d'une fin d'après-midi d'été régnait sur tout le quartier, et il leur était interdit de sortir dans les rues ! Seules les pétarades d'un moteur mal réglé bousculait la tranquillité du voisinage. Pietrino s'est penché, a découvert l'Innocenti à bout de souffle de *Polpette Doppie*. Il a aussi repéré deux hommes en planque dans la rue, à proximité de l'entrée de l'immeuble de l'agence, aussi discrets que deux barbouzes en faction. Leur attention était concentrée sur les tribulations de Mirone aux prises avec son épave. Qu'est-ce que cet ancien compagnon de lutte faisait là ? Les éléments de cette confusion se bousculaient un peu plus. Il s'est assis derrière son bureau. Il lui fallait réfléchir, retrouver une logique dans cette pagaille d'éléments disparates.

Donc le conseiller Craven était mort. Quelqu'un avait eu sa peau, malgré les infinies précautions qui entourent les diplomates américains. Mais qui ? Les membres de *Potere Rosso* n'avaient pas de raison de s'acharner contre cet officier en particulier. Il était même stupide de leur part de viser la même cible après l'échec de l'attentat à la bombe. Et il imaginait mal cette brute épaisse de *Polpette Doppie* s'introduire avec discrétion et habileté auprès d'un haut gradé aussi futé qu'Aaron Craven pour l'exécuter. Et par ailleurs, que faisait ce crétin de Mirone au bout de la rue ? Pietrino s'est recentré sur le cas Craven. Sur quelles preuves pouvait-on le soupçonner ? Qui pouvait vouloir l'impliquer dans cet imbroglio ? Les attaques assassines de l'échange de courriers relus le matin même lui sont revenues à l'esprit. Et si l'officier Craven avait été supprimé par les siens ? Son refus dans le dossier d'Aviano était si catégorique et les enjeux financiers si importants que sa disparition devrait satisfaire pas mal de monde, à l'ambassade. Cette hypothèse semblait aberrante, mais l'histoire contemporaine a connu d'autres trahisons bien plus surprenantes venues d'alliés a priori fiables. Des rumeurs autour de l'assassinat de Kennedy commençaient à courir dans les milieux d'affaires. Pietrino s'est saisi de deux feuilles dactylographiées récupérées au hasard sur son bureau avant de partir cogner à la porte de la secrétaire de direction. Carla-Maria était aux cent coups, à tenter de regarder par sa fenêtre sans trop se montrer. L'appel au confinement de l'ambassade avait dû être radical. Le chien de garde d'Amber&Abel se terrait au fond de sa niche, la queue entre les jambes. Sa mise en plis présentait quelques signes de fatigue, deux auréoles de transpiration fonçaient le dessous de ses bras. Pietrino a parlé sans hausser le ton, pour ne pas l'effrayer :

« Excusez-moi, Carla-Maria, mais j'ai retrouvé ces deux notes qui concernent le dossier d'Aviano. Rien de vraiment important, mais j'aimerais les remettre à leur place.

— Euh… Bien sûr.

— Vous voyez quelque chose, dans la rue ?

— Non. C'est d'un calme !

— Carla-Maria ? Vous me prêtez la clef des archives ?

— Bien sûr… »

Pietrino a abandonné Carla-Maria à son poste de guet. Il a parcouru le long couloir qui distribue les différents bureaux de l'agence, ouvert le placard des affaires récentes, retrouvé le dossier Aviano. Pietrino en a extrait l'échange de courriers ultra-confidentiels, rangé le tout dans une enveloppe avant de replacer le dossier et de refermer le placard. Puis il a planqué l'enveloppe dans le tiroir de son bureau avant d'aller rendre les clefs à Carla-Maria. Elle était toujours près de sa fenêtre, à tenter d'apercevoir un mouvement, un détail. Une grosse berline américaine venait d'arriver sur la *via del* Corso, des hommes en sortaient.

« Alors ? Vous voyez quelque chose ?

— Je ne comprends pas qui sont ces… »

Carla-Maria n'a pas pu terminer sa phrase. Une fusillade infernale a rompu la sérénité romaine et toute tentative de conversation. L'assaut final de la division polonaise sur le monastère de Monte Cassino à la Libération n'avait pas dû faire autant de bruit. Impossible de compter les coups de feu, mais l'acharnement était flagrant. Carla-Maria s'est mise à hurler, comme une soprano soliste voulant couvrir un roulement de timbales. Les chargeurs ont été consciencieusement vidés. Un cessez-le-feu subit a suspendu le déluge, le carnage n'avait duré que quelques secondes. Carla-Maria hurlait toujours, encore, mais ça ne servait plus à grand-chose. Monsieur Amber, monsieur Abel, tous les gratte-papier de l'agence se sont précipités côté rue. Les fenêtres du quartier se sont ouvertes, Rome était au spectacle. Tous les occupants de la *via* Frattina, comme ceux de la *via del* Corso et ceux de la *piazza di* San Lorenzo en face, étaient penchés à leurs balcons. Au carrefour, quatre barbouzes armés jusqu'aux dents, épaulés par deux militaires, entouraient le cadavre méconnaissable d'un homme aux formes arrondies écroulé contre la portière de sa voiture. Les canons restaient braqués vers la cible, pour le cas où un homme criblé de plus de trente balles de gros calibre pouvait présenter un danger. Un léger nuage de fumée stagnait au-dessus de la scène. Dans la grande tradition romaine, monsieur Amber s'est écrié :

« Ah, la fumée est blanche ! *Habemus Mortuum* ! »

Au grand dam de Carla-Maria, le patron a toujours eu un sens de l'humour très pertinent.

Des renforts sont arrivés en moins d'une minute, sortis de nulle part. Des hommes en noir convergeaient en courant vers le lieu du carnage. Trois voitures de *carabinieri* ont déboulé, toutes sirènes hurlantes. D'autres véhicules de grosses cylindrées ont cerné le carrefour. Le paysage foisonnait de forces de l'ordre. La carrosserie de l'Innocenti, déjà bien abîmée avant son arrivée, ressemblait à une passoire. Personne ne surnommerait plus jamais « Double Boulette » ce pauvre Mirone, réduit à l'état de viande hachée. « *Bolognese* », peut-être, mais les membres du groupe *Potere Rosso* n'étaient pas réputés pour leur sens de l'humour. Les services secrets, qu'ils soient anglo-saxons ou latins, non plus. Peut-être monsieur Amber, s'il avait connu le surnom du militant.

Les immeubles de la rue ont déversé leurs lots de curieux. Tout le monde voulait voir. La fusillade avait sonné l'heure de sortie des bureaux. L'agence Amber&Abel s'est vidée comme un paquet de sucre en poudre percé. Toutes les attentions étaient rivées vers le sinistre carrefour. Les policiers locaux ont bien tenté de retenir la foule, mais c'était sans compter avec la curiosité génétique des Italiens. Pietrino s'est retrouvé seul dans l'agence, vidée en moins d'une minute. Une aubaine. C'était le moment ou jamais de s'éloigner avec discrétion. Pietrino a planqué sous sa veste l'enveloppe avec le courrier Craven. Il a dévalé l'étage qui le séparait de la rue accompagné des derniers occupants de l'immeuble, ceux des étages supérieurs. Il s'est retrouvé sur le trottoir, au milieu d'une foule compacte qui affluait vers le lieu de la fusillade. Il est parti à contre-courant.

En se retournant une dernière fois, il a entraperçu deux silhouettes connues qui éprouvaient quelques difficultés à franchir le courant des badauds pour rejoindre l'entrée de l'agence. Les visiteurs de l'après-midi, le vieux et le jeune en costumes ternes, étaient bien sur ses traces. Sans l'exécution de *Polpette Doppie* et le bordel qui s'en est suivi, il se serait fait cueillir comme une fleur.

Disparaître, donc.

Sa survie en dépendait. Pietrino est recherché par la police italienne, par les services secrets, italiens comme américains. Et si son analyse est claire, les membres de son ancien groupe d'activistes sont aussi sur sa piste. Il doit s'évanouir du paysage, se cacher, partir. Loin. Ou pas. Inutile de téléphoner à ses proches : Marzio comme Vittoria, sa mère, tous doivent être surveillés de très près. Et à quoi bon tenter de retourner vers Bergame ? L'échappatoire vers son territoire d'origine a dû être envisagé par ses poursuivants. Il y a bien une solution, la seule envisageable : elle a des yeux noisette et personne autour de lui ne la connaît, aucune de ses connaissances à part Foscarina n'en a jamais entendu parler.

Magda

Charles Cèseran y a passé deux nuits. Le photographe français s'est enfermé dans son labo de tirage installé dans la salle d'eau de son pied-à-terre new-yorkais, sur Madison Street. Ses premiers tirages sont médiocres, ce ne sont que des brouillons. Mais les clichés sont remarquables. Bennet William est un photographe hors pair.

L'enveloppe glissée par les gamins du Bronx était remplie de négatifs réunis dans le désordre de l'urgence. Trois rouleaux non développés y étaient joints. L'essentiel de ces photos ont été prises au Viêt-nam. Une partie raconte l'ordinaire des gens du peuple, confrontés à une menace dans leur quotidien, mais toujours volontaires. Il y a des enfants enjoués, des scènes de vie, des marchés, des sourires. Et de la gravité aussi. Bennet William sait saisir le moment magique, au plus près des visages. Quelques paysages non identifiés sont à couper le souffle. Il joue avec le noir et le blanc comme rarement on l'a fait.

Les rouleaux non développés contenaient des photos d'une autre facture, des clichés pris au milieu du conflit. On y découvre le quotidien de l'enfer. Les *GI's* s'y font hacher, détruire. La violence est partout. Le désarroi se lit sur tous les visages, du simple troufion à moitié noyé dans une rizière à l'officier ensanglanté, seul survivant au milieu de ses hommes massacrés. Il y a ceux qui regardent le ciel sans plus y croire, ceux qui regardent les hommes et qui pleurent, ceux qui regardent l'objectif et qui accusent. Ce conflit est un désastre. Devant la cruauté de ces clichés, la vigilance des autorités est compréhensible, même si cet acharnement à la censure n'est pas excusable.

Charles regarde le soleil se lever sur l'East River. Le café est froid, ça n'a aucune importance. Les planches contacts sont étalées sur la table. Il y a de quoi faire trois expositions de qualité, rien qu'avec le matériel que Bennet William lui a fait passer en douce. Où est-il à ce moment précis ? Quelle planque a-t-il trouvée pour se terrer ? A-t-il pu sauver d'autres négatifs ? Les rapaces du FBI l'ont-ils retrouvé ? Leur rendez-vous est donné à la tombée de la nuit, dans un lieu improbable fixé par Bennet sur un papier manuscrit glissé dans l'enveloppe. Ce soir ! D'ici là, Charles a le temps de tirer les dernières épreuves, mais surtout d'organiser la survie de Bennet William.

Le taxi a mis moins d'un quart d'heure pour rejoindre East Harlem, Charles moins de trente secondes pour grimper les trois étages. Magdalena Massarelli ouvre la porte qui donne dans son bureau. Elle se plaque contre la poitrine de Charles. Elle en profite pour renifler bruyamment. Elle se serre contre lui, n'arrive à lâcher l'étreinte qu'au bout de longues secondes. Elle essuie une larme :

« Entre, Charles !

— Je te dérange ?

— Pas du tout. Tu devrais venir plus souvent. Tu me manques, mon frérot ! »

Elle le prend par la main et l'installe dans un des vieux fauteuils club défoncés qui meublent le centre de son univers de travail.

La pièce est un capharnaüm de bandes magnétiques, de disques, de paperasse dispersée. Une platine attend la prochaine maquette à valider. Une pile de dessins aux graphismes plus ou moins heureux s'entasse sur le rebord de la fenêtre, cernée par des tasses à thé jaunies et des cendriers pleins. Les couvertures des prochaines publications musicales de son label sont dans ce fouillis. Ou pas. Magda reste très exigeante sur la pochette de ses éditions. Accroché à la cloison, un tableau de chasseur de papillons aligne une incroyable collection d'anches sous-titrées des noms les plus prestigieux de l'univers du saxophone. À l'angle d'un mur, sous une affiche du festival 1962 du Bluetone Club, une Gibson ES 175 usée attend une corde de *mi* aigu depuis des lustres. Les cinq autres en ont rouillé d'ennui. Un magnétophone Uher trône sur une étagère, la bande tourne sur une mélopée déconcertante. Deux haut-parleurs reliés de manière très artisanale à un ampli démesuré diffuse le thème, étrange, un duel de flûtes envoûtant.

« Écoute, c'est une merveille !

— Magda ! Tu sais bien que le jazz et moi…

— C'est pas du jazz, Charles. Écoute ! C'est la vie. C'est tellement fragile, la vie. »

Magda force Charles à s'asseoir et à écouter. Il s'astreint à faire plaisir à Magda, mais ne tient pas plus de quinze secondes.

« C'est tellement le bordel, la vie ! Un peu comme ta musique. C'est ta prochaine livraison ? »

Les flûtes s'emballent sur un tempo difficile à déterminer. Le piano martèle, la batterie frotte ses balais. Charles tique devant la complexité indémerdable de l'œuvre, Magda verse une larme de plus.

« Pas du tout. Bob Thiele me l'a passé, c'est un ami qui travaille pour *Impulse !* C'est superbe. C'est le dernier enregistrement de Coltrane. Et ça pourrait bien être vraiment son dernier enregistrement, parce qu'il va très mal, Coltrane. Il sait que je suis une fan absolue. Au piano, c'est Alice, sa femme.

— La femme de Bob Thiele ?

— Non… Alice Coltrane. L'autre flûte, c'est Pharoah Sanders. Tu vois qui c'est ?

— Pas trop, non.

— Tu n'accroches pas ?

— Pas trop, non.

— Écoute quand même. Prends le temps de découvrir, Charles. Tu as le temps ?

— Pas trop, non. »

Magda accorde un sourire désarmant à son demi-frère. Elle interrompt la lecture, éteint le magnétophone. Elle est resplendissante, bouleversée par l'écoute de *To Be*. Charles l'observe ; il éprouve une profonde affection pour elle. Magdalena Massarelli, la fille américaine de sa mère retrouvée ! L'histoire de la famille est compliquée, faite d'exodes, de fuites, de déchirements, d'abandons et de retrouvailles. Magda a quarante-cinq ans, elle en paraît trente. Fluide, énergique, elle est tombée petite dans la marmite foisonnante de la musique noire américaine. Son premier grand amour, Jay, l'y a initiée. C'est avec lui qu'elle a monté son premier label, juste après-guerre, lorsqu'ils habitaient encore sur les grands lacs. De fil en aiguille, d'amours en désillusions, de Chicago aux rives de l'Hudson, elle s'est fait une place dans l'édition de la musique improvisée. New York est La Mecque des jazzmen innovateurs, et elle vit au milieu de ce bouillon de culture. Magda a été mariée un temps avec Albert Midland, un Texan qui ne voyait dans cette musique qu'un fort potentiel de plus-values sonnantes et trébuchantes. La musique a sonné, le mari a trébuché. Le Texan est reparti éditer de la musique country dans son pays de prédilection pendant que Magda partait à la conquête de la Grosse Pomme. Elle s'y est fait une réputation, et un réseau. Magda met une bouilloire à chauffer, trouve deux tasses pas trop ébréchées, ouvre une boîte de thé.

« À part un thé noir corsé, qu'est-ce que je peux faire pour toi, l'artiste ?

— Deux services. Ou plutôt un service et un tuyau.

— Commençons par le service.

— Tu as bien un coffre-fort, pile en face de nous, sous la reproduction du tableau de Stuart Davis ?

— Toujours là, le petit Mosler mural avec sa combinaison à trois chiffres. C'est compliqué à emporter à la maison, le soir. C'est pour ça que je le laisse ici. »

Charles tend une enveloppe épaisse dans laquelle il a rangé les négatifs de Bennet William.

« Tu peux mettre ça à l'abri ? C'est comme un trésor, mais en mieux.

— Waouh ! C'est le bon de commande des fusibles de la cabine Appolo 1 ? Des Polaroid de Jackie Kennedy qui déguste des feuilles de vigne avec Onassis ?

— Non.

— Le premier fou rire de Sonny and Cher ? Les photos de propagande refusées pour la campagne électorale du gouverneur Reagan l'année passée ?

— Tu verras. Effectivement, ce sont des photos. Mais quelles photos ! Des esprits mal intentionnés aimeraient bien mettre la main dessus. Et il n'en est pas question.

— D'accord. Et le tuyau ?

— Je cherche un imprimeur discret, pour un travail très confidentiel. Et je me suis dit que dans tes réseaux de militants du Black Power, tu devais connaître des perles rares.

— Pour éditer un livre de recettes sur les feuilles de vigne préfacé par Jackie Kennedy ? C'est sûr ! Ça va en intéresser plus d'un !

— Non. Il me faut un imprimeur qui n'ait pas été ciblé par le FBI, et je me dis que dans la communauté afro, tu connais peut-être la perle rare.

— Peut-être. J'en vois bien un au beau milieu du quartier noir de Lansing. Les flics auraient bien aimé aller fouiller dans ses publications, mais aucun Blanc, espion, policier ni quoi que ce soit, n'oserait s'y aventurer.

— Alors que toi, oui ?

— Je suis accueillie en V.I.P. chez lui. Il a sorti quelques bouquins de photographes noirs remarquables. Il fait du beau travail. C'est dans le Michigan, à une journée de voiture, mais je peux gérer. Tu t'es mis dans un bourbier ?

— Non, pas trop.

— Déconne pas, je tiens à toi. Nous tenons tous à toi ! »

Le sourire de Magda est désarmant. Charles se lève pour servir deux thés.

« Comment va ta mère ?

— Toi alors ! C'est aussi la tienne, Charles.

— Je sais bien. Je te taquine. Valentina est en forme ?

— Elle n'est pas venue à ton dernier vernissage ?

— Non. Elle m'a envoyé un petit mot gentil, mais elle n'est pas venue. Elle est retournée dans la maison de Rochester. Pour passer l'été, le bord du lac Ontario, c'est plus frais que Manhattan, même avec la clim.

— Pourtant, c'est une vraie amatrice. Et tu es sa fierté : Charles Cèseran, le photographe branché que les bourgeois branchés s'arrachent.

— Ils m'arrachent de moins en moins. Les jeunes photographes arrivent et se poussent des coudes. J'ai encore mes réseaux mais je vieillis, Magda. La bande qui tourne autour d'Andy Warhol est en train de rafler toutes les places. Et c'est tant mieux. Warhol fait un boulot incroyable.

— Et le Velvet fait une musique inaudible ! Tu es à jamais un très bon photographe, Charles. Maman l'a toujours dit.

— Je pense qu'elle aimait bien mon travail d'avant. Elle dit que je perds mon âme avec les photos à la mode.

— Elle a raison, non ?

— Elle a raison. »

Charles boit une gorgée de thé, va jeter un œil par la fenêtre ouverte. Une grande animation règne sur Park Avenue. Le quartier est une fourmilière. La ville croule sous la chaleur estivale. Une pagaille de véhicules plus ou moins usagés, plus ou moins bien garés, plus ou moins bien occupés, encombre les trottoirs. Une des vitres mal fixée tremble. La ligne de métro aérien passe deux étages en dessous du bureau. Deux trains y font la course, à celui qui franchira le premier Harlem River. Charles observe le manège des bagnoles.

« J'ai peut-être un autre service à te demander.

— D'accord, mais on passe un marché tous les deux.

— Si tu veux. C'est quoi, le marché ?

— Tu prends le temps d'écouter les quatre titres de Coltrane avec moi, là, en buvant ton thé. Et je fais ce que tu veux après. »

Charles a remis sous tension le magnétophone Uher, rembobiné la bande. Il s'est assis dans un des fauteuils défoncés. Magda était aux anges. Elle a commencé par *Ogunde*, un titre court. Charles a fermé les yeux, s'est laissé porter. Finalement, Coltrane…

Tita

« *Con este tango que es burlón y compadrito…* »

Béatrix a l'humeur joyeuse. Sa douce voix résonne contre les murs de la traverse, accompagnée au tempo par le choc de ses talons sur le sol. Ses chaussures de danse sont rangées dans sa besace. Ses bras sont encombrés de trois vinyles prêtés par son professeur de tango.

« … *con este tango nació un tango y como un grito…* »

Elle imite les intonations de Tita Morello, grande dame de la chanson argentine. Le 45 tours a sonné en boucle sur le tourne-disque pendant plus d'une demi-heure : les tangueros travaillaient leurs *saccadas* sur ce titre. Béa tente un petit pas de côté sur les pavés qui mènent à la maison aux portes bleues.

« … *salió del sórdido barrial buscando cielo…* »

Le cours de danse a duré plus que de coutume. La soirée est chaude. Rome grouille de touristes. Mais le quartier de Trastevere n'est pas encore pollué par les flots de curieux, tous regroupés entre la *piazza* Navona et les ruines près du Capitole. Béatrix cherche les clefs au fond de sa besace, râle pour le principe, ouvre sa maison. La vieille serrure couine, le pêne claque.

« … *conjuro extraño de un amor hecho cadencia…* »

Elle stoppe net son mouvement. Sa chanson s'arrête au milieu d'une phrase. Quelqu'un l'épie. Elle en est sûre. Elle n'ose pas se retourner. Une ombre furtive le long d'un mur, un bruissement, elle n'arrive pas à comprendre comment elle a su. Mais elle sait. Béatrix plonge sa main dans son sac, lâche son trousseau. Le fracas du métal se disperse dans toute la *via della* Fonte d'Olio. Un chien se met à aboyer, à trois maisons de là. Elle s'accroupit, envoie la main gauche vers ses clefs à terre, profite de ce mouvement pour préparer son bras droit à la riposte. Les pas de l'inconnu sont discrets, mais il approche. Elle entend une respiration lourde. C'est un homme, et il n'est qu'à quelques centimètres d'elle. Béatrix retient son souffle, se redresse d'un mouvement et brandit un petit pistolet vers le visage de l'agresseur.

« Pietrino ? »

Pietrino s'est figé. Le canon d'un Mikros est pointé vers son front. L'automatique dépasse à peine de la poigne de Béatrix. Pietrino est livide.

« Tu as une arme ? Toi ?

— Pietrino ! Désolée. »

Béatrix remise son petit 6.35 au fond de sa besace. Elle prend Pietrino par le bras et le fait entrer dans la cour intérieure de la maison aux portes bleues.

« Tu sais, une jeune femme seule, à Rome, et proche des milieux contestataires... J'ai pris mes précautions.

— Tu sais t'en servir ? »

Béa n'acquiesce pas. Elle tente de réchauffer le ton de la conversation :

« Tu es venu pour prendre une leçon de tango ?

— Plutôt pour un cours de survie. Mais j'aimerais autant ne pas commencer par le tir. »

Béa ouvre sa porte. Elle allume la baladeuse qui pend au milieu de sa pièce à vivre. Une douce lumière relève l'obscurité de la cour intérieure où Pietrino reste planté, paumé. Béa s'inquiète :

« Qu'est-ce qui t'arrive, Belonore ?

— J'aimerais bien le comprendre. Béa, tu es mon unique refuge. Je n'ai plus que toi. »

Béa a un sourire désarmant. Ses yeux noisette plongent dans ceux de Pietrino. Elle prend son visage entre ses mains et lui accorde un très léger baiser avant de le faire entrer chez elle. La pagaille est toujours la même. Les carnets de croquis sont tous ouverts sur des essais maladroits de portraits, cette fois à la manière de Modigliani, changement d'époque et de technique. Un disque est resté sur sa platine, à s'incruster de poussière. La littérature militante a été rangée sur une étagère. Mais deux tracts traînent toujours sur la table, en regard de dernier exemplaire du mensuel *Lotta Comunista*. Les coussins sont tous regroupés à la tête du lit, le basilic embaume.

« Tu as mangé, Belonore ?

— Non. »

Béatrix met une casserole d'eau à bouillir, y jette deux pincées de sel, sort un paquet de farfalle *Mennucci* déjà bien entamé. Pietrino se sert un verre d'eau. Il s'assied sur un coin du lit. Béatrix s'installe face à lui, sur un tabouret.

« Tu me racontes ?

— Je ne sais pas, Béa.

— Tu ne sais pas raconter ?

— Si, je pourrais raconter si seulement je comprenais ce qui m'arrive. La police me cherche.

— Les *carabinieri* ?

— Eux, mais aussi les services secrets italiens, les services secrets américains, mes anciens camarades de lutte, et va savoir qui encore.

— Les services secrets ? Mais c'est la gloire pour un militant d'extrême gauche ! Qu'est-ce qu'ils te veulent ?

— Je ne sais pas, mais une bonne partie d'entre eux cherche à m'éliminer. C'est assez clair.

— T'éliminer ? Carrément ? Qu'est-ce que tu as fait, Belonore ?

— Rien.

— Alors ne me raconte rien. »

Béatrix retourne à sa casserole et entame le martyre d'une gousse d'ail et de deux feuilles de basilic en fredonnant la suite de sa chanson argentine.

« … *Fuiste compadre del gavión y de la mina…* »

Pietrino sort deux enveloppes de sa poche. Il tente d'assimiler l'avalanche d'informations qui le noie depuis le début de l'après-midi. Ces deux lettres ont été écrites par Foscarina, sa logeuse. La première accompagnait le bouquet d'anniversaire. La seconde l'attendait *piazza* Navona. Le marchand de jouets a été surpris que le locataire de *Donna* Maratea ne prenne que le petit mot glissé dans l'échiquier et pas toute la boîte de jeu. Il n'a posé aucune question, le client est roi et Foscarina est une habituée. L'écriture de Foscarina est régulière, même si on perçoit une urgence dans son trait.

Caro Bello'… Mon cher Bello', ce second message pour vous apporter quelques précisions sur cette affaire rocambolesque. Cet après-midi, j'ai eu la visite de la police accompagnée par deux guignols des services secrets italiens. Je les connais trop bien, mon mari avait eu affaire à eux à la fin de la guerre, et leurs méthodes sont toujours les mêmes. La dégaine de leur personnel est toujours la même aussi, depuis les années de gloire du camarade Benito. Ils sont grotesques, mais ils y croient. Peu importe. Ils m'ont présenté des photos très accusatrices pour vous, mon pauvre Pietrino Belonore.

D'abord, le cadavre de cet officier Craven. Le malheureux est mort d'une balle dans la tête. Il y avait des tracts de l'ultragauche disposés autour de son cadavre. Là, déjà, j'ai eu un doute. Un tueur venu exécuter un officier américain, avec tout ce que cette fonction implique comme mesures de sécurité dans son quotidien, ne prendrait pas le temps d'une mise en scène morbide comme celle-là. J'ai du mal à vous imaginer en militant actif de la gauche prolétarienne et encore moins en tueur, mais à la fois, plus rien ne me surprend vraiment. Pourquoi pas ! Un jeune homme poli et rangé comme vous, c'est ridicule, mais admettons.

Puis le commissaire, que je connais depuis des années, y compris ses moins glorieuses, m'a montré des photos volées sur lesquelles on vous reconnaît très bien. Vous y sortez du *palazzo* Ricci, l'air inquiet. Plusieurs clichés ont été pris, et il ne peut y avoir aucun doute sur votre identité. Cette nouille de commissaire m'a affirmé d'un ton péremptoire que les photos ont été prises ce matin, après le meurtre de l'Américain. Seulement voilà : vous y portez une chemise d'avant, une de celles que vous avez remisées depuis que je vous ai fait passer celles de mon mari, la semaine dernière (qui vous vont d'ailleurs beaucoup mieux que vos anciennes fripes de paysan à la ville). Ce sont des photos plus anciennes. Ils essaient de vous impliquer avec des preuves qui n'en sont pas. Je ne sais pas ce que vous fabriquiez au *palazzo* Ricci, peut-être un rendez-vous de travail, je n'en sais rien, et je m'en fiche.

Mes visiteurs de l'après-midi ont dépassé les bornes lorsque les deux crétins des services secrets ont affirmé avoir retrouvé l'arme du crime dans la chambre que je vous loue. Ils sont censés avoir découvert l'arme en fouillant au milieu d'une pile de chemises. Sauf que cette pile est composée d'autres chemises de mon mari que j'ai moi-même rangées ce matin dans votre armoire. Ils sont nuls. Mais cette affaire semble être une affaire d'État, à voir le déploiement de forces autour de mon immeuble. Je pense être sur écoute, comme je pense que tous les postes de votre agence Amber & Abel le sont.

Mais mon voisin et locataire Laërte Malafato, celui qui loge sur le même palier que moi, s'est proposé comme contact discret (le marché que j'ai passé avec lui est plus compliqué, je simplifie). C'est celui avec qui vous aviez longuement discuté d'Ulysse et de *L'Odyssée* lors de votre arrivée dans mon immeuble, à cause de son prénom. Si je me souviens bien, il était plus passionné par les voitures que par la mythologie, et ça vous avait agacé. Il est vieux et un peu obtus mais c'est la seule solution qui me vient à l'esprit. Je laisse son numéro de téléphone au bas de cette lettre. Si vous l'appelez d'une cabine urbaine, il ne devrait pas y avoir trop de risque. Prenez soin de vous, Bello' ! Nous avions commencé une nouvelle partie d'échecs, et elle semble bien engagée. J'aimerais vraiment que nous la finissions ensemble. Soyez d'une extrême prudence. Je tiens à vous. Je vous embrasse. Foscarina. (et par pitié, détruisez ces lettres.)

Pietrino note le numéro du voisin Laërte Malafato avant de brûler la lettre de Foscarina. Il fait de même avec la première missive, celle apportée avec le bouquet d'anniversaire. Béatrix l'observe, ne dit rien de plus. Elle se contente de jeter les bouts de papiers carbonisés.

Pietrino se prend la tête entre les mains. La réflexion est douloureuse, mais essentielle. Les éléments de cette journée de cinglé se remettent en place, comme sa chronologie. Le complot le vise. Il est devenu la victime expiatoire idéale pour *Potere Rosso*, la justification de tous leurs forfaits. Si c'est bien eux qui ont assassiné le conseiller Craven. Il est hors de question qu'il serve de bouc émissaire à la bande d'excités malhabiles qui gravitent autour du juge Fabio La Rocca. Ce combat n'est pas le sien, il a d'autres ennemis sur lesquels sa vie est focalisée. Lorsqu'il se redresse, Béatrix est à quelques centimètres de son visage. Pietrino a les yeux cernés de fatigue, mais ils brillent d'une énergie incroyable.

« Tu es mon ultime recours, Béa ! »

Elle s'approche. Leur baiser est fougueux. Elle l'invite à s'allonger sur le petit lit, Pietrino se laisse faire. L'étreinte est violente. Béa s'allonge sur lui, déboutonne sa chemise, caresse sa poitrine. Pietrino bascule sa partenaire sous lui, reprend l'initiative. Cette fois, il n'a plus peur. De rien.

Albert

La journée s'est étirée. Magda passe la main sur l'épaule de Charles, il sursaute.

« Debout, soldat !

— Quelle heure est-il ?

— Sept heures du soir. Tu as ronflé comme la Belle au bois dormant, le modèle à vapeur. Tu vois ?

— Je crois voir, oui.

— Quand on passe ses nuits avec le Viêt-minh dans son labo photo plutôt que de dormir, voilà le résultat. En tout cas, Coltrane t'a fait un effet terrible. Je n'ai jamais vu quelqu'un sombrer aussi vite. Pourtant, même à bout de souffle, il fait du bruit, Coltrane.

— Tu as vu les photos ?

— J'ai vu les photos.

— Alors ?

— Il est doué, ton protégé. Comment il s'appelle, le Gershwin du reportage de guerre ?

— Bennet William. Bennet, c'est le prénom. Les négatifs ?

— Ils sont à l'abri dans mon coffre-fort, sous la station-service de Stuart Davis.

— Parfait.

— Si ton précieux rendez-vous avec ton précieux photographe de génie est fixé à la tombée de la nuit, le prince au sax dormant devrait peut-être partir récupérer son carrosse de luxe avant qu'il ne se transforme en citrouille. »

Charles se déplie, se redresse, se remet en ordre de marche. Magda arpente son bureau. Elle range des bandes magnétiques. Charles relit la note manuscrite de Bennet William, l'écriture est brouillonne mais les indications précises. Magda s'inquiète :

« Tu es certain de vouloir aller te promener sur les rives du Styx avec ta bagnole ? Le bout du bout du Bronx en décapotable de luxe, c'est un peu de la provocation, non ?

— Non. C'est le protocole prévu par Bennet.

— Ah ! Si c'est le protocole prévu, alors.

— T'inquiète, Magda. Je rabattrai la capote.

— Bonne idée. C'est sûr qu'avec la capote blanche immaculée sur cette carrosserie vert métallisé, ça va être plus discret dans les impasses du Bronx… »

Charles est repassé par Madison Street pour récupérer sa voiture tape-à-l'œil. La Corvette a rejoint Port Morris en un rien de temps. Hors de question de louper le rendez-vous. Le plan imaginé par Bennet William est très précis, minuté.

La décapotable recapotée traverse la zone industrielle en longeant l'East River. Sa trajectoire est incertaine, ce district ne fait pas partie des promenades usuelles pour les résidents des quartiers chic. Et dans cette savane urbaine, les indications routières brillent par leur absence. Le conducteur connaît quelques hésitations avant de repérer enfin la cent trente-deuxième rue.

Après être passée sous l'échangeur ferroviaire de Randall's Island, la Corvette se fraie un chemin entre les poids lourds oubliés le long des murs d'enceinte. L'endroit est sinistre, un no man's land au bord de l'eau, au milieu d'entrepôts abandonnés et de dépôts pétroliers en friche. Pas un seul pékin en vue, pas une seule voiture à croiser. La rue au bitume en puzzle se termine en impasse par un ancien ponton, comme un plongeoir vers l'angoisse. Deux goélands se sont mollement envolés lorsque la luxueuse Chevrolet s'est arrêtée. Un Boeing décolle de l'aéroport de La Guardia, pile en face. Le ronflement des moteurs en pleine ascension brise le silence. Les lumières du centre pénitentiaire de Rikers Island brillent au loin, comme une réponse à l'obscurité qui absorbe Bowery Bay et sa station de retraitement des eaux usées. La nuit n'est pas tout à fait tombée, quelques lueurs cobalt persistent dans le ciel. Les lumières de la ville illuminent l'horizon, du côté de Jackson Heights. Un convoi de péniches remonte le fleuve.

Dans le calme retrouvé, la portière arrière d'une remorque en piteux état grince. Son battant claque, de la rouille s'éparpille. La raison sociale du transporteur est illisible. Ce morceau de camion abandonné attend là depuis l'âge de pierre, peut-être même avant. Une silhouette s'extrait de cette cachette glauque. L'homme saute sur la chaussée. Il est malingre, le visage masqué par un bonnet anachronique en ces jours de canicule. Sa démarche est souple. Il porte à bout de bras un sac usé jusqu'à la corde. La forme est indéfinie, mais le contenu, volumineux. L'homme s'approche de la voiture, sur la défensive. Il engage la conversation avec le chauffeur. L'argent passe de mains en mains. La transaction est rapide. Mais pas assez. Trois grosses berlines déboulent à une vitesse folle, venues d'une rue transversale.

Les pneus crissent, les portières claquent, les intervenants s'agitent. Les deux goélands changent de cour de récréation, mollement : l'instinct de survie lorsque le temps vire à l'orage, sans doute. Les flics du FBI sortent comme des abeilles affolées de leurs voitures et partent se poster autour de leur tableau de chasse du soir. La chorégraphie est au point, ils se figent tous au même dixième de seconde. Il ne manque qu'une petite musique de Bernstein : *West Side Story* a fait école dans l'imaginaire collectif. Les barbouzes encerclent la Corvette, leurs armes à bout de bras. L'énergie déployée pour deux cibles aussi faciles pourrait paraître démesurée, même pour les acteurs de la scène. Mais la sécurité du territoire et de la Nation tout entière est en jeu, et c'est la justification même de leur métier. Ils ne se posent plus la question.

Ils ne se posent plus aucune question, d'ailleurs. Ils se contentent de sauver le monde et la civilisation face à la barbarie communiste. Le rouquin bedonnant s'extirpe de sa Buick Electra cabossée. Il a troqué son blouson d'été turquoise contre une veste sombre. L'uniforme du FBI peut être un accessoire pratique dans ce type d'intervention. Il s'approche, un Smith & Wesson de gros calibre pointé vers le chauffeur qu'il arrive mal à distinguer dans la nébulosité du crépuscule :

« On ne bouge plus, Carlo Ceserano ! Sors de cette voiture les mains en l'air. Je t'avais dit d'arrêter de faire le con. »

Après un bref moment d'incertitude, la portière s'ouvre. Une frêle silhouette en descend. Le rouquin bedonnant perd sa belle assurance. Magda a un sourire désarmant, comme elle sait les distribuer à son entourage.

« Messieurs ? Je peux faire quelque chose pour vous ? »

Le rouquin bedonnant retient un juron sexiste :

« Tu peux faire deux choses ! Un, arrêter de nous prendre pour des imbéciles. Et deux, nous dire ce que tu viens faire ici avec Bennet William.

— Bennet William ? »

Le rouquin bedonnant désigne le bonhomme malingre que deux de ses hommes ont plaqué contre le capot de la Corvette. Magda ne se démonte pas. Elle assène sur un ton sec :

« Avec Bennet William, je ne sais pas. Je ne connais pas de Bennet William. Par contre, avec Jimmy que vous martyrisez, je venais pour faire des affaires. »

Magda tend le sac sans forme au rouquin bedonnant. Les agents arrachent le bonnet de leur prisonnier et découvrent un junky à la peau aussi noire que la peinture de leurs voitures de service. Le rouquin bedonnant ouvre le sac, en sort une trompette au cuivre patiné.

« C'est quoi, ça ? »

Magda dévisage le rouquin, sans ironie. Il lui fait pitié, vraiment.

« Mon pauvre vieux, c'est une trompette. Vous voyez ce que c'est ? On souffle par là. Et un son sort de l'autre côté, par le pavillon, là !

— Je sais bien. Mais pourquoi une trompette ?

— Parce que je viens de l'acheter à ce pauvre Jimmy qui est un habile musicien mais qui a de gros soucis de fric. »

Le rouquin bedonnant fait un signe à ses hommes. Ils relâchent Jimmy. Magda range la trompette dans le sac tout en dévisageant son interlocuteur. L'homme a viré au rouge, presque aussi rouge que ses cheveux. Le flic en chef range son revolver avant de s'en servir à mauvais escient. Il tente de se calmer. Il a du mal, il bouillonne.

« Bon. Soit. Vous, vous êtes qui ?

— Magdalena Midland Massarelli. Et vous ? »

Sans rajouter un mot, le rouquin exhibe une plaque gouvernementale et la range aussitôt dans sa poche.

« Et la voiture ?

— C'est mon frère qui me l'a prêtée. J'étais en galère de bagnole.

— Votre frère, c'est Carlo Ceserano ? Charles Cèseran ?

— Mon demi-frère ! Mais c'est une histoire compliquée. C'est marrant, vous me rappelez mon mari. Texas ?

— Moi ? Non. Oklahoma.

— Et vous vous appelez Albert ?

— Comment le savez-vous ?

— J'en étais sûre. Comme mon mari ! »

Planqués derrière les piliers de pierre de l'échangeur ferroviaire, Charles Cèseran et Bennet William sont au spectacle. Trois cents mètres et un gros volume d'obscurité les séparent du vaudeville en cours. Bennet ricane.

« Je savais qu'ils vous pisteraient. Ils ne lâchent jamais rien. Il faut simplement être plus malin qu'eux. »

Charles tend une enveloppe au photographe.

« Voilà cinq mille dollars, déjà. Et mon adresse sur la côte Ouest. Vous devriez aller vous y planquer, le temps que je m'occupe de notre affaire. Quittez New York et soyez prudent.

— Pourquoi vous faites tout ça, Cèseran ?

— Parce que vos photos sont exceptionnelles.

— Ça ne suffit pas.

— Et parce que j'ai toujours quelques comptes à régler avec les factionnaires aux ordres du gouvernement américain. Moi aussi, j'ai connu une guerre, Bennet. Et une libération. Et c'était déjà ce type de soldats à qui j'ai eu affaire. Des types persuadés d'être les maîtres du monde, persuadés d'avoir tous les droits et d'avoir toujours raison. Et ils ont fait des dégâts dans ma vie. »

Bennet William pose son gros sac à dos dans les bras de Charles.

« Vous avez ma vie entre vos mains, Cèseran. C'est tout ce que j'ai pu sauver de mes photos. Je vous les confie. Et c'est moi qui vous contacterai. »

Bennet William disparaît dans Willow Avenue. Charles s'éclipse à son tour. Ça risque de ne pas être simple pour trouver un taxi dans ce coin paumé du Bronx. Mais il a tout son temps, et l'œuvre d'une vie entre les bras. C'est un véritable trésor. La chance est avec lui. Un taxi libre passe trente secondes plus tard.

Romulus & Remus

Les frères Rossi étaient des cadors dans leur spécialité, les rois du crépi. Leur réputation dépassait Pietralata. Ils avaient même su franchir le lit de la rivière Aniene pour partir monter leurs échafaudages jusqu'aux immeubles de Tor Cervara. Malgré ces escapades dans des contrées éloignées, ils restaient très attachés à leur fief d'origine. L'essentiel de leur activité était tourné vers le bien-être collectif des camarades de la cellule Andreï Sergueïevitch Boubnov.

Les immeubles de cette banlieue ouvrière avaient été construits vétustes dès le départ. Le geste des deux frères visait à apporter un peu de fraîcheur dans le rude quotidien des prolétaires du Nord-Est romain. Il fallait retrouver de la joie dans l'environnement citadin du petit peuple du Lazio, et la couleur était au centre de la culture méditerranéenne. Aussi, les frères Rossi s'appliquaient. Le gros Ferrante, leur chef de cellule, les surnommait les Romulus et Remus de la réhabilitation urbaine.

Leur crépi pouvait être beige, crème, marron clair, grège soutenu, couleur chair, et quelquefois bistre, ventre de biche ou ocre léger. Ils s'étaient même lancés sur des teintes saumon pour ravaler le pignon d'un entrepôt de la *via dell'*Antracita. Quelques remarques désobligeantes du propriétaire des lieux leur avaient fait comprendre où se situaient les limites de la fantaisie dans l'application de leur art. Blanc cassé était la norme, et c'était bien comme ça.

Les frères Rossi étaient très forts en crépi, un peu moins forts en échafaudages. Très souvent, les riverains frissonnaient à voir les deux molosses perchés en haut de leur pyramide en ferraille dont le socle ne reposait que sur trois pieds, voire parfois deux. Mais ils pouvaient monter haut. Leur sens de l'équilibre surprenait. Ce matin-là, Romulus et Remus s'attaquaient au rafraîchissement d'une façade de cinq étages, à seulement quelques portes de l'entrée de la *Casa del Popolo*. Le ravalement avait été décidé de concert avec les responsables régionaux du Parti, un formidable symbole pour la révolution en marche dans les têtes et dans les cœurs ; le monde ancien pouvait enfin entrer dans les couleurs de la modernité, un bel exemple pour cette fière jeunesse italienne qui malgré les rébarbatives conditions d'ils ne savaient plus trop quoi, va savoir, *non so neanche*… Les deux crépisseurs avaient suivi avec attention le discours des responsables régionaux mais n'avaient compris que le tout début de la logorrhée. Ils avaient perdu le fil du panégyrique à « rébarbatives ».

L'inauguration du chantier avait duré plus d'une heure. Les frères Rossi avaient donc attendu la fin de la cérémonie et le vin d'honneur plus d'une heure avec une forme de résilience. Au final, la couleur de la modernité serait gris sable, et ils en avaient pour un mois.

Ce chantier avait deux avantages : il était à moins d'une minute à pied de la *Casa del Popolo*, ce qui leur permettait d'aller boire des coups avec les camarades sans nuire à la bonne marche des travaux, et il était à deux immeubles de leur appartement familial, une opportunité exceptionnelle dénichée par le gros Ferrante et réservée aux militants méritants du Parti… et Dieu sait que les frères Rossi étaient méritants. Et il était visible depuis le seuil de la *Casa del Popolo*, ce qui en faisait un exemple de l'efficacité de l'organisation communiste et un sujet de conversation pour les camarades. Ce qui faisait donc trois ou quatre avantages, mais Romulus et Remus étaient bons en crépi, pas en mathématiques.

Ce matin-là, les deux crépisseurs ont été surpris de trouver une petite flèche dessinée sur le mur. Elle indiquait le chemin à suivre pour grimper sur l'échafaudage. Romulus a râlé, Remus a temporisé : cette partie du mur n'avait pas encore été ravalée, ils commençaient toujours par le haut. Les deux frères ont grimpé sur leur promontoire, grimpé une première échelle. Arrivé au deuxième étage, une autre flèche peinte en noir sur l'ancien crépi dirigeait les explorateurs vers l'échelle suivante, celle qui permettait d'accéder au troisième niveau. Ils se sont pris au jeu, sans trop comprendre. Eux qui d'habitude mettaient plus d'un quart d'heure pour arriver au toit y sont parvenus en moins de cinq minutes. Une succession de flèches peintes les accompagnait. Arrivés au bout du bout du dernier niveau, devant les fenêtres du cinquième étage, Romulus et Remus ont découvert l'avant-dernière flèche, qui dirigeait les regards vers une inscription écrite à l'angle du pignon, dans le vide, à quelques mètres de l'échafaudage. Romulus s'est penché pour voir. Remus est resté en retrait.

« Tu arrives à lire ?

— Non, pas trop.

— Zut !

— À la fois, je sais pas lire.

— Ah ? C'est peut-être la raison. »

La logique tenait. Remus était un brin plus avancé en lecture que son frère, resté au stade basique de l'école de la rue. Il s'est donc avancé à son tour pour tenter un décryptage. Agrippés aux derniers barreaux de leur construction bancale, les deux frères avaient leur torse dans le vide. Le petit texte était entouré de deux dessins assez maladroits, une faucille et un marteau représentés à l'inverse du drapeau du Parti. Remus a déchiffré, lettre après lettre. Romulus s'est penché un peu plus, bravant les lois de l'équilibre :

« Alors ? Ça dit quoi ?

— Alors... SI VOUS...

— Si nous ? Si nous quoi ?

— Si vous... arrivez... à...

— Si on arrive à quoi ?

— Si vous arrivez à lire ce graffiti, en principe... c'est...

— C'est quoi ?

— Ah... Voilà... Si vous arrivez à lire ce graffiti, en principe, c'est trop tard. »

En effet.

Après avoir bravé les lois approximatives de l'équilibre, les frères Rossi ont testé les lois imparables de l'apesanteur. Leur échafaudage a basculé à cause de leur poids cumulé en déport. La base de l'édifice a plié, quelques goupilles ont giclé, très loin. Deux cales ont glissé. Le puzzle de ferraille s'est démantelé dans un grand bruit. Stupéfaits, ils n'ont poussé aucun cri pendant leur chute, qui leur a pourtant semblé interminable. Remus a compté les fenêtres qui défilaient devant ses yeux hagards. Romulus a croisé le regard d'une ancienne maîtresse à lui, la veuve Rapolano, celle du second. Elle n'en revenait pas. Deux hommes passaient devant sa fenêtre qu'elle avait ouverte en grand pour cause de canicule. La veuve était prête à faire un signe convivial, mais tout est allé trop vite. Ah, la veuve Rapolano ! Romulus a connu un dernier émoi suivi d'un dernier regret avant de s'écraser au sol. Toute la charpente métallique s'est empilée sur eux, comme un mikado géant. Le jeu était pipé, ni l'un ni l'autre n'étant plus en état de faire frémir la moindre poutre.

Zefirino a regagné sa cabane une fois le spectacle terminé. Il s'est assis sur son lit, toujours aussi fasciné par l'œil de Polifemo qui ne le lâche pas une seconde. Sa vengeance est en marche, même s'il n'est pas satisfait de l'effet thérapeutique de sa stratégie.

Zefirino ne culpabilise pas une seconde d'avoir éliminé ces deux grandes gueules, le problème n'est pas là. Chaque fois qu'il bouge un orteil, il entend la voix de sa mère, le courroux de sa mère, les reproches de sa mère. Peut-être une fois le gros Ferrante éliminé, puisqu'il est le chef de cette bande d'assassins, le malaise se dissipera, et les réminiscences permanentes s'estomperont. Zefirino fixe l'œil du cyclope, pensif, lorsqu'une étrange voix grave l'interpelle. Ce n'est pas le timbre de sa mère mais presque sa tessiture, à un demi-ton près.

« *Signor* Gianlupino ? Monsieur Gianlupino ? »

L'homme qui se tient sur le seuil de la bicoque est chauve. Zefirino ne le laisse pas entrer. Personne n'a le droit de pénétrer entre ces quatre planches. Ce mausolée est un espace privé. Très privé. Privé de tout. Le visage de l'inconnu est anonyme, mais sa calvitie remarquable. Zefirino l'a-t-il déjà vu ? Peut-être. Ou pas. Un soleil de plomb tape sur tout le bidonville, sur tout le Lazio, sur toute la péninsule. Et pourtant, le chauve porte un costume. Et une cravate. Et pas de chapeau. Et un air glacial. Il aurait sa place dans n'importe quel service funéraire.

« Qui êtes-vous ?

— Mon nom ne vous dira rien, monsieur Gianlupino. Nous venons de la part de Maria, votre maman.

— Mais elle est morte, ma mère !

— Je sais bien. Mais nous avons un document qui vous intéresse et qui vient directement de votre mère.

— Directement ?

— Oui. Nous pouvons entrer ?

— Non.

— Vous devriez nous faire confiance, monsieur Gianlupino.

— Charlatan !

— Rassurez-vous, nous n'avons rien à vous vendre.

— Vous êtes communiste ? »

L'inconnu a son premier sourire, narquois, très vite effacé.

« Nous ne sommes pas du tout, mais alors pas du tout dans cette ligne de pensée. Ni de comportement. Si cela peut vous rassurer, monsieur Gianlupino.

— *Allora ?* Alors ?

— Ce document concerne le décès de votre mère.

— Un document ? Quel document ? L'administration romaine va prendre en charge les frais d'obsèques ?

— Non. Mais si c'est votre souci actuel, nous pourrons vous aider à ce sujet. Encore faudra-t-il que le troupeau d'incompétents qui gère la morgue municipale retrouve le corps. Dans les services funéraires, ce n'est plus de la gabegie, c'est le chaos. Nous aimerions vous parler de la mort de Maria Gianlupino. Pour votre gouverne, le sujet de notre entretien portera sur les événements qui ont précédé le départ de votre mère vers la morgue. Et il est inutile que vos voisins immédiats soient au courant de cette conversation. Nous pouvons entrer ? »

Zefirino est épaté. Qu'un type habillé de la tête aux pieds, chauve et sans couvre-chef, puisse sortir des phrases aussi compliquées et aussi bien construites par une canicule pareille tient du prodige. Détail saugrenu, l'inconnu porte un gant de cuir à la main droite.

« Vous ? Mais vous êtes accompagné ?

— Non, pourquoi ? Nous sommes seuls. C'est une visite très privée, monsieur Gianlupino. »

Zefirino s'efface et laisse entrer cet étrange visiteur qui parle de lui au pluriel. L'homme détaille les rares objets qui meublent la pièce, puis fixe son attention sur le tract maculé de sang exposé au milieu du mur central de la cabane, en regard du phare de triporteur qui trône sur son étagère. Le chauve a un rictus qui pourrait bien s'apparenter à un second nouveau début de sourire, aussitôt retenu, comme le premier.

« Nous pouvons vous montrer ce document ? »

D'un geste habile, l'homme extirpe de sa serviette en cuir le même tract que celui épinglé sur la cloison en planche, face à lui.

« Qu'est-ce que c'est ?

— La signature des assassins de Maria Gianlupino.

— Ces enfoirés de communistes !

— Votre réaction est compréhensive, mais votre déduction, simpliste.

— Une faucille et un marteau et ce ne sont pas des communistes ?

— Si. Mais vous vous acharnez sur les mauvaises cibles. Nous vous avons observé. Nous vous avons vu exécuter ce crétin que tout le quartier surnommait “la morue salée”. Nous vous avons vu saboter l’échafaudage des frères Rossi, limer les goupilles qui maintenaient le socle, peindre ces petites flèches sur la façade. Vous avez l’intention de décimer tous les membres du parti communiste de Pietralata ? Le prochain sur votre liste sera ce tas de gras satisfait de Ferrante ? Pour être honnête avec vous, Zefirino Gianlupino, si ça vous fait du bien de massacrer Ferrante et toute sa clique d’incapables, ça ne nous pose aucun problème. Mais ce ne sont pas eux, les responsables de la mort de votre mère. Vous voulez toujours la venger ? »

Zefirino ne répond rien ; il a focalisé son attention sur le tract coincé entre les doigts gantés de son interlocuteur. Des taches de sang constellent le papier, comme celles affichées sur son mur. Les images de l’explosion lui reviennent en mémoire, les moments incohérents qui ont suivi aussi. Le grand chauve poursuit :

« Nous savons qui sont les communistes organisateurs de l’attentat loupé qui a mis fin aux jours de votre mère.

— Loupé ? Ils n’ont rien loupé du tout ! Elle est morte, ma mère !

— Monsieur Gianlupino, nous pouvons comprendre votre désarroi, mais vous n'étiez pas directement visé. »

Zefirino tique :

« Mon désarroi ? C'est-à-dire ?

— Votre tristesse, monsieur Gianlupino. Mais nous avons identifié les responsables.

— Et personne ne fait rien ?

— C'est l'objet de notre visite, justement. Notre mission première est d'éliminer cette engeance qui met en péril notre civilisation.

— Engeance ? »

L'air ébahi de Zefirino traduisant son manque flagrant de vocabulaire, l'inconnu se fait didactique :

« De la mauvaise herbe, monsieur Gianlupino. Lorsque la mauvaise herbe pousse dans un jardin, il faut l'arracher. Seriez-vous prêt à nous aider ?

— Comment ?

— Votre combat est aussi le nôtre. Menez à bien votre bataille contre les assassins de votre mère, c'était une sainte femme. Elle vous en sera éternellement reconnaissante. »

L'homme se signe, aussitôt imité par Zefirino, plus par simple réflexe que par conviction religieuse. Le chauve regarde les toiles d'araignée qui courent aux angles des murs en planche, la pauvre table bancale, le sommier défoncé qui sert de lit à Zefirino. Son regard se perd dans le filament de l'ampoule de la malheureuse baladeuse qui pend du plafond. Zefirino est fasciné par cet homme. Si l'orphelin chiffonnier avait eu plus de mots à sa disposition, il aurait pu penser à « charisme ».

« Vous savez, elle vous voit, de là-haut !

— Qui ? Ma mère ?

— Mais bien sûr ! Maria veille sur vous, depuis ce jour maudit où ils l'ont assassinée. Et elle est fière de vous, Zefirino. Très fière ! Vous ne l'entendez pas ? Elle vous parle sans cesse depuis. Je suis sûr que vous l'entendez ! Chaque jour ! À tout moment ! »

La main gantée lâche le second tract sur la table poussiéreuse. Zefirino remarque que l'inconnu ne se sert pas de son pouce : la gestuelle est curieuse. Mais adroite. Le grand chauve plonge son regard dans celui de Zefirino :

« Aidez-nous à venger votre mère, monsieur Gianlupino. Et nous vous aiderons à reconstruire votre vie, loin de cette médiocrité dans laquelle les communistes vous ont plongé. »

Laërte

Avec la chaleur déjà étouffante, l'odeur sucrée de la glycine a envahi la pièce. Un rayon perce entre deux lattes d'un volet, le soleil s'en va cogner sur la pochette écornée d'un vinyle argentin. Le portrait délavé d'Anibal Troilo reprend des couleurs, le disque pourrait vite s'en gondoler de joie.

Pietrino émerge. Deux yeux noisette l'observent, ils sont à quelques centimètres des siens. Leurs poitrines sont collées, les corps emmêlés. Pietrino garde en mémoire chaque seconde de sa première nuit d'amour, chaque émoi, chaque mystère exploré, chaque découverte. Elle caresse ses cheveux bouclés, un sourire est rivé sur ses lèvres mais une infinie tristesse perturbe son regard. Celle qui l'a poussé au plus profond de ses sensations avec la jubilation d'une exploratrice en milieu inconnu semble perdue. Elle vient tapoter son torse du bout de ses ongles. Pietrino s'inquiète, elle pose un index sur les lèvres de son amant avant qu'il n'articule quoi que ce soit.

« Ne dis rien ! Tu as été formidable, Pietrino Belonore. C'était formidable.

— C'est quoi, cette moue ?

— C'est rien. Rien à voir avec notre histoire. Ne t'inquiète pas. »

Pietrino referme les yeux, respire posément. La nuit l'a apaisé, l'amour a balayé ses angoisses rémanentes. Il ne s'est jamais senti aussi fort, aussi sûr de lui. Il retrace les péripéties de la veille, ressasse toutes les menaces qui pèsent sur lui. Il se redresse, faisant basculer avec douceur Béatrix sur le petit lit. Elle s'accroche à ses bras, plaque ses seins contre le torse de Pietrino. Il l'embrasse dans le cou, caresse sa joue, se cale sur un coude :

« Tu n'as pas une radio, ici ?

— Pour quoi faire ?

— Écouter des informations. Voir comment ils relatent les événements d'hier. C'était la guerre devant Amber&Abel. Est-ce qu'ils évoquent la scène de boucherie en gros autour de cet imbécile de Mirone ? Est-ce qu'ils parlent du conseiller Craven ?

— Non, désolée, je n'ai pas de poste radio.

— J'irais bien acheter des journaux. C'est juste risqué.

— Trop risqué, Pietrino. Tu ne dois pas bouger d'ici.

— Tôt ou tard, il faudra bien.

— Pas pour le moment. Ici, tu es en sécurité. Personne ne viendra t'y chercher. Mais je peux aller acheter les journaux, si tu veux. »

Béatrix saute du lit avec la légèreté d'une gazelle. Elle est belle. Pietrino n'arrive pas à écarter son regard des formes envoûtantes de la jeune femme. Modigliani n'aurait pu rêver d'un plus beau modèle. Elle s'habille en quelques secondes, accorde un sourire bienveillant à son amant.

« Fais du café, si tu veux. Je n'en ai pas pour très longtemps. Je te confie notre nid. Si je trouve de la fougasse, j'en ramène. »

Béa embrasse son amant, ramasse sa besace et sort. La porte de la chambre claque, suivie du grincement du portillon sur la rue. Rome se réveille, les bruits de la ville filtrent sous la voûte en tonnelle de la courette. Une volée d'hirondelles vient accompagner le carillon de Santa Maria di Trastevere. Pietrino se lève, fait le tour de la petite pièce. Ses pieds ne touchent pas le sol, il exulte. Une étape lui manquait pour qu'il devienne un homme, il l'a franchie haut la main. Son cauchemar d'enfance s'estompe, l'image de sa mère martyrisée s'efface un peu plus de ses souvenirs. Le visage de Béa, son sourire, ses mimiques, l'odeur douceâtre de sa transpiration sont gravés dans sa tête désormais. Il garde la mémoire du grain de la peau de Béa sous ses doigts, ses frémissements incontrôlés, son souffle, ses gémissements, son bonheur.

Pietrino dévisse la cafetière, jette le vieux marc dans une poubelle, s'empare du moulin à manivelle sur une étagère, ouvre la boîte de café. Trois malheureux grains patientent au fond. Le moulin devra attendre. Pietrino place le disque de Troilo sur la platine, les grattements font place à *¡ Che, bandoneón !*, une composition du maître. La voix traînante de Polaco Goyeneche vient accompagner la cérémonie matinale du café, ajoutant une nostalgie certaine à ce moment suspendu.

« *El duende de tu son, che, bandoneón, se apiada del dolor de los demás…* »

Trouver du café ! Nu au milieu de la petite pièce, Pietrino s'attelle à la tâche. Il ouvre le petit placard au-dessus de l'évier mais ne trouve rien, se décide à chercher plus profond dans la panique dispersée par Béatrix. Il ouvre un tiroir, n'y voit que des couverts dépareillés et quelques accessoires rouillés pour cuisinier dilettante. Peut-être sur le haut de l'étagère, celle mal posée à l'angle de deux murs et déjà encombrée de boîtes dépareillées… Pietrino grimpe sur une chaise, décrypte la pagaille ; rien là non plus, sinon une grosse clef calée entre deux emballages de lessive. Une petite plaque en bois peinte d'un joli bleu violine est fixée à l'anneau, drôle de porte-clefs. Pietrino poursuit sa recherche, se dirige vers la porte d'entrée : mais pourquoi Béatrix aurait-elle rangé le café dans ce coin de la pièce réservé à empiler sa garde-robe modeste ? À défaut de café pour aider au réveil, laisser entrer un peu d'air : voilà la bonne idée. Pietrino ouvre la porte sur la courette, et les fragrances végétales déboulent dans tout l'espace. Le bleu lavande de la porte d'à côté attire son attention.

L'antre d'Antonella ! Le bleu virginal du regard de la jeune femme lui revient à l'esprit, puis les traits de son visage. Il aurait pu oublier sa madone fantasmatique de manière définitive, quelle importance après tout ? Une autre femme s'est glissée dans sa vie à présent. Cette fille croisée à la sortie du lycée Virgilio n'a été qu'une vision furtive, une hypothèse absurde, un fantasme irréalisable, même si la cité de Florence n'est pas si loin. Antonella y est repartie, adieu. Malgré tout, les traits de cette voisine absente sont enracinés dans sa mémoire. Et la peinture couleur lavande de cette porte est bien la même que celle qui balise la clef, sur l'étagère. Béa aurait-elle un double de la clef de sa voisine ? C'est une sage précaution, entre colocataires d'un même bâtiment. Polaco Goyeneche laisse courir ses phrases, accompagné par le maître du bandonéon.

« *Tu canto es el amor que no se dio…* »

Et s'il était curieux ? Pietrino s'amuse de la situation. Il remet son pantalon, s'arme de la clef qu'il récupère en haut de l'étagère. À quoi peut bien ressembler l'espace privé de la mystérieuse inconnue qui a fait foirer son acte héroïque ? Sa chambre est-elle mieux ordonnée que celle de sa voisine Béatrix ? Comment est-elle meublée ? Quels bibelots Antonella a-t-elle bien pu abandonner là, jusqu'à son retour pour la rentrée scolaire prochaine ? Quel autre quotidien va-t-il découvrir, dans quelle intimité va-t-il s'immiscer ? Peut-être même trouvera-t-il du café à moudre chez la voisine de Béatrix. La clef correspond à la serrure, les ferrailles grincent. Le battant bleu lavande s'ouvre sur une pièce obscure. Une forte odeur de poussière et d'humidité lui saute à la gorge. Il n'y a pas d'interrupteur, pas d'ampoule au plafond, aucun meuble non plus. C'est une simple remise. Et personne n'a jamais habité dans ce placard occupé par quelques vieux outils de jardin et trois vélos rouillés abandonnés sans selles ni pneus.

Pietrino ne comprend pas. Pas tout de suite. Il reste sonné, les bras ballants sur le seuil de ce cagibi insalubre, perplexe. Il n'a pourtant pas rêvé cette rencontre : Antonella existe bien, et Mathias le dandy lui a bien donné cette adresse. Et Béa lui a bien confirmé qu'Antonella était sa voisine immédiate ! Mais personne ne peut résider là, et encore moins la fille d'un riche industriel florentin.

Mathias le dandy ! Béatrix la voisine improbable ! Ce pistolet anachronique dans sa besace ! Quelques fulgurances réveillent les sens de Pietrino. Électrochoc salutaire. Un puzzle alambiqué s'assemble. Trop alambiqué ! Et pourtant. Sa paranoïa évacuée, une logique s'installe. Le piège est malin, diabolique. Et il en est la proie. Il a foncé tête baissée dans la nasse. Une fois mis à l'écart du groupuscule *Potere Rosso*, le jeter dans les bras de la belle Béatrix était le moyen idéal pour ne pas le perdre de vue, continuer à le contrôler. Le beau blond, l'aristocrate révolutionnaire Mathias Baglioni s'en est chargé.

Pietrino a mis moins de quinze secondes pour s'habiller, pas beaucoup plus pour rassembler ses quelques affaires et vérifier qu'il porte sur lui les lettres confidentielles du dossier Craven. L'Argentin Polaco Goyeneche n'a pas terminé de chanter son tango que le jeune Lombard cavale sur les pavés de la *via della* Fonte d'Olio.

Pietrino déboule sur la *piazza* Santa Maria di Trastevere. Il a tout juste le temps de se cacher à l'angle d'un mur. Le spectacle à l'autre bout de l'esplanade confirme ses soupçons : son amourette est un leurre. Pietrino a un haut-le-cœur. Béatrix l'a abusé depuis le début. Mais les militants de l'ultra-gauche romaine ne sont pas au rendez-vous.

La surprise est de taille. Béatrix est en grande discussion avec trois hommes sortis d'une Ford Taunus d'un vert improbable. Il a déjà croisé deux d'entre eux dans les couloirs de l'agence Amber&Abel la veille. Un vieux, un jeune. Ils exhibent les mêmes costumes ternes, les mêmes mines sinistres. Il les a semés, hier. Aujourd'hui, les deux barbouzes des services secrets américains auraient bien pu le rattraper dans ce piège insensé. Il ne connaît pas le troisième homme, un grand chauve à l'allure austère. La main droite du grand chauve est gantée de cuir, malgré la chaleur. Les costumes sombres et les cravates sont anachroniques sous la canicule romaine mais marquent les inconnus aussi clairement qu'une signature. Le grand chauve et le jeune agent emboîtent le pas à Béatrix, en direction de la petite maison aux volets bleus. Les mines sont graves, l'allure très vive. Béatrix fixe le sol, comme résignée. Son regard se brouille, les larmes sont proches. Béa serre les poings. Le jeune agent qui marche dans ses pas aussi. Il vient d'agripper la crosse de son arme qui boursoufle sa poche de veste. Les trois s'engouffrent dans la *via della* Fonte d'Olio. Le vieux est resté près de la voiture, en alerte.

Pietrino prend la tangente par la *via della* Paglia. Il tente de s'échapper en faisant le tour du quartier par les ruelles autour de San Giovanni della Malva. Comment une jeune militante, étudiante en art, et qui affiche haut et clair une idéologie proche du communisme, peut-elle se retrouver embrigadée dans une organisation manipulée par les Américains ? Seul Mathias le dandy pourrait répondre à cette énigme. C'est lui qui l'a embarqué dans cette galère.

Après une déambulation défiant toute logique, Pietrino traverse l'île Tiberine. Il rejoint la rive gauche du Tibre en moins de cinq minutes, sur le qui-vive. La circulation est déjà intense, la chaleur, étouffante. Pietrino s'est fondu dans la foule romaine. Personne ne semble l'avoir repéré depuis sa fuite de Trastevere. Ses neurones turbinent. Son cerveau est en surchauffe. Il a la gorge sèche, éprouve une curieuse impression d'abandon. Son rêve amoureux s'est transformé en cauchemar. Comment peut-on donner autant d'amour et trahir aussi facilement ? Et surtout, comment peut-on collaborer avec l'ennemi juré, les soldats de l'oncle Sam ?

La première cabine téléphonique sur sa route est plantée à l'angle de la *via* Catalana, en face de l'ancienne synagogue. Une enseigne en néon démesurée, installée sur le haut de la cabine, fait de la réclame pour les glaces Motta, comme une provocation. Pietrino se réfugie dans le placard exigu aux montants de verre, il est en sueur. La communication s'établit après cinq longues sonneries. Pietrino ne laisse pas le temps à son interlocuteur de dire quoi que ce soit :

« *Pronto, Zio Laerte ?* Allô, oncle Laërte ? C'est Ulysse, ton neveu. Je viens d'arriver à Rome. Tu passes me prendre à la gare centrale dans une demi-heure ?

— C'est qui ?

— Ulysse ! »

Long moment de réflexion ! L'appel a décontenancé le voisin de Foscarina. Le raffut des rouages dans le crâne du vieux Malafato serait presque audible dans le combiné. Pietrino insiste, convaincu que même le locataire de sa logeuse est sur écoute. Leur seule conversation sur le palier de sa logeuse, quelques mois en arrière, avait porté sur les héros de la mythologie grecque. La communication était ardue. Le vieux voisin ne savait pas qu'il portait le même prénom que le père d'Ulysse, et le lui faire comprendre avait déjà été fastidieux.

« C'est Ulysse ! Je poursuis mon périple. Tu as toujours ta voiture ?

— Quelle voiture ?

— La Fiat Abarth dont tu m'avais parlé ? »

Après une poignée de secondes d'hésitation, Laërte Malafato répond enfin :

« Ulysse ? Quelle voiture ? *Non ci capisco un'acca…* J'y comprends rien.

— *Zio ! Sono tuo nipote…* Je suis ton neveu ! »

Le court silence qui suit semble durer un siècle.

« Ah oui… Ulysse, bien sûr ! C'est ça, Ulysse. La voiture ? Ma voiture ? Ça fait longtemps que…

— La Fiat Abarth ! On en a parlé longuement.

— Abarth, oui… Mais, la Fiat, mais…

— Tu l'as toujours ?

— Oui.

— Parfait ! Alors passe me prendre à Roma Termini, oncle Laërte. À tout de suite. *Ciao !* »

Pietrino rejoint la gare principale du Lazio d'un pas rapide, attentif à tous les détails de son environnement immédiat. Il n'est qu'un anonyme, un jeune homme pressé. Il prend le temps de s'arrêter à un kiosque, achète deux journaux, se pose sur un muret pour décrypter les éditions du jour. Pas un mot sur la mort du conseiller Craven. Au bas d'une page intérieure, le *Corriere della Sera* présente la fusillade qui a exterminé Polpette Doppie comme un fait divers presque banal, la réplique efficace d'une police romaine en alerte pour stopper une attaque de banque avant que son auteur ne passe à l'acte. Il n'y a aucune banque à proximité de la place San Lorenzo di Lucina, mais personne n'y prêtera attention. Pas un mot non plus sur le parcours militant de Mirone, juste un entrefilet sur son probable passé de voyou de banlieue. S'ils rattrapent Pietrino Belonore, il est fort probable que sa disparition ne fera pas une ligne non plus dans la presse locale. Pietrino jette les journaux dans une poubelle et part se poster dans le flot des voyageurs.

L'attente lui semble interminable, lorsqu'un coup de klaxon asthmatique le sort de ses réflexions.

« Pietrino Belonore ? »

Un petit vieux fait de grands gestes, debout derrière une Fiat délabrée. Son torse dépasse à peine derrière la carrosserie. Laërte Malafato ! C'est bien lui. Les souvenirs de Pietrino étaient bons. Hélas.

Il est vieux, il n'a plus que quelques poils sur le crâne, il est petit, maladif et bedonnant, il a un début avancé de cataracte, il a sans doute de l'arthrose, et il a bien une Fiat. D'après l'enthousiasme dégagé lors de cette conversation surréaliste sur le palier de Foscarina, Pietrino s'était imaginé une Abarth coupée 1300. Mais c'était un pur fantasme. Laërte Malafato est bien l'heureux possesseur d'une Fiat, elle est bien signée Abarth, mais c'est un modèle rouillé et à bout de souffle. Et c'est une Fiat 500, dans laquelle Pietrino se demande s'il arrivera à entrer. Pietrino fait bonne figure ; il se précipite, un large sourire affiché sur son visage :

« *Zio Laerte !* Oncle Laërte ! »

Pietrino ne laisse aucun temps superflu à ces retrouvailles surjouées. Il s'enfonce dans le siège qui célèbre son arrivée d'un coup de ressort douloureux. Laërte met bien quinze secondes à regagner sa place de conducteur, quelques secondes de plus à retrouver les clefs, quelques instants supplémentaire pour trouver la fente du contact. Pietrino lui accorde le sourire d'un naufragé secouru en pleine tempête. Le sourire ne dure pas. Laërte a bien une cataracte galopante, mais en plus, il pue de la gueule.

« On va où ?

— On trace vers Ostiense.

— On trace ?

— On se dépêche. On fonce, quoi…

— Ah, le langage des jeunes ! »

Laërte Malafato fait tousser le moteur. L'allumage fait de la résistance. Les culbuteurs tiennent bon leur rampe, la chaîne de distribution renâcle à entraîner quoi que ce soit. Il n'aurait jamais dû arrêter son moteur. Laërte donne un nouveau coup de démarreur. Un séisme agite le tacot, les tôles castagnent ferme. Contrairement à sa carrosserie, Laërte ne se démonte pas. Un coup de plus, un juron étouffé, une pétarade indécente, le moteur repart. Les pistons se décident enfin à danser leur valse piquée. Le vieux passe la première et fonce.

Appliqué, les yeux rivés sur la chaussée, le vieux serre les dents. Quelques gouttes de transpiration perlent sur son front dégarni. Il est concentré à l'extrême. Le raffut du moteur est infernal. Leur vitesse de pointe culmine à quinze kilomètres à l'heure. Après deux carrefours périlleux, Laërte se décide à passer la seconde. Le raffut du moteur est un peu moins infernal, leur vitesse un peu moins lente. Pietrino, les mains calées sur la plage avant, décrypte les indications du tableau de bord : ils foncent désormais à vingt kilomètres à l'heure. Les obstacles se précipitent vers la Fiat 500 : pêle-mêle les cyclistes qui tentent de rouler sur leur droite, les piétons qui tentent de traverser aux passages cloutés, les policiers qui tentent de régler la circulation. Le vieux Malafato doit avoir un très gros problème de cataracte. Pietrino s'essaie à une tentative de dialogue :

« À Ostiense, on ira près de la gare. »

Laërte Malafato reste concentré. Il ne répond rien. Il passe la troisième, enfin, et atteint les trente-deux kilomètres à l'heure. Il jette un regard vers son passager, affiche un rictus figé qui se voudrait rassurant, se concentre à nouveau sur la chaussée où deux ecclésiastiques en tenue de ville viennent de passer à deux doigts d'une visite de courtoisie à saint Pierre ; le vrai, pas la basilique du Vatican. Laërte, agrippé à son volant, se penche vers son passager et tente une phrase qu'il hurle pour couvrir le bruit de sa machine :

« À Ostiense, vous voulez aller où ? »

C'est un enfer. Laërte pue de la gueule, mais en plus il est dur d'oreille. Pietrino se met à mimer une locomotive à vapeur en même temps qu'il crie à nouveau :

« À la gare ! Vous voyez ? La gare ? Là où il y a les trains.

— Excusez-moi ! Avec le bruit de la voiture, j'ai un peu de mal. Vous voulez aller à la gare ? »

Pietrino se contente d'acquiescer avant de se cramponner à nouveau au tableau de bord. Ils roulent dans la bonne direction, c'est déjà un miracle.

À la grande surprise de son passager, Laërte Malafato s'est arrêté une première fois au milieu de la *via* Ostilla, sans prévenir. Il a sauté de son siège, s'est précipité vers un bar en marmonnant une vague excuse, laissant le moteur tourner. La Fiat 500 était un obstacle suffisamment étroit pour ne pas trop gêner la circulation. Pietrino a vu revenir son chauffeur trois minutes plus tard, plus décontracté qu'avant son arrêt inattendu.

« *Scusa… è…* Excusez-moi, mais la vieillesse, vous voyez ? »

Pietrino a commencé à voir lorsque Laërte Malafato a stoppé son véhicule près des jardins de la villa Celimontana, pas loin des thermes de Caracalla, pour s'enfuir vers des pissotières publiques installées à même le trottoir. Il a eu droit à deux autres arrêts urinage avant d'arriver à proximité de la gare d'Ostiense, pourtant proche. La Fiat 500 s'est même payé une bordure de trottoir sous la passerelle ferroviaire de la *via* Ostiense, mais l'incontinence de Laërte Malafato n'était pas en cause, juste sa mauvaise vue en situation de contrastes trop forts. Le soleil cognait dru. L'obscurité sous le tunnel s'est révélée reposante mais assassine pour ses jantes. Après ça, Laërte s'est égaré.

Il était perdu ; Pietrino, non. La série d'explications du jeune Belonore sur leur itinéraire s'est terminée par un brillant exercice de mime. Dix minutes plus tard, Laërte Malafato a enfin parqué son bolide sous les arbres de la *via* Girolame Benzoni, à proximité d'un immeuble en briques rouges. Lorsque son chauffeur a coupé le moteur,

Pietrino l'a dévisagé avec une compassion filiale. À ce stade, la vieillesse n'est même plus un naufrage, juste un échantillon du grand néant qui lui succède. Dans le silence revenu, Pietrino porte la voix :

« Plus de stress, Laërte ! On est arrivés.

— Ici ? Ah ? Et on va attendre longtemps ?

— Le temps qu'il faudra. »

Laërte détaille l'environnement immédiat, la hauteur des immeubles, l'état de la chaussée. Il bloque sur un tronçon de la rue, à quelques pas. Il se détend :

« Heureusement qu'il y a des arbres.

— Pour l'ombre ?

— Non. Pour ma prostate. »

Pietrino dévisage son chauffeur. Don Quichotte avait son fidèle écuyer. Laërte n'est pas le Sancho Pança idéal.

« Laërte ? Je peux vous poser une question ? C'est quoi, le marché passé avec Foscarina ? »

Après avoir emmagasiné toutes les syllabes de son passager, le vieux Malafato s'est mis à les décoder. Il finit par répondre :

« Nous négocions en mois de loyer.

— Bien. Je propose de vous payer un mois de loyer de plus, et vous me laissez conduire votre voiture.

— Ah ? C'est que…

— Deux mois de loyer.

— Je…

— Deux mois, et je vous paye le bus pour rentrer chez vous.

— Bien. D'accord. Mais vous y faites bien attention, hein ? Même si c'est un modèle de 1958, c'est quand même une Fiat Abarth.

— Et une dernière chose, très importante… »

Pietrino extirpe le courrier de l'ambassade récupéré dans le dossier Craven, qu'il a regroupé dans une enveloppe.

« … confiez ces documents à Foscarina. Ma survie en dépend ! Elle saura quoi en faire s'il m'arrive quelque chose. »

Lorsque Laërte a claqué la portière, un enjoliveur est parti rouler sur le bitume. Le vieux avait aussi pour mission de donner quelques nouvelles rassurantes à Foscarina à son arrivée dans leur immeuble. Pourvu qu'il n'ait pas oublié ces messages avant d'avoir atteint le bout de la rue. Laërte Malafato a disparu à l'angle suivant, vigilant à ce que son itinéraire soit bordé d'arbres. Pietrino passe la main dans ses cheveux bouclés, prend une grande inspiration, souffle posément.

La récréation est terminée, l'heure de régler les comptes est arrivée.

Quattro Dita

Tassé dans la petite Fiat, Pietrino a les yeux rivés sur le troisième étage, face à lui. Sa détermination est totale. Hier encore, il se terrait derrière son bureau sous l'escalier d'Amber&Abel. Depuis, tout a changé. Vraiment tout. La métamorphose aura été rapide. Le jeune homme timoré est devenu un guerrier prêt à en découdre. Pietrino est un Belonore. Comme Volturno son aïeul, comme Marzio son mentor ! Et sa guerre est déclarée. Il doit comprendre ce que signifie tout ce cirque. Il doit comprendre pourquoi il s'est laissé piéger. Et pour connaître la vérité, il peut aller jusqu'à tuer. Il en est certain. Et pour tuer, il a besoin de quelques accessoires.

Pietrino sort du véhicule, fouille dans le coffre, à l'avant. Une clef pour dévisser les boulons des roues suffirait à faire son bonheur. Au milieu d'un fatras de vieux chiffons et d'accessoires rouillés, il déniche mieux : un démonte-pneu. Cette barre de fer recourbée à son extrémité fera bien l'affaire. Le crâne de Mathias le dandy ne doit pas être aussi solide, ses tibias non plus. Il y a peu, Pietrino était prêt à raser un quartier et à foudroyer pêle-mêle quelques ennemis américains et pas mal de civils malchanceux. Il va bien pouvoir massacrer ce traître arrogant : l'opération ne devrait lui poser aucun problème.

Les volets de la chambre de bonne sont ouverts, Mathias Baglioni est passé deux fois devant sa fenêtre. Pietrino hésite à grimper les étages. Affronter son adversaire sur son propre terrain est une mauvaise idée. Le filou est adroit pour manipuler ses interlocuteurs, Pietrino le sait. Il va attendre que le jeune et beau militant sorte de sa tanière pour l'accoster. Et lui démonter la tête. Mais après quelques explications, il faut tout de même rester urbain. Et Pietrino a besoin de comprendre.

Une heure passe. La petite Fiat est une étuve, même garée à l'ombre des micocouliers. Pietrino, en sueur, s'apprête à sortir lorsque le bruit d'un moteur puissant casse le silence de la rue. Une Alfa Romeo décapotable d'un bleu électrique vient s'arrêter au pied de l'immeuble. Le coup de klaxon se voulait discret, il aurait pu réveiller tous les fantômes des catacombes. Le dandy désinvolte se penche à la fenêtre, fait un signe, ferme ses volets. Trois minutes plus tard, Mathias s'installe sur le siège passager. L'homme au volant est un quinquagénaire grisonnant, au brushing ostentatoire. Son costume sur mesure est à l'image de sa voiture de luxe. Mathias semble là dans son élément naturel, barbotant dans cet univers cossu en adéquation totale avec sa personnalité profonde, bien plus qu'en compagnie des révolutionnaires paumés de *Potere Rosso*. L'Alfa part en direction du Tibre. Accroché au volant de son épave Abarth, Pietrino tente de suivre la décapotable.

Le trajet n'est pas très long. C'est une chance. La voiture du vieux Laërte Malafato fait un raffut de tous les diables et a du mal à dépasser les cinquante kilomètres à l'heure, même conduite dans les règles de l'art, même en passant les bonnes vitesses au bon moment. Devant lui, les deux passagers de la décapotable sont en pleine conversation, les cheveux au vent. L'ambiance est à la convivialité mondaine. Ils pourraient être en route vers une partie de golf ou en vadrouille pour un séjour sur la Riviera, tels deux *Latin lovers* en goguette. L'Alfa aurait pu semer Pietrino en moins de deux minutes sans un arrêt providentiel pour acheter des cigarettes. Mathias est descendu, alerte, dans son costume de prolétaire tiré à quatre épingles. Une fois le dandy revenu les mains encombrées de deux cartouches de cigarettes américaines, la décapotable a pris la direction des bords du Tibre. Dans son trajet, elle a contourné Montemartini, le site de la centrale thermique, l'ancien repaire de *Potere Rosso*.

Le quinquagénaire au brushing exubérant gare sa décapotable à proximité d'un terrain vague. Pietrino les dépasse sans ralentir. Il cahote une centaine de mètres avant de dénicher une impasse. Pietrino y abandonne la Fiat 500 avant de revenir avec prudence sur ses pas, à pied. Les deux mondains ont abandonné l'Alfa Roméo sans autre précaution au milieu d'un chaos industriel. Ce cabriolet bleu posé entre une flaque de mazout et un vieux fauteuil défoncé est une provocation, une invitation au vandalisme, un appel à la déprédation. La désinvolture de la classe dominante approche l'inconcevable, Pietrino n'en revient pas. Les deux guindés s'éloignent. Ils passent une barrière de béton délabrée, contournent le château d'eau qui domine le site, passent près de la grande cheminée mussolinienne lézardée avant de suivre un chemin qui se perd entre les épineux. Les deux hommes contournent une gigantesque cuve de mazout abandonnée, puis grimpent un talus. Ils atteignent le sommet d'un terril poussiéreux d'où la vue plonge sur les friches. Des carcasses d'utilitaires balisent la butte, au milieu des détritus les plus improbables. Mathias soulève une vieille banquette de Piaggio qu'il fait glisser. Il l'installe en surplomb, comme un fauteuil dans la loge d'honneur d'un théâtre. Les deux hommes s'assoient, prêts au spectacle.

Pietrino, prudent, se glisse dans les pas des deux mondains. Il contourne la décapotable bleue, passe le grillage sans faire de bruit, fait deux pas en direction du château d'eau.

« C'était bien la peine de remuer tout le Latium pour vous retrouver, Belonore ! »

La voix l'a fait sursauter. L'homme se tient à quelques centimètres de son oreille. Il a parlé d'un ton posé, mais son agacement est tangible. L'homme est grand, chauve et ganté. Pietrino l'a déjà vu. Ce drôle de type en costume cravate se tenait il y a quelques heures sur la place Santa Maria di Trastevere. Il accompagnait les deux barbouzes, le vieux et le jeune venus le chercher dans la petite maison de Béatrix. Pietrino en reste muet. Le grand chauve poursuit avec une moue agacée :

« Toute cette agitation pour traquer un fuyard qui vient se jeter tout seul dans la gueule du loup ! Nous sommes vraiment lamentables. Cela dit, à notre décharge, vous êtes vraiment imprévisible, Belonore. »

Il en profite pour pointer du regard le démonte-pneu que Pietrino tient toujours à bout de bras.

« Et avec ça, vous comptez démonter quoi ? L'arrogance de ce bouffon de Mathias Baglioni ? Les extravagances capillaires du juge Carmine Bartolomeo ? Parce qu'en face de vous, le vieux beau qui accompagne votre copain le dandy gauchiste est le célèbre juge Bartolomeo. Lui-même ! Le demi-mondain avachi sur une vieille banquette de triporteur là-haut est bien le magistrat redouté des justiciables, craint des avocats, respecté de tous les corps de police du pays. Vous voyez ? »

Pietrino voit bien. Une réputation austère précède le juge, comme son intransigeance envers les coupables des petits arrangements propres à la culture politique locale. Un incorruptible, à ce que trimbale sa légende. Toutes les rumeurs ont couru autour de ce personnage atypique, toutes les appartenances : de la droite dure à la gauche extrême. Ce que l'opinion a retenu, c'est que

Carmine Bartolomeo est un maniaque de l'ordre et fait preuve d'une rigueur bien éloignée des usages locaux. La vedette redoutée des tribunaux romains est donc cul et chemise avec le dandy de la gauche prolétarienne. Et ce type à la main déformée, sans aucun doute affilié à une officine américaine, se balade dans les pas du juge, lui aussi. Il n'y a aucune logique dans cet amalgame d'idéologies, c'est absurde. Pietrino serre les poings, prêt à en découdre. Le grand chauve lâche un soupir las. Il montre un Colt 45 qui pend à son bras gauche en continuant ses explications :

« Laissez tomber la violence, Belonore ! Ne tentez même pas d'imaginer une utilisation de votre outil à notre encontre. Nous vous aurons pulvérisés avant que votre radius n'arrive à former un angle droit avec votre cubitus. »

Nous ? Pietrino regarde les alentours, la friche, les ruines. Le grand chauve semble bien seul pour utiliser ce pronom personnel au pluriel. L'homme ne fait aucun cas de la surprise de son interlocuteur :

« Vous voulez voir le spectacle, Belonore ?

— Quel spectacle ?

— L'apothéose pathétique d'un groupe de communistes égarés dans les méandres d'une idéologie obsolète. La séance va commencer. Suivez-moi. Nous allons laisser les deux mondains installés sur leur talus profiter de la vue sans les déranger.

— Qui êtes-vous ?

— Alors… Qui sommes-nous ? »

Le grand chauve montre sa main gantée, ses doigts y font un drôle d'angle.

« Tout le monde utilise le sobriquet *Quattro Dita*, dans ce pays. Quatre doigts. Ce surnom vous suffira pour nous qualifier.

— Vous ! Mais pourquoi “vous” ? C'est agaçant, à la fin !

— Nous. C'est sans appel. Et ne venez pas me pleurer vos cours de grammaire italienne, Belonore. C'est “nous”. J'aurai consacré ma vie à maintenir la suprématie des États-Unis sur la vieille Europe. Dans le cadre professionnel, je préfère m'exprimer au nom de toute une nation. L'Amérique entière est derrière moi, Belonore. Ça fait suffisamment de monde pour justifier ce “nous” qui semble vous agacer.

— Et Béatrix ?

— Ah, Béatrix, c'est un autre problème.

— Où est-elle ?

— Inaccessible, mon pauvre Belonore. Cette pauvre fille s'est loupée de manière magistrale. Un cas d'école ! L'amour ne fait jamais bon ménage avec nos activités parallèles.

— Qu'est-ce que vous en avez fait ?

— Nous l'avons écartée du paysage local pour un bon moment. »

Une boule tord le ventre de Pietrino. Même manipulé, il garde le souvenir de Béatrix gravé en lui. Il ne sait pas dire si c'est de l'amour, ou juste le malaise d'être passé à côté d'une âme sœur potentielle. Cette première expérience sentimentale est douloureuse. Le sort réservé à Béatrix ne perturbe pas une seule seconde le grand chauve aux quatre doigts gantés. À l'autre bout du site, cinq silhouettes parcourent l'esplanade devant la centrale thermique. Fabio La Rocca mène la troupe. *Quattro Dita* affiche un curieux sourire.

« Suivez-moi, Belonore, la séance est en cours. »

Poucet

Pour Fabio La Rocca, la séance avait commencé très tôt, le matin même. Le juge s'attendait à ce coup de fil, pas à sa concision. Le ton sec de Carmine Bartolomeo l'a glacé. Son compère a été bref :

« Dissolution de *Potere Rosso* ! Vous vous êtes comportés comme des ânes. Tu réunis le groupe en début d'après-midi, à la centrale. Vous y trouverez mes instructions. »

Pas un mot de plus. L'ambiance n'était pas au beau fixe. Avec l'exécution de Mirone devant les locaux de Amber&Abel la veille au soir, Fabio La Rocca perdait le plus virulent de ses militants. Après l'attentat raté par Pietrino Belonore, ce second fiasco à grand spectacle mettait en danger toute sa faction. Et même si Fabio ne dissolvait pas *Potere Rosso*, combien seraient prêts à poursuivre la lutte ? Comme pour chaque réunion clandestine, La Rocca a passé les quelques appels pour prévenir sa troupe avec un message codé improbable. De tous les membres, il est le seul à posséder un téléphone. Les consignes transitaient par le biais de voisins, de commerces de proximité ou de vagues parents qui relayaient une phrase sibylline lorsqu'ils devaient rassembler ses militants. Fabio La Rocca y est allé de son : « L'oncle te donne rendez-vous au tram à quatorze heures. » L'information a circulé comme d'habitude, aussi bien et aussi vite que d'habitude. Tous étaient prévenus une heure après l'alerte, le rendez-vous était fixé.

À la station de tramway Porta San Paolo, à l'heure du café, la désillusion était complète. Seuls quatre des activistes avaient répondu présents. Fabio La Rocca a croisé les regards désabusés de ses derniers fidèles. Mirone était mort, le jeune Belonore hors jeu. Les trois habituelles plus grandes gueules du groupe manquaient à l'appel, ce n'était pas une surprise. Ils étaient les plus virulents théoriciens de la lutte armée : la perspective d'une remise en cause de leur modèle leur était insupportable, comme surtout la possibilité d'avoir pour une fois à mettre les mains dans le cambouis et de se confronter à la réalité du terrain. Les rois de la rhétorique ne se sentaient pas de jouer les valets de l'action concrète. Même le dandy, Mathias Baglioni, s'était défilé.

Cet ultime rendez-vous sous un soleil de plomb sonnait comme un cérémonial funèbre. Les cinq hommes ont grimpé dans le tram, ils n'ont pas échangé un mot jusqu'à leur descente devant les friches de Montemartini, un quart d'heure plus tard. La petite troupe a franchi les grillages, contourné les bâtiments, s'est glissée dans les entrailles de l'usine par la salle des chaudières. Obnubilés par leur déroute, les militants décomposés de *Potere Rosso* n'ont même pas repéré les silhouettes des deux curieux assis comme au spectacle, en surplomb près des cuves à une centaine de mètres d'eux.

Une première surprise les attendait à l'entrée de la salle des machines. Un tract de leur organisation trônait, bien en vue. Ce n'était pas un de ceux étalés récemment sur tous les murs de Rome. Le papier était flétri, taché de sang, posé sur les dalles de béton fissurées et maintenu par trois cailloux. Le portrait de l'oncle Sam avec son haut-de-forme encerclé de croix gammées était toujours aussi grotesque, le marteau et la faucille toujours à l'envers. Fabio La Rocca enrageait. D'après Pietrino, tous les tracts du premier attentat s'étaient volatilisés avec l'explosion de la bombe au bord du Tibre. Inexact. Et problématique. Mais la situation était déjà désespérée, même sans cette signature du premier attentat loupé. Le plus jeune des militants a repéré une tache rouge, fraîche, à proximité du tract.

« C'est du sang ? »

Fabio s'est penché pour tester le liquide sombre du bout d'un doigt.

« Non. C'est de la peinture. Fraîche.

— Et ça ? »

Ça, c'était une succession de taches rouges, comme un chemin tracé avec la même peinture. Un petit Poucet maléfique leur montrait la voie. Ils ont commencé à suivre les taches. Après deux couloirs, les taches partaient dans trois directions différentes. Un tracé menait vers le grand hangar des chaudières, un autre bifurquait vers les passerelles de contrôle sous la charpente du toit dans le même bâtiment, le troisième filait vers les sous-sols de l'usine. Fabio La Rocca a réparti les tâches exploratoires. Deux sont partis en expédition là où rouillent les turbines. Fabio, accompagné d'un autre des camarades, a commencé à s'enfoncer dans les profondeurs, vers la salle des pompes.

Le troisième circuit de taches rouges fraîches suivait les rampes provisoires fixées aux murs. Une juxtaposition de passerelles menait vers les hauteurs de la structure. Ce chemin bricolé à base d'échelles ne répondait à aucune norme, mais restait bien pratique pour accéder à la soupente et se hisser sur la coursive du pont roulant. Le plus téméraire s'est proposé. Il est parti grimper. L'homme était adroit, il a franchi sans difficulté un dédale de passages branlants sur lesquels personne ne s'aventurait jamais depuis que la centrale avait été abandonnée. À raison. Ses pas ont résonné sur les structures métalliques tachetées de rouge pendant quelques secondes. Un grincement sinistre a figé tous les explorateurs, y compris le responsable de ce raffut. L'acrobate perché à plus de dix mètres de haut était prêt à se hisser sur la dernière coursive, le tablier du pont roulant. Les rampes se sont effondrées, les tôles se sont tordues, les passerelles se sont émiettées. Le malheureux a disparu sous quelques tonnes de ferraille, avalé par la superposition des débris qui s'entassaient derrière les anciennes chaudières. Le naufrage a résonné longtemps derrière les petits carreaux fissurés des verrières. Une fois les dernières pièces métalliques tombées et le silence revenu, Fabio a regroupé sa troupe. L'injonction était virulente.

« Vous restez tous avec moi. On va suivre un seul chemin à la fois. Et on reste très vigilants. »

Les quatre hommes ont arpenté le rez-de-chaussée de la grande salle des machines. Des fantômes industriels les toisaient : leurs cadrans de contrôle en guise d'yeux curieux semblaient les suivre du regard. Les taches rouges émiettées sur le sol les narguaient. Arrivés près de la dernière grosse armoire de fer, le pointillé écarlate escaladait le long d'un tuyau. Les explorateurs ont alors découvert une mise en scène à la cohérence difficile à comprendre. Une photo colorisée de la baie de Naples était accrochée à un boulon. Une petite fiole d'alcool et un paquet de cigarettes mentholées, chacun agrémenté d'une tache de peinture rouge, étaient exposés sous une inscription encore fraîche : *E QUESTO È DA PARTE DI MIA MAMMA*… « Et ça, c'est de la part de ma mère. »

Incompréhensible. Même le juge La Rocca, pourtant rompu à tous les cérémoniaux de la justice, n'a pas fait le rapprochement avec la dernière cigarette et le dernier verre d'alcool offerts aux condamnés, trop perturbé par les événements en cours. Il a fait un signe. Tous ont fait demi-tour pour suivre le dernier chemin proposé par les marqueurs écarlates de leur guide anonyme. Les quatre militants se sont enfoncés dans les sous-sols de la centrale, vers la salle des pompes. Une odeur nauséabonde parfumait l'humidité de cette cave gigantesque destinée à contenir les débordements du Tibre. La centrale de Montemartini a été construite au creux d'une des boucles du fleuve qui paresse à quelques centaines de mètres. Le chemin des points rouges s'arrêtait sous un deuxième tract, identique au premier, aussi détérioré et constellé de vraies taches de sang séché. Et à deux pas, posé à même le sol, un cartable de cuir au rabat fermé attendait. Tracée sur le sol, d'une écriture maladroite, une injonction : *NON ESITI A PRENDERLA*… « Servez-vous ! C'est de la part de ma mère », mettait un terme à la déambulation. Cette phrase était signée de manière toute aussi gauche par un certain Zefirino Gianlupino.

Le juge Fabio La Rocca était venu pour récupérer les consignes données par Carmine Bartolomeo, et il se retrouvait à participer à un jeu de piste sinistre organisé par un inconnu. Fabio La Rocca n'avait jamais entendu parler de ce Zefirino Gianlupino.

Pour Zefirino Gianlupino, la séance avait commencé dès la veille au soir. Le grand chauve lui avait rendu visite dans son bidonville pour lui donner les dernières directives, et surtout pour être certain qu'il mènerait sa démarche vengeresse jusqu'au bout. Pas d'angoisse, le chiffonnier de Pietralata était déterminé à venger sa mère, quel qu'en soit le prix. Le grand chauve aux doigts tordus avait conclu sa visite par une grande tirade sur l'irremplaçable maman de Zefirino, une sainte qu'il ne fallait pas décevoir, jamais, et qui voyait tout depuis le paradis dans lequel elle avait trouvé une paix éternelle tellement méritée.

Dans la nuit, un étrange phénomène a réveillé Zefirino, qui dormait d'un sommeil léger sur son sommier dans son coin de taudis. Une douce musique le berçait. Lorsqu'il a reconnu le *Vissi d'Arte* de *la Tosca*, il a ouvert les yeux. La mélodie semblait filtrer à travers les planches de sa bicoque. Un étrange mystère planait dans la cabane, sans doute sa mère venant le soutenir dans sa quête de vengeance. Stupéfait, Zefirino a fixé l'œil de Polifemo : il brillait. La petite lumière du phare s'allumait, vibrait, un peu comme si Maria voulait donner du courage à son fils depuis l'au-delà. Il n'a pas osé se lever, hypnotisé par ce miracle, trop ému par cette présence surréaliste mais tellement réconfortante. Passé le dernier mi bémol du grand air, les harmonies de *la Tosca* se sont évanouies dans la nuit. L'œil de Polifemo a refroidi son filament, la présence divine s'est estompée. Maintenant, Zefirino était prêt. Il a dormi comme un bébé.

Au petit matin, Zefirino a récupéré un vieux cartable des mains d'un mystérieux Damiano qu'il n'avait jamais croisé avant, ce mystérieux Damiano n'ayant lui-même jamais croisé le coursier de la *piazza* Navona qui a apporté le cartable, cet intermédiaire ne connaissant pas lui-même l'identité de l'artificier qui a mis au point le système de mise à feu. L'efficacité de l'opération passait par l'anonymat, et les services secrets américains savent tenir compte de leurs échecs passés.

Zefirino s'est rendu vers la gare d'Ostiense, son lourd cartable à bout de bras. Lui était d'humeur légère. En passant près d'une droguerie bien achalandée en peinture, il s'est dit que les consignes laissées par le grand chauve pour mener à bien sa mission pouvaient être agrémentées de quelques digressions ludiques. Le grand chauve lui avait bien expliqué qu'il devrait ouvrir lui-même le cartable face à ses interlocuteurs, une fois certain qu'ils étaient bien les membres de ce groupe d'assassins de *Potere Rosso*. Le grand chauve avait même suggéré que Zefirino s'exclame : « *Maria Gianlupino, adesso sei vindicata !...* » Maria Gianlupino, te voilà vengée, juste avant que la bombe n'explose, pour accentuer l'aspect théâtral de sa démarche suicidaire. Mais le chiffonnier de Pietralata a décidé d'apporter un peu de piment à son expédition.

Une fois dans la centrale abandonnée, il a conçu ce jeu de piste morbide, dévissé quelques boulons, répandu ses gouttes de peinture rouge, laissé ses indices. L'heure du rendez-vous était arrivée, mais il n'y avait plus aucune utilité à attendre le juge rouge et ses affidés. Et Zefirino avait le sens de la famille, pas celui du sacrifice. À quoi bon se faire exploser avec les assassins de sa mère, surtout une fois la pauvre femme vengée ?

Zefirino est ressorti de Montemartini, a contourné le site. Il a rejoint le château d'eau sous lequel le grand chauve observait toute la scène, à l'ombre. Il l'a trouvé en compagnie d'un jeune homme aux cheveux frisés et au regard sombre qu'il avait peut-être croisé un jour, rien n'était moins sûr. L'arrivée du chiffonnier a contrarié le grand chauve : il semblait furieux :

« Zefirino ? Qu'est-ce que vous faites ici ?

— J'ai tout organisé. Ne vous inquiétez pas. Ils n'ont plus besoin de moi.

— Comment ça, plus besoin de vous ?

— Non… »

Le sol tremble sous leurs pieds. Un bruit sourd imprègne l'atmosphère. Quelques poutres dégringolent. Zefirino a un sourire de vainqueur.

« Vous avez entendu, là ? Eh bien là, ils ont dû ouvrir le cartable.

— Si vous le dites, Zefirino.

— Ça y est, ma mère est vengée ! »

Zefirino lève les yeux au ciel, envoie un baiser vers les nuages. Puis il tape sur l'épaule du grand chauve avec une familiarité surprenante :

« Pour les obsèques de ma mère ? Vous prenez tout en charge ? Comme promis ? »

Quattro Dita marmonne :

« Bien entendu, Zefirino ! Chose promise…

— Je savais que je pouvais vous faire confiance. *Salve !* Salut ! »

Le chiffonnier de Pietralata tourne les talons et disparaît dans le dédale des ruines de Montemartini.

Pietrino n'en revient pas. Il essaie de mettre de l'ordre dans cette folie, mais un lot conséquent d'éléments lui manque pour que la logique reprenne ses droits. Une fumée lourde s'échappe du bâtiment principal, le silence est revenu. Sur la butte, plus loin, les deux spectateurs se lèvent de leur banquette pour applaudir à la réussite de ce spectacle pyrotechnique. Le brushing de Carmine Bartolomeo exprime un enthousiasme certain. Mathias le dandy garde son assurance dédaigneuse même devant la mort de ses anciens camarades de lutte. Il n'a pas une once de regret. Pietrino se penche vers *Quattro Dita* :

« Vous permettez ? J'ai deux mots à dire au jeune ami du juge Bartolomeo.

— Faites, Pietrino Belonore. Après tout, si vous vous êtes enferré dans cette situation indémerdable, c'est aussi à cause de lui. »

Le grand chauve porte la voix vers le talus :

« Carmine ? Nous sommes là ! Je peux vous parler seul à seul ? »

Carmine Bartolomeo descend de son belvédère. Le magistrat croise Pietrino Belonore à mi-pente sans un regard, aussi froid que le *frigidarium* des thermes de Dioclétien. Arrivé à l'ombre du château d'eau, le juge engage une discussion discrète avec le grand chauve, tandis que Pietrino rejoint Mathias Baglioni. Les retrouvailles sont glaciales, là aussi. Le blondinet de la gauche prolétarienne mondaine affiche un rictus d'un mépris époustouflant :

« Alors, Belonore ? Je t'avais prévenu, non ? C'est toi qui tenais absolument à revoir ta muse. C'était comment, déjà, son nom ? Antonella ? Et encore, celle-là, tu ne l'as jamais revue. Et Béatrix ? Elle t'a déniaisé ou pas ? Mon pauvre Pietrino… Ça fait quel effet de se faire prendre pour un con ? »

Pietrino plonge son regard dans celui du dandy.

« Tu sais quoi, Mathias ? »

Pietrino brandit son démonte-pneu à deux mains et explose la tête de Mathias Baglioni. Le dandy s'écroule, le visage en sang, incrédule.

« Ça énerve ! »

Mathias tente de se redresser, Pietrino assène un deuxième coup tout aussi violent sur son crâne.

« Ça énerve, Mathias ! »

Puis un troisième à la verticale sur la chevelure blonde du moribond, avant de conclure :

« Tu n'imagineras jamais à quel point ça énerve ! »

Pietrino plante sa tige de fer droit dans la poitrine de Mathias Baglioni avant de redescendre du talus.

Gladio

La terrasse panoramique de l'hôtel Forum est déserte. Normal, il n'est que dix-huit heures. Mais Alberto le maître d'hôtel est en sueur. Des clients de marque ont débarqué à l'improviste il y a trente minutes. Alberto a réussi à rapatrier du personnel en réserve et en tenue appropriée, des cuistots prêts à faire rugir les fourneaux et un sommelier prêt à bondir. Alberto est stressé, comme à chaque fois que le juge Bartolomeo pointe son estomac et sa mauvaise humeur. Mais pas aussi tendu que lorsque le juge Bartolomeo est accompagné de son indissociable collègue. Aujourd'hui, pas de Fabio La Rocca pour faire ses réflexions assassines sur la qualité du service ou la fraîcheur des produits. L'absence du juge La Rocca a même provoqué une remarque d'Alberto qui se voulait sympathique mais qui n'a déclenché qu'un simple haussement d'épaules chez Bartolomeo. Le maître d'hôtel n'a pas insisté. Ils sont là, sous un grand parasol : trois convives qu'il faut servir, et qu'il faut surtout laisser discuter tranquilles. C'est la consigne marmonnée par Carmine Bartolomeo à son arrivée. Alberto est habitué, le cérémonial est toujours le même.

Alberto observe ses clients. Il a déjà servi l'homme chauve à la main gantée, il n'y a pas si longtemps. Ce drôle de bonhomme s'était fait alors une indigestion de *carciofi alla giudia*. Par contre, il n'a jamais vu le jeune homme à l'air tourmenté qui les accompagne. Le maître d'hôtel se pointe avec ses menus, certain de se faire démonter dès qu'il ouvrira la bouche. Carmine ne lui laisse pas articuler une seule syllabe.

“Vous avez des artichauts farcis à la romaine ? Vous en mettez trois assiettes, ça ira bien. Notre ami américain adore ça, il va se régaler. Et sans doute aussi notre jeune ami ici présent, qui doit se remettre de quelques émotions. Vous aimez les artichauts, Belonore ? »

Pietrino ne répond rien. Il n'a pas dit grand-chose depuis qu'ils ont quitté Montemartini. Carmine a un sourire étrange. Il chasse le maître d'hôtel d'un revers de main. Ce pauvre Alberto fonce vers les cuisines la tête basse, ses menus sous le bras. Carmine se sert un verre d'eau qu'il avale cul sec avant de poursuivre :

« Bien ! Pour les artichauts, on ne saura jamais. Aucune importance. Je peux vous poser une autre question, Belonore ?

— *Certo !* Bien sûr !

— Ça vous a fait quel effet de massacrer ce crétin de Mathias Baglioni ?

— Vous voulez vraiment savoir ?

— Oui.

— Aucun. »

Carmine éclate de rire :

« Allons bon ! »

Pietrino se reprend :

« En fait, si. Ça m'a calmé.

— Vous feriez une excellente recrue, Belonore !

— Pour qui ?

— Pour quelques relations de travail avec qui j'échange en permanence sur l'état du monde et de la péninsule. Un groupe à l'idéologie cent fois plus pertinente que celle du troupeau d'intellectuels fanés qui vient de se faire expédier vers des cieux plus cléments. D'ailleurs, excusez-moi, mais je dois passer un coup de fil urgent. Les dernières péripéties autour de *Potere Rosso* n'ont pas été les plus discrètes. »

Quattro Dita interrompt son analyse de la carte des vins, agacé par le zèle du juge :

« Nos services de nettoyage sont déjà sur le terrain. Nous les avons prévenus. Ils s'en occupent.

— Je m'en doute. Vous ne seriez jamais devenu la première puissance mondiale sans être épaulés par les collaborateurs les plus diligents. Votre efficacité est votre atout maître, vous nous le faites suffisamment remarquer depuis quelques années. Mais j'ai moi aussi quelques responsables d'opérations à prévenir. Commencez sans moi, si jamais les artichauts arrivent. De toute façon, vous pourrez piocher dans mon assiette, je n'aime pas les artichauts. Je reviens… »

Carmine Bartolomeo se lève, pose sa serviette, s'éloigne vers la salle. *Quattro Dita* affiche le même sourire que le juge.

« Sérieusement, Belonore ? Ce Mathias Baglioni ? Vous l'avez massacré ! Ça ne vous a même pas gêné un tout petit peu ?

— Mathias Baglioni m'a trahi. Il s'est servi de moi. J'avais très peu d'illusions sur le genre humain avant l'expérience *Potere Rosso*. Je n'en ai plus depuis ce matin, lorsque j'ai découvert Béatrix en votre compagnie. Plus du tout. D'ailleurs, qu'avez-vous fait de Béatrix ?

— Secret défense, Belonore. Vous n'en saurez rien.

— Un jour, je saurai.

— Vous êtes un obstiné, Belonore. C'est de famille ?

— Il paraît.

— Vous saurez ? Vous saurez surtout si vous parvenez à survivre, Belonore. Pour l'instant, c'est pas gagné. Votre situation est très délicate.

— Je n'ai pas tué le conseiller Aaron Craven.

— Nous le savons très bien. C'est moi qui l'ai tué.

— Vous ?

— Après l'amateurisme très couleur locale du premier attentat que vous avez foiré, il fallait être certain du résultat. J'ai préféré m'en charger moi-même.

— L'attentat que j'ai foiré, comme vous dites, n'était pas précisément dirigé contre Aaron Craven, mais contre la présence de l'armée américaine en Italie.

— Ha ha ha ! Ces méchants impérialistes qui vous envahissent ? Détrompez-vous, Belonore. Aaron Craven était la seule et unique cible de la bombe que vous êtes allé perdre sur les bords du Tibre, même si on savait qu'il y aurait des dégâts collatéraux importants. Il nous fallait éliminer Craven à cause de ses prises de position prosoviétiques. Carmine Bartolomeo s'est chargé d'organiser l'opération. Il s'était déjà infiltré dans votre phalange de marxistes agités, c'était une occasion inespérée pour lui.

— Mais pourquoi ?

— Un attentat sanglant dans la capitale avec un maximum de victimes civiles ? Ça rentrait tout à fait dans leur stratégie de tension, surtout qu'ils pouvaient mettre ce carnage sur le dos d'un obscur groupuscule de gauchistes.

— "Ils" ? De qui parlez-vous ?

— Le juge Carmine Bartolomeo est un des piliers d'une organisation assez efficace mais qui reste discrète, plutôt ancrée à droite si vous avez besoin d'une référence simpliste. C'est un maniaque de l'ordre. Vous n'avez pas remarqué ? Pour notre part, nous les méchants impérialistes qui vous envahissons, ça nous convient très bien. Un collaborateur actif et introduit dans les arcanes du monde politique d'ici, réputé incorruptible ? C'est l'idéal ! Nous travaillons main dans la main à contrer les tentatives d'hégémonie du bloc soviétique. Et croyez-moi, ce n'est pas simple, surtout en ce moment. *Gladio*… Le glaive, ça vous parle ?

— Ça devrait ?

— Nous appliquons la plus grande discrétion autour de ce mouvement. Mais vous auriez pu en entendre parler, en travaillant chez Amber & Abel. Nos collaborateurs italiens ont une fâcheuse tendance à fanfaronner dès qu'ils sont en affaire avec nous. Notre gouvernement a appuyé ce réseau depuis la fin de la dernière guerre, des partisans aguerris prêts à tout en cas d'invasion communiste. Et comme la meilleure défense, c'est l'attaque, nous essayons de mettre en place une stratégie de tension.

— Une stratégie de tension ?

— C'est vieux comme le monde, Belonore. Faire peur au petit peuple avec des épouvantails habillés aux couleurs des ennemis désignés, figer les mentalités et focaliser les attentions sur un bouc émissaire jeté en pâture à la foule qui ne demande que ça ! Rudimentaire, mais efficace. Si vous n'aviez pas foiré votre attentat, nous aurions fait d'une pierre deux coups : le début de la terreur et l'élimination d'un gêneur. Mais voilà… Pietrino Belonore a eu des états d'âme. Ne me dites pas que vous êtes désolé de ne pas avoir mené votre mission à bien.

— Je le suis encore moins maintenant que je sais tout ça. Vous m'avez manipulé ? Tous ?

— C'est la base même de ce grand jeu de dupes. Ah ? Là, je crois discerner dans votre regard aiguisé une envie de me démolir, comme vous avez haché menu le dandy maoïste tout à l'heure. Je me trompe ?

— Non.

— Sauf que là, avec votre petite fourchette et sur la terrasse d'un hôtel en plein centre-ville de Rome, c'est plus délicat. Je vous rappelle que je suis armé.

— C'est la seule chose qui me retient.

— Vous m'amusez, Belonore ! Et puis, vous ne vous rendez pas compte des enjeux économiques d'une installation comme celle prévue à Aviano. Avec la disparition de Craven, tout le monde y gagne. Et pas seulement en reconnaissance ou en puissance stratégique militaire. Vous n'imaginez pas les primes, les dessous-de-table et les rétrocommissions.

— Si, très bien. J'ai étudié le dossier Aviano pendant des jours. Je vous rappelle que c'est Amber&Abel qui traitait le juridique. D'ailleurs, à ce propos…

— À ce propos, Belonore, vous allez nous apprendre que vous êtes en possession d'un échange de courrier top secret et compromettant entre l'ambassade et le conseiller Craven, courrier que vous avez dérobé et qui prouve l'animosité entre les diplomates aux affaires et le conseiller. Exact ?

— Exact !

— Où sont ces lettres ?

— Dans de bonnes mains. Et s'il m'arrive quoi que ce soit…

— S'il vous arrive quoi que ce soit, aucun organe de presse, aucun réseau, personne ne prendra le risque de les ressortir sur la place publique. Vous êtes cuit, Belonore. La police italienne vous recherche pour le meurtre d'un militaire américain dans un palazzo romain réservé aux diplomates invités. Et ils ont les photos.

— C'est vous qui avez fabriqué les preuves. C'était votre stratégie, ça aussi ?

— Non. Là, c'est Carmine Bartolomeo. Ils ne vous faisaient confiance qu'à moitié, même au sein de votre groupuscule. Ils vous ont observé de près pendant toute la préparation de l'attentat. Une chance, ils possédaient des photos de vous sortant du *palazzo* Ricci. Après, ça a été un jeu d'enfant. Les enquêteurs italiens ne sont pas regardants sur les détails, et ils font une confiance aveugle à tout ce qui leur vient de la CIA.

— Et Carmine Bartolomeo a berné Fabio La Rocca pendant tout ce temps ?

— Le juge La Rocca était un exalté. Il croyait tellement à la révolution prolétarienne qu'il était prêt à faire confiance à toutes les personnes qui parlaient dans son sens. Pour Carmine Bartolomeo, ça a été un jeu de gamin. Je crois même que ça l'a bien amusé.

— Carmine Bartolomeo ? Mais quelle ordure !

— Ne dites pas ça, Belonore. Si vous êtes encore en vie, là, à ce moment précis, c'est à la demande de Carmine. Si vous n'aviez pas exécuté le dandy à Montemartini, vous croupiriez avec une balle dans la tête à la surface du Tibre. »

Carmine Bartolomeo revient de la salle, suivi de très près par Alberto et ses artichauts farcis à la romaine. Il s'assied face à Pietrino, laisse le maître d'hôtel poser ses plats et le dégage du même revers de main.

« Alors, Belonore ? La CIA vous a fait une mise à niveau ? Notre ami américain vous en a appris un peu plus ? »

Pietrino dévisage le juge assis face à lui, détaille ses traits. Le quinquagénaire a profité de son passage dans l'arrière-salle pour retaper son brushing vertigineux.

« J'imaginais que le genre humain pouvait produire des ordures, mais pas à ce point. Vous, Carmine Bartolomeo, êtes la pire bordille que j'aie jamais croisée.

— Si ça vous fait du bien, Belonore, vous pouvez en remettre une couche. J'en ai entendu d'autres.

— Et Mathias Baglioni ?

— Un jeune con. Un révolutionnaire de salon. Le fils gâté d'un riche industriel fasciné par la révolution prolétarienne et les théories marxistes !

— Vous aviez l'air bien copains, pourtant ! Sa mort ne vous touche pas plus ?

— Non. Vous savez qui est la famille Baglioni ? Des chaudronniers qui ont fait fortune à la sortie de la guerre. C'est facile d'avoir des idées et une attitude de gauche pour un fils de riche lorsqu'on vit de ses rentes. Mathias Baglioni était méprisable au plus haut point. Mais il était mon cheval de Troie dans l'organisation de *Potere Rosso*, mon informateur, mon relais. Le groupe éliminé, je ne savais plus trop quoi en faire, et c'est vous qui vous en êtes chargé, Belonore. Je vous en remercie.

— Vous me remerciez ? Mais vous êtes encore pire que ce que j'imaginais. Et maintenant ? »

Quattro Dita déguste ses artichauts avec quelques bruits de bouche. Il a du mal à argumenter en mâchant, mais y arrive :

« Maintenant, nous avons besoin d'un autre cheval de Troie, pour les opérations à venir. Je suis certain que dans un futur proche, nous allons avoir besoin de taupes à infiltrer. C'est pour ça que nous avons pensé à vous, Belonore.

— C'est une blague ?

— Pas du tout. Pour le réseau Gladio, vous êtes le candidat idéal : jeune, bilingue, expert en droit. En travaillant chez Amber&Abel, vous vous êtes plongé dans les arcanes des deux gouvernements, sans compter votre connaissance de nombreux dossiers confidentiels. Et vous avez l'air d'être un tueur de qualité. C'est un atout supplémentaire. Ça vous dirait ?

— Non.

— C'est à vous de voir, Belonore.

— Et si je refuse ? »

Quattro Dita entame l'assiette du juge qu'il vient de placer devant lui.

« Si vous refusez, c'est très simple. Demain matin, on retrouvera votre cadavre dans un des étangs de Fiumicino, avec une balle de Colt 45 dans le crâne.

— Et si j'accepte pour sauver ma peau ?

— Si vous acceptez, n'imaginez pas une seconde pouvoir rompre le pacte jusqu'au jour de votre mort, qu'elle soit naturelle ou pas. Le plus gros service de renseignement de la planète sera sur vos traces toute votre vie, vingt-quatre heures sur vingt-quatre. Il l'est déjà. Vous êtes en sursis, Belonore. En fait, vous êtes en sursis depuis que vous avez loupé votre attentat. Il ne tient qu'à vous de survivre. Et dites-vous que vous n'aurez jamais le droit à l'erreur. Dites-vous aussi que nous avons des agents en Lombardie, autour de Bergame, et que votre famille est bien sûr dans notre ligne de mire. Pensez à cette pauvre Béatrix : nous la tenions avec le même genre d'arrangement. Vous êtes un garçon intelligent. Je suppose notre marché conclu ? »

Nagasaki

James Woodwhite a observé pendant quelques secondes la carte postale épinglée sur le mur face à lui. Chaque matin depuis six ans, il regardait distraitement cette photo du Colisée de Rome avant de s'asseoir derrière son bureau encombré des dossiers à traiter. Cette fois-ci, James Woodwhite s'y est arrêté. Un peu plus longtemps. Il a ressenti une drôle d'émotion en contemplant les arches démolies sur le cliché poussiéreux. Il l'avait envoyé à sa femme depuis la capitale italienne avant de rentrer à Washington. Cette *cartolina* a été le premier élément de décoration affiché dans son espace de travail lorsque le service Europe de la Direction des opérations a déménagé cinq années plus tôt pour s'installer dans les nouveaux locaux de la CIA, à Langley. Les souvenirs ont reflué.

James Woodwhite s'est revu traverser l'Italie en long et en large, avec son acolyte de la police militaire. La guerre venait de finir, il recherchait Carlo Ceserano, un photographe installé à Parme, impliqué dans le meurtre d'un officier américain. Ils avaient retrouvé sa trace, fait le voyage jusqu'à Marseille, rencontré sa famille française, causé quelques dégâts sans le vouloir dans la cohésion d'une famille Belonore déjà très perturbée. L'affaire avait été classée.

C'est ce périple dans la péninsule qui a donné à James Woodwhite le goût de l'Italie. S'il travaille depuis presque vingt ans dans ce service, c'est bien une conséquence directe de cette première mission en Lombardie. Il s'est entiché de la langue italienne, de la cuisine italienne, des coutumes italiennes. Il s'est surtout plongé dans le dédale des combines italiennes, des compromissions et du fonctionnement trouble des familles mafieuses qui gèrent la vie publique outre-Atlantique. Avec la menace soviétique aux frontières du monde civilisé, la démocratie chrétienne d'Aldo Moro a depuis quelque temps le soutien sans faille de l'administration américaine. Et à cause de sa psychose anticommuniste, l'oncle Sam a dû s'accommoder des *intrighi* qui apparaissent en permanence, par transparence, dans tous les dossiers en provenance de la péninsule.

James Woodwhite est lucide sur la paranoïa américaine comme sur les véritables enjeux de tout ce cirque. Le jeune officier enquêteur de la police militaire est devenu un chef de réseau influent dans l'Agence. Il s'occupe toujours des dossiers italiens. Et il vient de retrouver Carlo Ceserano.

Deux dossiers sont ouverts devant lui. Le photographe disparu est dans le premier, une copie transmise par le FBI en pleine ébullition à cause des mouvements contestataires sur le sol américain. La guerre du Viêtnam s'annonce comme la prochaine catastrophe à venir, et le renseignement intérieur est en panique. Donc, Carlo Ceserano, mort dans l'explosion de son camion à San Catello, existe toujours. Il est miraculeusement réapparu sur les écrans du FBI quelque temps après sa disparition. Il est à présent un photographe de mode célèbre et adulé, exerce sous le nom de Charles Cèseran et se retrouve dans le collimateur du Bureau fédéral. Son rapprochement récent avec un paria du reportage de guerre réputé pour son esprit contestataire inquiète. Et son origine italienne a dirigé le dossier vers les services de James Woodwhite, pour consultation. Mais la plus grosse surprise est dans le deuxième dossier, établi par un agent de terrain à Rome. La concordance des noms l'a intrigué, et James Woodwhite est roué à ce type d'exercice.

L'agent responsable de l'opération *Stay behind* à Rome vient de faire parvenir un rapport complet sur un dénommé Pietrino Belonore. Le véritable patronyme du jeune homme pris dans les filets de la CIA est Ceserano : il n'est autre que le fils du photographe. Là aussi, les souvenirs reviennent. James Woodwhite se revoit dans la cour de la ferme des Belonore. Le gamin avait alors six ou sept ans, il voulait tirer au fusil sur tout ce qui bougeait. Les services à Rome viennent de le recruter, mais veulent tout d'abord tester la fiabilité du jeune homme. Une procédure pour changement d'identité a été lancée, et ce rapport sur Pietrino Belonore a atterri sur son bureau pour consultation, avant de rejoindre aux archives les étagères des agents dormants prêts à l'emploi à la moindre alerte. Dès demain, Pietrino Ceserano Belonore sera un autre, avec un passé réinventé et un futur très incertain.

James Woodwhite lit les chronologies, les notes biographiques, les parcours et les zones d'ombre d'un quart de siècle vécu par les deux membres de cette famille décomposée. Il a une pensée émue en comprenant qu'il a sans doute réuni pour la dernière fois un père et un fils qui ne se sont plus vus depuis une vie. Et qui ne se croiseront plus jamais. Le père a changé de continent, le fils va disparaître. James Woodwhite referme les deux dossiers. Il contemple le Colisée. Rome était une belle ville.

Polifemo II

L'attroupement s'est formé aussitôt. Tout ce que le bidonville compte comme gamins dépenaillés est venu s'agglutiner autour de l'engin. Le déchargement depuis la camionnette a été périlleux, mais trois roues, une fois au sol, ça reste stable. Le livreur n'a pas eu le temps de localiser le destinataire que deux morveux plus téméraires étaient déjà assis sur la banquette. Alerté par la rumeur qui braillait son prénom, Zefirino est sorti de son gourbi. Il a découvert un tout nouveau triporteur Piaggio, neuf, posé sur le chemin qui mène à sa cabane. Une bâche recouvre le plateau arrière. Un joli graphisme, avec une jolie écriture, annonce POLIFEMO II, comme sur la coque d'un bateau. Le phare avant de ce nouveau cyclope est plus carré que le précédent. Zefirino fait le tour du véhicule. La couleur bleu pétrole n'est pas la plus jolie mais pas une trace de rouille, pas une tache, pas une cabosse sur la tôle. Pour la première fois de sa vie, Zefirino prend possession d'un objet neuf.

Une enveloppe a été glissée sous l'essuie-glace ; il la prend, l'ouvre, éprouve quelques difficultés à décrypter la prose.

Tout le camp est là, les conversations vont bon train. Les hommes admirent la machine avec un soupçon de jalousie, les femmes palabrent autour de sujets qui n'ont rien à voir. Comme à chaque événement, les rumeurs courent plus vite que des lévriers au cul des lapins. Zefirino a juste le temps de faire le tour de son nouveau triporteur, de regarder le moteur, de s'asseoir dans la cabine, de tester le guidon, de scruter le tableau de bord, que la délégation de la *Casa del Popolo* débarque en grande pompe. Les curieux s'écartent, le ventripotent Ferrante s'impose.

« *Ciao, Dzè' !* D'où sort cette merveille de technologie ? »

Zefirino tend la lettre. Le chef local du Parti la déchiffre à son tour. Il a du mal, lui aussi, mais l'en-tête et les coups de tampons imposent le respect et fondent la crédibilité de la missive. Ferrante parcourt deux fois la prose municipale pour être certain de bien comprendre. Zefirino lui récite la dernière phrase :

« “Avec toutes les profondes excuses des services funéraires municipaux de la ville de Rome.”

— Ils ne l'ont pas retrouvée ?

— Non. Ils l'ont définitivement perdue. Leurs excuses sont profondes. C'est sans espoir. »

Ferrante affiche un air de circonstance :

« Ça doit être terrible pour toi ! Cette pauvre Maria ! Ta mère adorée ! La sainte femme !

— Je ne suis pas le seul dans ce cas. À ce qu'ils m'ont dit, ils ont bien égaré une dizaine de morts depuis deux mois. À cause de leur problème de chaleur, ils ont ventilé les cercueils.

— Ventilé les cercueils ?

— Ils les ont éparpillés. Mais ils ont mal noté l'éparpillage. Ils m'avaient déjà promis de prendre en charge les frais d'obsèques, pour s'excuser du retard. Du coup, ils m'offrent un nouveau triporteur, avec leur profonde désolation.

— Leur profonde désolation ?

— Ils sont désolés, quoi ! C'est comme pour leurs excuses. C'est profond. »

Zefirino mime la profondeur des excuses et de la désolation. Ferrante affiche une mine de circonstance. Il se recule de deux pas, échange deux mots avec ses camarades, reprend une posture de chef de cellule.

« Zefirino Gianlupino !

— Quoi ? »

Le ventripotent Ferrante prend une profonde inspiration, le profond discours est inévitable :

« Au nom de tous les camarades de la cellule Andreï Sergueïevitch Boubnov de Pietralata, je t'exprime une fois de plus nos plus sincères condoléances pour la perte de ta mère, cette sainte femme. Je profite de cet exprimage pour te souhaiter nos plus sincères félicitations et nos souhaits de réussite pour cette nouvelle vie qui s'offre à toi grâce à cette merveille technologique tout droit sortie des chaînes de l'industrie florissante de notre beau pays, industrie portée au pinacle par l'effort et l'abnégation inaltérable des travailleurs. Dans le cas où tu changerais d'avis, tu sais que les portes du Parti restent grandes ouvertes pour ton adhésion aux côtés de tous les camarades de Pietralata. »

Zefirino a profité de la longueur prévisible de l'allocution du gros Ferrante pour observer de plus près le triporteur. Il attend la fin de la logorrhée et la reprise de souffle du camarade pour mettre le moteur en route et ressortir de la cabine.

« Non merci, camarade Ferrante. Toujours pas, pour mon adhésion. Par contre…

— Par contre ?

— Ça te dirait d'essayer le triporteur ?

— Mais… C'est le tien, Zefirino !

— Je sais. Mais ça m'impressionne trop. J'ai peur de l'abîmer. J'ai tellement pas l'habitude des choses neuves ! J'arrive pas à m'imaginer comme le premier utilisateur d'un objet. Et puis, même si nos opinions politiques ne sont pas compatibles, tu es un peu le chef de notre communauté. À cet égard, je considérerais comme un honneur que tu sois le premier à étrenner la merveille technologique. »

Le ventripotent Ferrante en reste sans voix. Autant de déférence de la part d'un homme qui a toujours considéré les camarades de la cellule de Pietralata comme des crétins cossards le surprend. Il retrouve la parole et en abuse, une fois de plus :

« Zefirino Gianlupino, c'est un honneur ! Au nom de tous les camarades de la cellule Andreï Sergueïevitch Boubnov de Pietralata, je te remercie de la confiance que tu m'accordes en me laissant étrenner ton superbe triporteur. Polifemo le second roulera bientôt sur les routes de ta réussite. »

Ferrante plastronne. Il s'avance d'un pas de consul romain en route vers le mont Palatin un soir d'orgie. Ferrante jette un regard sur son auditoire, les camarades applaudissent mollement. Ferrante s'assied, l'amortisseur avant encaisse. Dans d'autres circonstances, le ressort aurait bien grincé, mais un véhicule neuf ne grince pas. Ferrante s'empare du guidon, donne un coup d'accélérateur, le triporteur s'ébroue. Ferrante freine, regarde son public, croise le regard bienveillant de Zefirino.

« *Dai, è un gioco da ragazzi !* Vas-y, c'est un jeu d'enfant ! Fais un tour, Ferrante ! Fais-toi plaisir. »

Ferrante met les gaz. Le pneu avant patine. Le triporteur disparaît dans un nuage de poussière grasse. Premiers tours de roue pour Polifemo le second. Ferrante s'aventure dans les traverses chaotiques du bidonville. Deux gamins tentent de courir après, mais l'engin est trop rapide pour eux. Zefirino observe son véhicule qui s'éloigne et serpente entre les cabanes. Le moteur pétarade dans les aigus. Ferrante fait un demi-tour hasardeux, retrouve l'équilibre, accélère à nouveau. Le triporteur revient vers l'attroupement. Ferrante accroché au guidon semble crispé : c'est sans doute l'émotion. Un des camarades se met en place pour applaudir lorsqu'il passera à leur hauteur, mais un malaise s'installe. Le triporteur va vraiment très vite. Trop vite. Le moteur s'est emballé. Ferrante est à la manœuvre. Ses mains s'agitent sur le frein et la poignée de l'accélérateur. Une intense panique se lit sur son visage. Ses yeux ronds donnent le sentiment de vouloir sortir de sa boîte crânienne. Sa bouche est grande ouverte aussi, mais le vacarme du moteur lancé à fond recouvre son cri. Parce que Ferrante crie. Personne n'ouvre la bouche aussi grand sans crier.

L'attroupement a tout juste le temps de s'écarter, Polifemo II trace droit sans ralentir d'une miette de seconde. Ferrante tente un virage, sans succès. L'engin va trop vite. S'il tourne, c'est un désastre. Il rétablit une trajectoire droite. Et part droit vers un autre désastre.

Le triporteur éclate le mur en planches d'une baraque qui s'effondre aussitôt. Il continue sa route sans frémir, rate de peu deux poulets qui ne savent plus par quel côté fuir la débâcle, puis renverse un étendage dont le linge se met à flotter au cul du véhicule en folie. Ferrante hurle. Cette fois, tout le camp l'entend. Polifemo II percute un second cabanon qui joue les châteaux de cartes. Quelques briquettes de la fragile construction viennent défoncer le pare-brise et profitent de cette opportunité pour lapider le conducteur. Rien de personnel, juste le hasard des trajectoires et de la balistique. Le bris de vitre s'agglutine au vacarme du naufrage en cours. Mais les lois de la physique persistent à réguler le monde : trois roues, ça reste stable même dans la tourmente.

Le triporteur emballé et son chauffeur défiguré franchissent une succession de ruines en cours d'effondrement. Le Piaggio encombré de tous les accessoires arrachés sur son passage reprend de la vitesse avant de grimper sur un tas de fumier nauséabond qui fait office de tremplin de saut. Efficace. L'envolée frôle une approche poétique du mouvement. Polifemo II connaît un début de très jolie course elliptique. Illusion. Le Piaggio retrouve une trajectoire de chute abrupte avant de retomber sur la pente raide de la rive de l'Aniene.

Le choc est destructeur. Le triporteur se disloque sur le pauvre Ferrante qui s'arrête net de crier. Après quelques roulades bruyantes, l'engin termine sa course folle dans le lit presque à sec de la rivière. Le moteur décède, un silence reposant revient. C'est la consternation : tout le bidonville se précipite pour voir ce qu'il reste de l'équipage. Il ne reste rien. Quelques miettes bleu pétrole s'éparpillent le long de la berge, une roue termine son numéro de toupie sous un buisson. Le cadavre du gros Ferrante part à la dérive sur le maigre cours d'eau qui rejoint le Tibre un peu plus loin.

Zefirino Gianlupino contemple l'étendue de cette déroute avec sérénité. Il y a peu, c'est lui qui était en mauvaise posture sur le chemin de halage près du pont Mazzini. Et d'autres curieux accoudés en haut du quai qui observaient ses palabres brouillonnes avec les *carabinieri*. Dans son état, le gros Ferrante ne palabrera plus avec personne. Et son cadavre risque bien de disparaître dans le courant du Tibre proche, comme celui de Maria Gianlupino a disparu dans la remarquable gabegie de l'administration locale.

Zefirino en est sûr, maintenant ; il s'est posé la question depuis la première fois où le grand chauve s'est présenté à la porte de sa cabane. Il était certain de l'avoir déjà vu, mais il ne savait plus exactement où ni quand. Mais voilà, comme lui aujourd'hui sur la berge de la rivière Aniene, au milieu du petit peuple du bidonville, *Quattro Dita* était bien posté sur le quai qui surplombe le Tibre, le jour où la bombe a tué sa mère. Il a croisé son regard ; l'homme a été l'un des derniers badauds à partir lorsque la foule s'est dispersée.

Le chiffonnier de Pietralata aurait aimé croire au soutien de cet homme prompt à dégainer ses arguments contre les dérives de ses voisins communistes. Il aurait aimé que la compassion du grand chauve aux quatre doigts tordus soit réelle. Ce triporteur tout neuf faisait partie de la négociation, sa négociation : *Quattro Dita* le lui avait promis, pour service rendu. Mais une simple observation de l'accélérateur mal bricolé sur le guidon pendant le discours improvisé de Ferrante lui a fait comprendre à quel point il s'est trompé, à quel point il a été dupe d'un manipulateur qui ne souhaitait que sa disparition. C'était bien à lui de conduire ce Polifemo II avant quiconque. C'était bien ce pauvre Zefirino qui aurait dû s'encastrer dans le premier obstacle venu avec son véhicule neuf. C'était bien lui qui devait disparaître dans l'accident.

Zefirino est sans doute un ignare, un va-nu-pieds, un fond de poubelle de la société, il en est bien conscient. Mais il n'est ni crétin ni naïf. Il s'est bien sûr méfié des consignes suicidaires données par *Quattro Dita* pour éliminer le groupe *Potere Rosso*. Comme il n'a jamais cru à ce miracle de la voix des anges qui chantait *Tosca* derrière le mur de son gourbi la nuit précédant le coup d'éclat dans la centrale thermique de Montemartini. Un Teppaz placé derrière la cloison, un extrait de l'opéra sur un microsillon et le tour était joué. Comme ces deux fils de cuivre très fins dissimulés dans les fentes de l'étagère sur laquelle il avait religieusement exposé l'œil du cyclope. Il les a repérés, n'y a pas touché, laissé le miracle s'accomplir. Le phare qui s'éclaire dans la nuit, c'était une bonne idée pour l'impressionner. Il a feint d'y croire. Et puis, ce tour de magie le rassurait, à la veille de sa mission kamikaze. Maintenant, Zefirino sait qui a vraiment tué sa mère. Il a trouvé sa cible, il ne va plus la lâcher.

Valentina

Le gratin patiente. Les huiles s'agglutinent jusqu'à l'angle de la 55e Rue. Le trottoir sature de tenues de soirée. La galeriste est dans un stress total. Les motifs géométriques de sa robe Yves Saint Laurent ont pris une tournure qui agacerait n'importe quelle araignée dépressive. Le rouge Mondrian semble bien fade, le jaune aimerait sortir de sa case, deux auréoles dues à la transpiration n'aident pas à l'harmonie générale. Et Charles Cèseran affiche une sérénité exaspérante. Il jubile. Elle s'étiole.

Le *French Photographer* lui a fait un caprice pour organiser une exposition différente, sûr de son succès. Il tenait à parrainer un photographe américain, lui, l'immigré de fraîche date. Manœuvre commercialement aberrante. Mais elle ne peut rien refuser à Charles Cèseran. L'icône de la photographie new-yorkaise lui apporte l'essentiel de son chiffre d'affaires, sa clientèle est captive. Captivée serait plus juste. Le photographe français a une kyrielle de fans, et parmi eux un bon nombre des rupins qui peuplent

Manhattan. Les fans fortunés attendent en piétinant le pavé devant la galerie d'art, comme la plèbe à l'ouverture d'un supermarché, sans bousculade. Les portes de la galerie sont entrouvertes. Le buffet du cocktail est en vue, comme les agrandissements exposés sur les murs de la salle du rez-de-chaussée. Mais deux vigiles, modèles jeunes WASP bien mis aux oreilles dégagées, barrent le passage aux visiteurs trop pressés. Les véritables raisons de la dépression de la galeriste sont là : elle n'est pas prête. Les éléments pour laisser le public pénétrer dans son lieu ne sont pas tous réunis. Ce calme au milieu d'une tempête annoncée la déstabilise. Coïncidence troublante, c'est l'intitulé même de son exposition.

Dead Calm, Calme plat. Le titre incite à la curiosité. Le sous-titre ne parle à personne : « Charles Cèseran invite Bennet William. » Personne n'a jamais entendu parler de ce Bennet William. Mis à part les deux sbires du FBI qui sont venus inspecter l'expo avant ouverture et qui n'ont rien trouvé à redire. Aucune subversion, pas de provocation. Les murs sont recouverts d'une vingtaine de tirages très grand format de paysages magnifiques, d'un exotisme fascinant. À aucun moment, il n'est indiqué que ces clichés ont été pris au Viêt-nam. Mais les visages captés par l'objectif de Bennet William appartiennent au monde asiatique, vingt moments de vie dans une nature somptueuse, vingt phases sereines dans un univers envoûtant. Anecdotique mais malin, quatre planches contact ont été tirées en très grand format, à l'identique des photos choisies pour l'exposition. Ce n'est pas un truc de décorateur pour animer l'espace scénique, ces tirages sont à vendre eux aussi. Ces objets photographiques sont beaux. Cette idée originale suggérée par Charles Cèseran est brillante. L'effet est sidérant, les trente-six clichés de chacune des pellicules affichées avec leurs perforations, leur sensibilité et leurs numéros d'ordre sont remarquables. Charles, perché sur la plus haute marche du seuil de la galerie, vient de faire une annonce pour faire patienter ses visiteurs :

« Mesdames et messieurs ! Désolé pour ce moment suspendu, mais nous attendons d'un instant à l'autre la livraison des catalogues de l'exposition. Encore quelques secondes de patience et vous pourrez découvrir les œuvres de Bennet William, ce photographe magnifique et méconnu. »

Son laïus a été couronné par une salve d'applaudissements enthousiastes. Depuis plus d'une heure, Lexington Avenue bruisse de conversations ineptes. Les chignons sont haut dressés, les costumes d'été taillés sur mesure, les visiteurs stoïques. Il fait beau, l'humeur du soir porte l'accent français. Leur hôte-photographe a débarqué du vieux continent, cet exotisme de bon goût a fait une grosse partie de son succès. Charles Cèseran est originaire du pays des fromages et de la gaudriole, et l'actualité est opportune. Nombre d'invités commentent, amusés, le « Vive le Québec libre » lâché par le général de Gaulle en début de semaine, aucun n'évoque les émeutes raciales qui ensanglantent Detroit.

Un moteur qui ralentit attire l'attention. Ce n'est pas le véhicule espéré. Un taxi jaune vient de s'arrêter le long du trottoir, en face. Une femme superbe en sort. Ses yeux clairs brillent d'intelligence. Elle a une allure folle, ses cheveux blancs tirés en arrière accentuent sa dynamique. Elle a plus de soixante-dix ans mais pourrait en paraître vingt de moins. Charles se précipite, heureux. Il la serre contre lui, l'étreinte dure. Elle rayonne. Quelques regards se croisent, elle connaît tous ces amateurs qui attendent l'ouverture de l'exposition. C'est aussi grâce à ses relations que la notoriété du photographe français s'est propagée sur toute la côte Est, avant que les magazines de mode ne fassent de Charles Cèseran une vedette branchée incontournable. Valentina Massarelli chuchote à l'oreille de son fils :

« Magda n'est pas là ?

— C'est elle qu'on attend. Elle arrive de Lansing avec les catalogues de l'expo.

— Elle a pu éviter Detroit ?

— Ne t'inquiète pas pour elle. Ta fille a appelé la galerie il y a deux heures, elle venait de traverser Frankford. Elle ne va pas tarder.

— Charles Cèseran, je suis très fière de toi. »

Le photographe pose un baiser sur le front de sa mère qui part saluer quelques banquiers de ses connaissances, des relations de feu son deuxième mari. Trois coups de klaxon insistants provoquent une nouvelle salve d'applaudissements. Un break Ford Falcon avec sa dégaine de corbillard s'arrête devant l'entrée, Magda s'en extirpe. Elle a le cheveu en bataille, elle dégouline de transpiration. Le trajet a été long depuis le Michigan. Mission accomplie, elle est radieuse. Charles lui fait un signe victorieux, le pouce dressé. Les deux jeunes vigiles se précipitent. Quinze caisses volumineuses sont débarquées en un temps record. Charles fait un signe de bienvenue à l'assistance, l'exposition est enfin ouverte. Une troisième salve d'applaudissements précède un joyeux tohu-bohu. Ils entrent tous. Les amateurs peuvent enfin s'extasier devant les œuvres, les morts de faim peuvent enfin se précipiter sur le buffet, les curieux peuvent enfin consulter les catalogues. Charles grimpe sur une table pour une ultime explication :

« Juste quelques secondes d'attention, s'il vous plaît. Les photos exposées ici sont d'un photographe remarquable, Bennet William. Malheureusement, il ne peut être avec nous ce soir. Et le paradoxe, un paradoxe très américain, c'est qu'il ne peut être avec nous à cause de la trop grande acuité de son travail. Vous le comprendrez sans doute en feuilletant le catalogue. Vous y trouverez les photos de cette exposition, bien évidemment. Mais j'ai aussi tenu à y insérer, comme un cadeau que je vous fais, d'autres photos remarquables de Bennet William qui viennent étayer le travail que vous pouvez trouver sur ces murs. Et comme un autre cadeau, une fois n'est pas coutume, ce soir, ce catalogue est gratuit. »

La galeriste, qui empilait les catalogues à vendre sur une grande table, jette un regard mauvais au photographe.

« *What's the fuck ?*… C'est quoi, cette connerie ? »

Il la rejoint :

« Vous mettrez ça sur ma facture. Ça pose un problème ?

— Avec vous, tout pose problème. »

Elle en profite pour feuilleter le premier exemplaire déballé, sous l'œil goguenard de son artiste. Elle a un haut-le-cœur. Charles en rajoute :

« Alors ? Le travail de Bennet William ? Beau, non ?

— Vous êtes cinglé, Charles Cèseran. C'est tout ce que je peux vous dire. Vous êtes un malade. Et un mauvais Américain. »

Elle traverse la foule et disparaît dans son bureau, au premier niveau. Les premiers acquéreurs du catalogue découvrent un objet curieux, un livre réversible, à deux faces, avec deux entrées de lecture. Sur la première couverture, le titre *Dead Calm*, Calme plat, se superpose à un paysage de marécage d'une grande douceur. En retournant le livre tête-bêche, on découvre un autre livre, imprimé à l'envers de l'autre côté. Là aussi, une photo de Bennet William sert de support à un titre : *Cold Wars*, Guerres froides. Le fond de paysage de cette couverture-là ressemble beaucoup à l'autre, mais le sujet est d'une brutalité étouffante. On y voit un capitaine des *GI's*, seul debout au milieu de ses hommes à l'agonie, qui tente de déplier un drapeau américain taché de sang. La composition rappelle le tableau de Géricault, *Le radeau de la Méduse*, un autre naufrage célèbre. Le Viêt-nam est un naufrage, et Bennet William un de ses témoins. Côté *Dead Calm*, les vingt photos de l'exposition proposent une langoureuse promenade dans le quotidien asiatique. Côté *Cold Wars*, les vingt photos proposent une plongée dans le quotidien des jeunes soldats américains piégés dans le conflit. C'est un cauchemar, même si les photos sont splendides.

Des rumeurs commencent à circuler dans la foule. Les curieux se bousculent vers la table des catalogues. Les visiteurs se disputent les exemplaires que deux hôtesses ont du mal à distribuer. L'astuce du livre réversible plaît, la découverte des photos du carnage un peu moins. Certains sont outrés, scandalisés. D'autres juste surpris par cette violence qu'ils découvrent avec naïveté. D'autres enfin en profitent pour lancer des débats qui promettent d'être houleux. Charles attendait avec impatience les réactions à sa provocation, il n'est pas déçu. C'est l'émeute. Le gratin est en ébullition. Demain, l'Amérique entière parlera de Bennet William. Et peut-être aussi de la cruauté de cette guerre absurde. Charles va sûrement se fâcher avec la moitié de ses adeptes, mais le jeu en vaut la chandelle. Il y a quantité de leaders d'opinion dans l'assistance, ce soir. Il suffit d'un amateur séduit sur deux pour que la rumeur déroule de Boston à Portland. Pari gagné.

Charles s'écarte de la curée, croise le regard de Valentina. Sa mère est réellement très fière de lui. Alors que les réactions indignées se superposent aux commentaires dithyrambiques, le photographe s'approche d'un visiteur qui se tient à l'écart depuis l'ouverture de l'exposition. Discret, l'homme a longuement regardé les photos exposées, s'est procuré un catalogue, l'a feuilleté, l'a reposé. Charles et lui se dévisagent. Un sourire discret, un coup d'œil appuyé, un froncement de sourcil, le photographe entame la conversation. Le ton est serein.

« C'est drôle. Je savais qu'on se recroiserait un jour. Je ne pensais pas que ce serait dans de telles circonstances.

— Exact, monsieur le photographe français. Et à la fois, ça me semble cohérent. Si on veut déstabiliser les Américains, calmer leur arrogance et bousculer leurs certitudes, quoi de mieux que de le faire depuis chez eux ? C'est la bonne méthode, non ?

— C'est la stratégie la plus efficace, jeune homme.

— Comme un cheval de Troie ?

— Comme un cheval de Troie ! L'image est parfaite.

— Venant d'un photographe de la renommée de Charles Cèseran, je prends ça comme un compliment. »

Magda a pu garer son break à bout de souffle. Elle déboule dans la galerie, tombe sur son frère, se jette dans ses bras. Puis elle dévisage l'inconnu, marque un temps d'arrêt. Les regards se croisent, là aussi. Malgré le brouhaha de l'émeute mondaine en cours, le temps s'arrête. Magda n'en revient pas :

« On se connaît, si je ne me trompe ?

— On se connaît. »

Valentina s'approche de ses enfants, un verre de champagne à la main. Magda l'apostrophe, fébrile :

« Champagne ! Très bonne idée. Valentina Massarelli, je te présente Pietrino Belonore, ton petit-fils. »

Merci à Géraldine Giudicelli et Julio Luque
pour les leçons de tango.
Ph. C.

L'éditeur remercie
Guido Nicolosi et Ahmed Tiab pour leur aide.

Retrouvez les autres membres de la famille Belonore
dans *Virtuoso ostinato*, *Retour à San Catello*
et *La légende Belonore*
(rassemblés en un seul volume dans *La famille Belonore*).

Pour chaque titre d'un livre imprimé,
un arbre est planté dans une forêt
de 15 hectares en Centre Bretagne.

www.typolibris.fr (by Printcorp)

Pour limiter l'empreinte environnementale de leurs livres,
les éditions de l'Aube font le choix de papiers
issus de forêts durablement gérées et de sources contrôlées.

Achevé d'imprimer en mars 2020
par l'imprimerie Print Corp
pour le compte des éditions de l'Aube
331, rue Amédée-Giniès, F-84240 La Tour d'Aigues

Numéro d'édition : 3737

Dépôt légal : avril 2020

Numéro d'impression : 20020308

Imprimé en Europe